Hite · Fliegen mit Jupiter

Shere Hite

Fliegen mit Jupiter

Roman

Ullstein

Die Deutsche Bibliothek – CIP-Einheitsaufnahme

Hite, Shere:
Fliegen mit Jupiter : Roman / Shere Hite. [Übers. von Karin Weingart]. – Frankfurt/M. ; Berlin : Ullstein, 1993
ISBN 3-550-06038-6

Verlag Ullstein GmbH, Frankfurt/M. · Berlin

Übersetzt von Karin Weingart

Satz: Fotosatz-Service Weihrauch, Würzburg
Druck und Binden: Mohndruck, Gütersloh
ISBN 3-550-06038-6

Gedruckt auf alterungsbeständigem Papier
mit chlorfrei gebleichtem Zellstoff

Die Personen

Ariadne, junge Frau
Jupiter, ihr Hund und Gefährte
Friedrich, ihr Geliebter; Konzertpianist
Kleopatra, ihre beste Freundin; ehemalige Herrscherin über Ägypten
Kate, Ariadnes Mitarbeiterin und Freundin
Elvis Trouble, Reporter der »Power Press«
Ben Badd, Chefredakteur

Mit von der Partie

Gertrude Stein, Schriftstellerin
Harry Truman, ehemaliger Präsident der Vereinigten Staaten
Fala, der Hund F.D. Roosevelts
Rughetta, Hündin; Jupiters Liebste
Zippy, Ariadnes Agent
Alexis de Tocqueville, Historiker, Politiker (»Die Demokratie in Amerika«)
Voltaire, französischer Schriftsteller (»Candide«)
Karl Marx, Revolutionstheoretiker
W. I. Lenin, russischer Revolutionär
Katharina die Grosse
Ein Zyniker

Flosshilde, Woglinde, Wellgunde – Rheintöchter

Zwei Abgeordnete der Demokratischen Partei, verstorben
Geschäftsleute in eleganten Anzügen
ATHENE, Kriegs- und Friedensgöttin
JEANNE D'ARC
DIKTYNNA, kretische Gottheit
ANDY WARHOL, Popkünstler
SIMONE DE BEAUVOIR und J. P. SARTRE,
ein streitbares Pärchen
ALFRED HITCHCOCK, Regisseur

und viele andere mit ihren Wünschen,
Gedanken und Vorlieben

Schauplatz:
Himmel und Erde

Inhalt

Prolog

Sie ließen sich durch die Atmosphäre treiben, schwebten durch die Lüfte auf die Erde zu. Voller Neugier nahmen sie die strahlende Farbenpracht in sich auf: das viele Blau um sie herum, den sanften goldenen Dunst über ihnen. Das grüne Gras in der Tiefe, bunte Vögel, Blumen in allen Schattierungen des Regenbogens. Während sie so dahinglitten, sangen Ariadne und Jupiter ihr eigenes Lied. Es handelte von Jupiters weichem Fell, seinen haarigen Pfoten ... Plötzlich sagten sie wie aus einem Munde: »Hier ist es schön. Laß uns ein bißchen bleiben!« So landeten sie mit einem Plumps im weichen, grünen Gras.

Sie spielten eine Weile. Jupiter jagte einen besonders großen, orangefarbenen Falter, der in immer neuen, faszinierenden, nie vorhersehbaren Bahnen über die Wiese flatterte. Jupiter tollte für sein Leben gern. Der Schmetterling führte ihn an der Nase herum, lockte ihn ins Weite, drehte plötzlich ab und flog zurück, Jupiter immer hinterher. Ariadne hatte ihre Freude an diesem Anblick. Sie liebte es, Jupiters Ohren im Wind flattern zu sehen, zu beobachten, wenn er den Kopf zu ihr umwandte, ihr ein Lächeln zuwarf und weiterrannte. Jupiter brillierte in allen Gangarten, war Meister im flotten Gehen, schnellen Trab und kräftigen Sprint. Der Clou aber war, wenn er hoch in die Luft sprang, voller Hingabe einen Purzelbaum schlug und dabei einen kleinen Juchzer ausstieß. Einen graziöseren, eleganteren und witzigeren Hund hatte es nie gegeben.

Völlig außer Atem ließ er sich neben Ariadne fallen. Er war glücklich. Die beiden ließen sich das frische Lüftchen um die Nase wehen und beobachteten, wie die Wölkchen am Himmel vorbeizogen. Ariadne legte den Kopf an Jupiters Hals und ließ sich die Sonne gefallen.

Gerade als sie wieder nach Hause wollten, brach die Dämmerung ein. Sie wurden müde. Doch da sie nie geschlafen hatten, wußten sie nicht, wie ihnen geschah. Sie konnten ja nicht ahnen, daß »Schlaf« eine dem Menschen auf diesem Flecken des Universums eigene Bewußtseinsform war, die jetzt auch sie ereilte. Sie guckten sich nur voller Verwunderung an, legten sich aneinandergekuschelt ins Gras und schlossen die Augen. Während sie einschliefen, wurde es ganz allmählich dunkel.

Als sie am nächsten Morgen aufwachten, bekamen sie einen großen Schreck. »Oh, nein, bloß das nicht! Jetzt ist es passiert. Wir haben uns verspätet. Bestimmt haben sie schon bemerkt, daß wir fort sind. Was sollen wir bloß tun?«

Nun fiel ihnen alles von gestern wieder ein. Es war ein wunderschöner Tag gewesen. Die Sonne hatte ihre sahnigen Strahlen über alle Himmel ausgeschüttet. Sie waren mitten in einer Partie Federball, als Katharina die Große den Sandweg neben dem Spielfeld entlanggeschritten kam. Ein Viertelmeterchen hinter ihr mit gezücktem Kugelschreiber Dorothy Parker, die die Herrscherin für irgendeine Frauenzeitschrift interviewen wollte.

»Die irdische Liebe?« hörten sie die Große gerade noch sagen, bevor die beiden wieder entschwanden, »etwas ganz Erhabenes. Gefühle, sage ich Ihnen, Gefühle! Wenn bloß die Männer nicht wären . . .«

Das war zuviel. Sie reden, reden, reden. Wann immer zwei Frauen im Himmel aufeinandertrafen, gab es nach anderthalb

Minuten nurmehr ein einziges Thema: Männer, Männer, Männer.

Reden hängt mir zum Hals heraus. Ich will Abenteuer, dachte Ariadne.

Jupiter hatte wieder einmal ihre Gedanken gelesen. »Es ist doch so ein herrlicher Tag. Komm, laß uns losziehen, ein bißchen was erleben«, schlug er vor.

»Ich bin für alles zu haben. Woran denkst du?«

»Wenn gerade keiner hinguckt, könnten wir losfliegen und zurücksein, bevor sie uns vermissen.«

»Du weißt ganz genau, daß wir das nicht dürfen. Sie sagen immer, wir sind noch nicht alt genug und haben noch zu wenig Erfahrung. Aber ...«

»Ich kann fliegen und bin stark genug für uns beide! Komm, laß uns los!«

Und so hatten sie ihre Federballschläger fallen lassen und sich davongemacht. Ariadne hielt sich dicht an Jupiter, der Wind schlug ihnen ins Gesicht, und sie lachten vor lauter Vorfreude, als sie in unbekannte Welten aufbrachen.

»Wenn wir nun schon einmal hier sind, könnten wir uns eigentlich auch ein bißchen umschauen, was meinst du?« fragte Ariadne voller Aufregung und Abenteuerlust. »Verspätet haben wir uns sowieso schon. Auf ein paar Minuten mehr oder weniger kommt es jetzt auch nicht mehr an.«

Jupiter grinste. »Hast eigentlich recht. Ärger kriegen wir ohnehin. Warum also nicht?«

Und dies war der Beginn eines langen Abenteuers ...

Erste Begegnung mit der Erde

Wie es sich für Touristen gehört, wollten sich Ariadne und Jupiter zunächst einen Gesamteindruck von der Erde verschaffen und entschieden sich für einen Rundflug. Jenseits der grünen Wiesen sahen sie Menschen. Millionen. Milliarden. Einige hatten genügend zu essen, andere, ganze Nationen, wie es schien, starben, an Hunger, Epidemien, allergrößtem Elend. Wie kann das sein, fragten sich Ariadne und Jupiter. Warum geben die, die alles haben, denen, die im Nichts leben, nicht von ihrem Überfluß ab?

Je mehr sie sahen, desto mehr nahm ihre Verwirrung zu. Sie hatten immer mehr Fragen an die Welt.

Sie flogen über düsterblaue Weltmeere und fröhlich türkisfarbene Ozeane mit kleinen Inselchen. Wie hübsch! Doch da, an den Stränden . . . Robben im Sand, tot. Majestätische Delphine, deren leblose Körper Zeugnis von stummem Leiden ablegten.

Ariadne und Jupiter warfen sich nur einen Blick zu. Das mußten sie sich von nahem betrachten. Sie mußten erfahren, was das zu bedeuten hatte. Mensch und Tier befragen, was vorging auf Erden.

Sie kamen in eine Stadt, Kilometer und Kilometer von Stadt. Straßen, Kilometer und Kilometer von Straßen. An vielen Ecken herrschte ein Klima von Gewalt, Zorn und Kälte, andere Orte wurden von Niedergeschlagenheit und Zynismus regiert. Die Menschen nahmen Medikamente, kiloweise Medikamente, wie es schien. Das Leben in den Straßen hinter den Gardinen atmete das Aroma von Aggressivität.

Die Tiere, die sie befragten, wußten nichts Genaues. Nur so viel vermochten sie mit Sicherheit zu sagen: *Sie* wären nie auf die Idee gekommen, alles Grün mit einer dicken, grauen Schicht zu bedecken, die hart und häßlich wird und die man »Beton« nennen würde. Anders als die Menschen, die sich ihr Werk ansahen und Wohlgefallen daran hatten.

Doch immer wieder bemerkten Ariadne und Jupiter auf der Erde auch Dinge, die sie in Entzücken versetzten. Kleine Blumen zum Beispiel, Stiefmütterchen, die den Reisenden in verschiedensten Farben ihre Gesichtchen darboten, als wollten sie gleich zu sprechen anheben. Doch sie behielten ihre Geheimnisse für sich. An den Stiefmütterchen fanden auch die Schmetterlinge Gefallen, das heißt: die wenigen, die es noch gab. Ariadne und Jupiter hörten, daß es in einem Land namens Holland bereits einen ersten Schmetterlingsschutzpark gab.

Sie lustwandelten auf einem kleinen Pfad, der zwischen den Stiefmütterchen entlangführte, bis sie an ein Schild mit der Aufschrift »Park« kamen. Es war ein großes Gebiet mitten in der Stadt. Eine Oase. Jupiter sog begierig die frische Luft ein, er tollte los und machte seine übermütigen Purzelbäume. Vor lauter Lebensfreude hätte er beinahe einen Mann umgerannt, der gesetzten Schrittes in einem rot-weiß gestreiften Anzug seiner Wege ging. Er schaute Jupiter möglicherweise entrüstet an, doch das konnte man nicht so genau erkennen, denn er trug ein Mundtuch, das die untere Hälfte des Gesichtes verbarg. Der Mann wandte sich an Ariadne: »Ich würde dringend empfehlen, den Hund an die Leine zu nehmen. Er sollte nicht so viel laufen. Schließlich haben wir Alarmstufe eins. Überhaupt sollten Sie beide am besten zu Hause bleiben oder wenigstens auch eine Schutzmaske tragen.« Er wandte sich zum Gehen.

»Was heißt das: Alarmstufe eins?«

Der Mann drehte sich noch einmal um und schaute Ariadne verwundert an. »Smog, was denn sonst? Sehen Sie sich vor.« Zufrieden mit seiner eigenen Freundlichkeit ging er nun endgültig davon.

Smog? Was das wohl war? Bestimmt bestand nur in *diesem* Teil des Parks Gefahr. Ariadne und Jupiter beeilten sich, um schleunigst Gefilde zu erreichen, in denen kein Alarm herrschte. Es dauerte nicht lange, und sie kamen an eine Geschäftsstraße.

Wie die Touristen überall auf der Welt spazierten sie die Straße entlang, genossen die Nachmittagssonne, betrachteten die Passanten und die eleganten Auslagen in den Schaufenstern. Um sie herum promenierten die verschiedensten Menschen, lächelnd und schwatzend, strömten in die Geschäfte oder traten mit glänzenden Tüten in der Hand heraus. Am Straßenrand aber standen andere Menschen, diese in alten, abgetragenen Kleidern. Auch sie hatten Pakete und Tüten, manche sogar ganze Einkaufswagen voll, bei sich, aber die glänzten nicht. Diese Menschen baten mit irrendem Blick um Kleingeld und brachten die anderen mit ihren verschüchterten Gesten in Verlegenheit. Manche auch baten um gar nichts. Sie standen nur und starrten wortlos vor sich hin. Einer hatte sich auf einen Luftschacht zum Schlafen gelegt. Die Passanten wichen ihm aus, gaben sich alle Mühe, ihn zu ignorieren. Ariadne und Jupiter verstanden nicht, was sie sahen.

Und da war noch etwas Merkwürdiges. Die Welt, wie sie sich darbot, war nicht nur in reich und arm unterschieden, sondern auch nach Geschlechtern. Diejenigen, die über die Gabe verfügten, Leben zu gebären, mußten doppelt soviel arbeiten wie diejenigen, die nicht diese Fähigkeit hatten. Innerhalb ihrer Häuser und Wohnungen und in fremden Gebäuden. Nicht, daß sie mehr Respekt genossen oder höheren Status hatten – im Gegenteil, sie wurden geringer geachtet. Sie fehlten in Regierungen, Großunternehmen und an der Spitze der Gruppierungen, die Nachrichten und Informationen sammelten und verbreiteten (»Medien« genannt).

Ariadne begann, sich unter den Frauen umzuhören, wie sie darüber dachten, und notierte sich vieles. Wenn sie nicht schrieb, machten sie und Jupiter sich einen schönen Tag.

In einem Schaufenster sahen sie einen Monitor, der bewegte Bilder von den Menschen auf der Straße zeigte. Sogar sich selbst sahen sie auf der Mattscheibe.

»Was ist denn das?« erkundigte sich Ariadne bei einem Passanten.

»Was soll das schon sein? Fernsehen natürlich«, antwortete der Mann unwirsch.

»Fernsehen? Jupiter, schau doch! Das bist ja du. Und ich!«

Sie hob die Hand und beobachtete auf dem Bildschirm, wie sie zurückwinkte. Wie lustig! Dann sahen sie das Schild: »Heute Live-Show. Publikum erwünscht. Eingang nächste Tür.«

Vor dem nächsten Haus hatte sich tatsächlich schon eine lange Schlange gebildet. Während sie sich hinten anstellten, hörten sie die Frau vor sich sagen: »Wie aufregend. Stell dir nur vor! Ich – live im Fernsehen.«

Sie tippten der Frau höflich auf die Schulter. »Bitte schön, Fernsehen: was ist das?«

»Ja wie, Fernsehen ist das Wichtigste der Welt. *Alle* gucken fern. Und jeder, auf den es wirklich ankommt, ist drin. Also die, die wirklich wissen, wo's langgeht, die Reichen und Berühmten. Man kriegt im Fernsehen gesagt, was so los ist. In den Abendnachrichten berichten sie einem die Wahrheit über alles, was geschieht. Und dann gibt es da die Talk-Shows mit den Diskussionen wie der, in der wir jetzt gleich sein werden ... Allerdings! Beim Fernsehen haben wir Redefreiheit, das gehört zu unserer großartigen Demokratie!«

Jupiter und Ariadne waren sich nicht recht sicher, ob sie

tatsächlich alle Wahrheit aus einer Hand erfahren wollten, aber das Winkewinkespiel hatte ihnen richtig Spaß gemacht, und deshalb blieben sie in der Schlange stehen. »Wo sind'n Sie her?« fragten sich die Leute gegenseitig. Einer war aus Texas, ein paar kamen aus Nebraska, zwei aus New Jersey, drei aus Kentucky. Als Ariadne und Jupiter gefragt wurden, wo sie her seien, antwortete Ariadne ausweichend: »Ach, wir sind erst seit gestern zu Besuch hier. Schön haben Sie's hier. Ein ziemlich ungewöhnlicher Ort. Aber ... Sind Sie auch ganz sicher, daß Fernsehen wirklich so wichtig ist? Wir finden nämlich allmählich, daß wir schon ziemlich lange hier anstehen.«

»Kleine, Sie glauben wohl nicht an die Demokratie?« Die Frau aus Texas sah streng in ihre Richtung. »Das Fernsehen ist eine der Säulen der großen Demokratie!« Sie strahlte voller Inbrunst. »Und der Beweis dafür ist, daß *ich* heute im Fernsehen bin!«

»Was ist Demokratie?« fragte Ariadne kleinlaut.

Verblüfft rief eine der Frauen aus Nebraska aus: »Was ist denn das für eine Frage! Die Demokratie hat dieses Land erst groß gemacht!« Die arme Kleine, schien ihr Gesichtsausdruck zu sagen, muß ein Flüchtling sein. Wo sie wohl herkam?

Ariadne guckte immer noch so verständnislos, daß sich Texas einmischte: »Ja, wissen Sie denn nicht? Dieses Land ist eine Demokratie! Sie können hier alles sagen, was Sie wollen. Alles! Die Leute haben hier die Freiheit, ganz selbständig zu denken.«

»Hört sich gut an ...«, murmelte Ariadne auf gut Glück.

»Ja, und Demokratie ist so toll, weil sie auch Gleichheit bedeutet ...«

»Gleichheit?«

»Sicher, Männer und Frauen, Reiche und Arme, alle haben hier dieselben Rechte«, sagte die Bürgerin aus Nebraska mit offensichtlichem Stolz.

»Da, wo ich herkomme, gibt es kein Wort für so etwas, da versteht sich das von selbst. Aber ich habe hier ein paar merkwürdige Dinge beobachtet. Also zum Beispiel, daß einige Leute einkaufen gehen, und die anderen gucken ihnen dabei zu. Und ich habe auf der Straße Frauen miteinander reden hören. Die haben sich Geschichten – wirklich merkwürdige Geschichten – über sich und ihre Freunde erzählt. Es hörte sich so an, als wenn sie sich verlieben, daß dann nach dem Vergnügen, also daß ihnen merkwürdige Dinge zustoßen ... Und sie verdienen auch weniger als Männer. Ach ja, das hätte ich jetzt bald vergessen, wußten Sie, daß die Menschen hier Namenszusätze haben, um sie nach dem Geschlecht zu identifizieren: ›Herr Schmidt‹ bedeutet ›geschlechtlich männliche Person‹, Frau Schmidt bedeutet ›geschlechtlich weibliche Person, die mit Herrn Schmidt Sex hat‹ und ›Fräulein Schmidt‹ bedeutet ›geschlechtlich weibliche Person, die noch (?) keinen Sex hat oder nicht verheiratet ist‹. Stimmt das?«

Ariadne und Jupiter schütteten sich aus vor Lachen über derart barbarische Bezugnahme auf geschlechtliche Identitäten. Jupiter fragte sich, wie »Herr Jupiter« wohl klingen würde.

Die Leute in der Schlange guckten verblüfft, hingerissen starrten sie auf diese beiden Fremden, die so unhöflich auf geschlechtliche Identitäten Bezug nahmen ...

Währenddessen sprach Ariadne weiter: »Und ich finde es auch merkwürdig, daß die Leute so aggressiv zu den anderen Tieren sind. Es ist ja gerade so, als würden sie denken, Tiere hätten *überhaupt* keine Rechte.«

Die Frau aus Nebraska schaute finster drein, sie war sich jetzt ganz sicher, daß sie es mit Irren zu tun hatte, oder wenigstens mit Kindern (noch dazu doofen).

»Nun«, fügte Ariadne in der Hoffnung, dies möge akzeptabler klingen, hinzu: »Natürlich sind Menschen auch Tiere.« Warum bloß guckte die Frau daraufhin noch unfreundlicher?

Auch Mr. Kentucky wurde immer gereizter und ungemütlicher – Ariadne hatte nicht die geringste Ahnung, was falsch an dem war, was sie gesagt hatte –, und plötzlich brach es aus ihm heraus: »Also schauen Sie, kleines Fräulein! Frauen *haben* das Recht auf gleichen Lohn für gleiche Arbeit! Wir haben es ihnen vor zwanzig Jahren gegeben. Es ist ihre eigene Schuld, wenn sie keinen Gebrauch davon machen!«

Und Ms. (?) Nebraska fügte durchtrieben hinzu: »Und was Tiere betrifft, meine Liebe, bin ich mir ganz sicher, daß Sie sich rührend um Ihren kleinen Hund kümmern. Aber würden Sie ihm wirklich zutrauen, daß er Ihren Präsidenten wählt? Nein, mein Kind, glauben Sie mir, dies ist die beste aller möglichen Demokratien.«

Wie merkwürdig, dachte Ariadne. Warum sind die bloß alle so aufgeregt. Doch allmählich kam Bewegung in die Schlange. Es ging vorwärts, ins Fernsehstudio.

*

»Guten Tag, meine Damen und Herren! Und hier ist Ihr Gastgeber, dessen Name schon immer für einen freundlichen Gruß gut ist: Ha-a-al Low!«

Die Musiker spielten einen Tusch, und das Publikum applaudierte, während ein Mann mit dunklen, welligen Haaren lächelnd und in alle Richtungen winkend auf die Bühne stürmte.

»Hallo, hallo, hallo. Es ist einfach toll, Sie alle hier an diesem wunderschönen Tag begrüßen zu können. Wun-derschön! Genau, es ist ein herrlicher Tag, und ich beginne unsere spaßige Show, indem ich mich ein bißchen mit den Leuten aus dem Publikum unterhalte. Also, es sind doch bestimmt Touristen unter uns, die unserer tollen Stadt einen Besuch abstatten? Heben Sie einfach die Hand! Genau, das hübsche kleine Fräulein da hinten«, plapperte er drauflos und deutete auf Ariadne.

Während ein Mann mit einem Mikrophon auf sie zurannte, sagte Low noch: »Sagen Sie, meine Liebe, wie finden Sie unsere tolle Stadt? Ist sie nicht einfach großartig?«

Ariadne fand es sehr nett, daß man ihre Meinung hören wollte, und so legte sie los, während Hal Low Luft holte: »Ich bin gerade erst angekommen und finde es wirklich großartig! Sie haben hier ganz wunderschöne Orte, spiegelblanke Seen, zwitschernde Vögel, so verschiedene Menschen – zauberhaft! Aber was ich nicht verstehe, ist, warum es so viele unglückliche Menschen gibt. Und warum manche Hunger leiden. Warum Schmutzwolken die schöne Sonne verdecken. Und es gibt auch so viel Ungleichheit. Woher kommt das? Mir kommt das hier alles ziemlich autoritär vor. Und ich finde überhaupt, daß es hier viel zu wenig Spaß gibt.«

Im Chor mit Jupiter stimmte sie einen Sprechgesang an: »Mehr Spaß! Mehr Spaß!«

Da entstand eine Riesenaufruhr. Man blendete einen Werbespot für ein lufterfrischendes Raumspray ein, und Ariadne wurde zusammen mit Jupiter aus dem Studio vertrieben. Hal Low hatte gänzlich aufgehört zu lächeln. Als er die beiden vor sich her hinausschob, raunte er ihnen zu: »Was ist denn in euch gefahren? Ihr müßt ja verrückt sein. Zwangsjacke gefällig? Ihr stellt euch an, als kämt ihr vom Mond. In die Klapsmühle sollte ich euch bringen lassen.«

»Aber ich dachte doch, daß in dieser großartigen Demokratie jeder das Recht hätte zu sagen, was er will ...«, warf Ariadne über die Schulter ein.

»Schon recht, aber das war zuviel!« brüllte Low hinter ihr her. »Wer Zoff sucht, kriegt am Ende auch Zoff.«

Eine sehr dünne Frau ganz in Schwarz beugte sich zu Ariadne hinüber und flüsterte ihr zu: »Sieh dich bloß vor, sonst bekommste echt Ärger. Und dein kleiner Hund auch!«

Draußen starrten sich Ariadne und Jupiter eine Weile entsetzt an, bevor sie wie auf Kommando in Kichern ausbrachen.

»Hast du das gesehen?«

»Im Himmel ist es irgendwie ganz anders.«

»Ach Jupiter«, seufzte Ariadne resigniert, »vielleicht sollten wir einfach wieder nach Hause fliegen.«

»Möchtest du wirklich?«

»Wir schauen uns lieber erst noch ein bißchen um. Aber zunächst suchen wir uns ein hübsches Fleckchen, wo wir uns ausruhen können. Ich bin so müde.«

Sie gingen in den Park zurück. Doch bald brach die Dunkelheit herein, und Jupiter wurde nervös. »Sollten wir nicht doch lieber verschwinden? Man kann ja schon kaum mehr etwas erkennen.«

Doch Ariadne holt ein kleines rotes Büchlein hervor.

»Eine Minute noch, Juppi. Ich möchte mir das nur noch notieren.«

»Schon gut, ich warte.«

Es wurde immer später. Jetzt war es schon *sehr* dunkel. Der Schlaf überfällt sie. Was tun? Eine Wohnung suchen? Sie konnten doch nicht unter freiem Himmel übernachten. Aber zwei Wesen wie Ariadne und Jupiter ... Bevor sie es sich versahen, lagen sie schon in einem Bettchen in einem geräumigen, gemütlichen Appartement.

Die Tage waren lang und ruhig. Jupiter und Ariadne fanden Vergnügen vor allem an den Nachmittagen, an denen sie mit ihrer roten Frisbeescheibe spielten, die sie zusammen mit der Leine für Jupiter im Supermarkt gekauft hatten. (Auf der Erde müssen alle Hunde an der Leine gehen.) In der Nähe des Zoos kauften sie sich Eis und Hot dogs, was in Jupiters Augen von großer Symbolkraft war. Mit Genuß machten sie ausgedehnte Spaziergänge, auf denen sie die Bäume im Wind betrachteten und den Amseln lauschten.

Am Abend setzten sie sich zusammen aufs Sofa und hörten Platten, am liebsten den Rosenkavalier oder Tristan und Isolde (mit der Flagstad). Dann fuhr Ariadne Jupiter gern mit den Fingerspitzen über die warme, weiche Stirn und flüsterte ihm zu: »Du bist mein Engel. Wie gut, daß es dich gibt.« Und Jupiter strahlte vor Wonne. So konnten sie Stunden verbringen, ganz allein mit sich.

Manchmal nahm Ariadne auch gern ein Bad in warmem, wohlriechendem Wasser. Jupiter legte sich auf den kuscheligen hellgrünen Vorleger und leistete ihr Gesellschaft. Dabei sahen sie fern, die »Nachrichten« vor allem oder hin und wieder einen alten Schwarzweißfilm. Obwohl sie weit von ihrer Heimat entfernt waren, fühlten sie sich zu Hause.

Die meiste Zeit über aber schrieb Ariadne. Mittags ging sie aus dem Haus, sprach mit Mensch und Tier, und später schrieb sie alles auf, was ihr anvertraut wurde. Was immer ihr oder Jupiter auffiel, sie schrieb es auf. Bald gab es nur noch wenige leere Seiten in ihrem kleinen roten Büchlein. Von Menschen, die auf der nackten Erde schliefen, schrieb sie, und von solchen, die in prachtvollen Villen wohnten, vom Strand und vom Beton, von wunderbaren Menschen und von Gestalten, die ihr Angst einflößten. Von dreiunddreißig Millionen obdachlosen Kindern auf der Welt, die unter freiem Himmel lebten. Vom Müll und der Liebe.

»Was hat das alles zu bedeuten?« fragte sie sich immer und immer wieder. »Jupiter, sag doch: Warum dürfen einige Menschen anderen Befehle erteilen? Diese Aggressivität unter den Menschen – sie scheint für vieles verantwortlich zu sein. Aber findest du das normal? Findest du das natürlich? Wenn ich mein Buch veröffentliche, vielleicht werden die Menschen dann alles anders machen?«

»Wer weiß. Auf jeden Fall mußt du danach im Fernsehen

über das sprechen, was du geschrieben hast. So macht man das auf der Erde.«

Und Ariadne fand einen Verleger. Der verwies sie an einen Lektor, Robert, einen ganz zauberhaften Menschen, mit dem man wunderbar spielen und Spaß haben konnte. Robert fand einen Titel für das Buch und einen Untertitel: »Was hat das alles zu bedeuten. Der Report.«

Der Verleger verwies sie auch an seine »PR-Abteilung«. »Wir brauchen einen Vorabdruck und nach Möglichkeit schon vor Erscheinen viele Interviews mit Ihnen. Vor allem müssen Sie ins Fernsehen . . .«

Und Ariadne fand auch eine Freundin: Kate – eine Frau, mit der sie liebend gerne diskutierte und die ihr auch viel beim Arbeiten half. Zunächst nur so zum Spaß, dann wurde mehr daraus. Kate wurde ihr zur unentbehrlichen Stütze.

Jupiter war sehr zufrieden mit Ariadnes Wahl. Kate spielte gern mit ihm im Park.

Die Erde: Erster Akt

Das irdische Fernsehen entdeckt »Was hat das alles zu bedeuten«

Jupiter lag lang ausgestreckt unter dem Sofa, den Kopf auf den Pfoten, ganz im Stil der Ägyptischen Hunde aus den Dynastien des Mittleren Reiches. Er hob nur gelegentlich die Schnauze, um Ariadne unter den Fransen des Sofabezuges hervor beobachten zu können. Sie war dabei, sich umzuziehen. Das Fernsehen wurde erwartet. Nach der Unbekümmertheit bei ihrem ersten Fernsehauftritt war sie fest entschlossen, das Ganze diesmal mit mehr Raffinesse anzugehen, denn sie wünschte sich von Herzen, daß verstanden würde, was sie zu sagen hatte. Inzwischen hatte sie auch genug Stunden vor dem Bildschirm verbracht, um zu wissen, wie man sich vor der Kamera benehmen mußte. Sie zog einen dunkelblauen Hosenanzug und hochhackige Schuhe an, was sie ungemein »erwachsen« machte. Sie kramte in ihrem Schreibtisch und ordnete die Papierberge darauf. Sie wollte unter allen Umständen einen guten Eindruck machen. Doch sie war nervös. Jupiter übrigens nicht weniger. Bei jeder Bewegung seiner braunen Augen zitterten seine schwarzen antennenartigen Härchen auf der Stirn voller Anspannung. Kate kam noch schnell vorbei, um Ariadne Glück zu wünschen.

»Ist er gestern abend noch gekommen?« fragte Ariadne.

»Roger? Spät, *sehr* spät.« Roger war Kates Freund. »Aber es wurde dann doch noch sehr schön.«

Kate folgte Ariadne ins Bad, die sich vor dem großen Spiegel die Locken zurechtzupfte.

»Deine Haare sind ganz schön gewachsen«, bemerkte Kate. »Sieht gut aus, finde ich.«

»Ja, mir gefällt's auch viel besser.« Sie schüttelte vorsichtig den Kopf. »Ein Glück, daß sie heute einigermaßen fallen. Es heißt ja immer, gerade im Fernsehen sind bei einer Frau die Haare besonders wichtig. Ich habe jedenfalls irgendwo gelesen, je besser man gekämmt ist, desto höher sind die Einschaltquoten.«

»Wenn das so ist, wirst du heute die ganze Nation erreichen«, versicherte Kate. »Du siehst toll aus – nicht nur die Haare!« Sie ging ins Wohnzimmer und legte ein Vorabexemplar von »Was hat das alles zu bedeuten« auf den Tisch, damit es der Kamera nicht entging. »Wir können uns ja noch einen Kaffee machen, bis sie kommen.«

Jupiter kam unter dem Sofa hervorgekrochen und setzte sich zu den beiden Frauen, bereit, nett Konversation zu machen und Kekse abzustauben. Als er hörte, wie Kate Ariadne als »Miß Rite« ansprach, mußte er sich ein Lachen verkneifen. Es kam ihm zu und zu komisch vor. Kate hatte ihm früher schon einmal erklärt, wie wichtig ein Nachname sei. »Ariadne allein hört sich viel zu kindisch an.« Es gäbe zwar auch Frauen, die mit dem Vornamen allein durchkämen, Cher oder Sappho zum Beispiel, im allgemeinen jedoch ... »Aber was die PR angeht, kann man davon ausgehen, daß man einen Nachnamen braucht, um ernst genommen zu werden. Am besten natürlich einen Doppelnamen ...« Na, und so war es eben zu »Rite« gekommen. Es hörte sich irgendwie amerikanisch an, und Amerikanisch war chic.

Double-speak im Fernsehen

»Hallo, ich bin Sue Perfect, die Redakteurin, und das ist Susan Sleeze, die Aufnahmeleiterin. Freut mich sehr, Sie kennenzulernen. Darf ich Ihnen auch Pat Flat vorstellen, unsere Reporterin, die das Interview mit Ihnen führen wird. So, Sie und der Hund bitte hinter den Schreibtisch. Sehr hübsch.«

Ariadne war tief beeindruckt. Da mußte sie an einen sehr fortschrittlichen Sender geraten sein, wenn selbst die Aufnahmeleitung von einer Frau gemacht wurde, sogar einer Schwarzen. Die nehmen die Belange der Frauen bestimmt sehr ernst, dachte sie beruhigt.

»Miß Rite, wir wissen, daß Sie zusammen mit Ihrem Hund Jupiter durch das ganze Land gefahren sind und zahllose Menschen befragt haben. In Ihrem Buch ›Was hat das alles zu bedeuten‹ sagen Sie, die Menschen seien allzu aggressiv ... und zudem ungerecht gegenüber den Tieren. Und Sie sagen auch, daß die Mehrheit aller Frauen unglücklich sei. Wieso?«

»Nun, so genau haben es die Frauen mir gegenüber nicht ausgedrückt. Sie haben nicht gesagt, sie seien unglücklich – was für ein Klischee auch –, sondern ...«

»Ach, dann behaupten Sie jetzt also, sie seien *nicht* unglücklich. Dann haben Sie Ihre Meinung also inzwischen geändert?«

»Sie haben mich ja leider nicht ausreden lassen. Ich wollte gerade erklären ...«

»Ach, Sie waren noch nicht fertig? Entschuldigung, das habe ich nicht gewußt. Gut denn, sagen Sie, was Sie mögen.«

» ... frustriert. Die Frauen geben sich solche Mühe, an ihren Partnerschaften zu arbeiten, und oft vergebens«, fuhr Ariadne geduldig fort. »Sie wünschen sich, daß ihre Männer ihnen zuhören, mit ihnen sprechen. Sich mit ihnen auseinandersetzen. Und wenn sie sich ihre Socken dann noch selber kaufen würden«, fügte sie mit einem strahlenden Lächeln hinzu, »um so besser.«

»Keine Spitzfindigkeiten, Miß Rite, bitte«, wurde ihr von der Seite her zugeflüstert. »Bitte drücken Sie sich ganz einfach aus. Weiter, bitte. Pat.«

»Miß Rite, würde es Sie überraschen zu erfahren, daß auch wir eine Untersuchung vorgenommen haben, die ergeben hat, daß die Frauen nicht so denken, wie Sie behaupten? Sehen Sie mal.« Sie streckte die Hand aus und hielt plötzlich einen Stapel Papier in der Hand.

»Allerdings«, rief Ariadne aus. »Das ist tatsächlich eine Überraschung. Davon habe ich ja gar nichts gewußt.«

»Nun, bitte.« Pat Flat grinste übers ganze Gesicht. »Und was sagen Sie jetzt?«

»Aber Sie haben ja ganz andere Fragen gestellt als ich.«

»Stimmt genau. Und die Antworten sind auch nicht die gleichen. Ist das nicht verblüffend? Und sehen Sie sich doch bitte auch unsere Ergebnisse über die Sexualität an«, sagte Pat Flat euphorisch und reichte Ariadne einen weiteren Stoß mit Papieren. »Wir haben nämlich herausgefunden, daß praktisch keine der Frauen, mit denen wir gesprochen haben, außereheliche Beziehungen hat.«

»Das kommt mir in der Tat merkwürdig vor. Und *wie* haben Sie sie interviewt?«

»Wir haben sie angerufen und gefragt.«

»Das meinen Sie doch wohl nicht im Ernst.« Ariadne lachte. Sie verstand die Welt nicht mehr. »Wollen Sie wirklich sagen, Sie hätten die Frauen am Telefon gefragt, ob sie ihren Mann betrügen? Ist ja toll! Und um welche Uhrzeit? Waren sie allein zu Hause? Und warum, glauben Sie, waren sie eigentlich bereit, Auskunft zu erteilen? Haben Sie sie vielleicht dafür bezahlt? Und wenn der Mann oder die Kinder zu Hause waren? Es überrascht mich eigentlich, daß sie nicht den Hörer aufgelegt haben.«

»Um die Wahrheit zu sagen, einige haben schon aufgelegt. Könnten Sie sich bitte noch einmal der Kamera zuwenden?«

»Wie bitte?«

»In die Kamera, Miß Rite. Sie schauen ja gar nicht rein . . .«

»Das wird doch wohl nicht alles aufgenommen?«

»Aber sicher doch. Wir möchten doch Ihre Reaktion auf unsere Studie festhalten.«

»Meine Reaktion? Sie machen wohl Witze. Sie haben sie mich ja noch nicht einmal lesen lassen. Und dann wollen Sie jetzt, in dieser Sekunde, meine Meinung dazu hören? Vor der Kamera? Dann stellen Sie das Ding wenigstens einen Moment lang ab, bis ich mir Ihre Ergebnisse näher angeschaut habe.«

»Was müssen Sie denn da noch lesen. Ich habe Ihnen doch erklärt, was drinsteht«, sagte Pat Flat gereizt.

»Genau das ist es, worüber sich die Frauen beschweren«, antwortete Ariadne. »Daß die Männer nicht bereit sind, ihnen zuzuhören. Es ist wohl das Beste, ich spreche mit Ms. Perfect.« Jupiter seufzte vernehmlich. Er war auf das Schlimmste gefaßt.

»Selbstverständlich, Miß Rite. Womit kann ich dienen?«

»Ich wäre Ihnen dankbar, wenn Sie die Kamera ausstellen und mir erklären würden, was das alles zu bedeuten hat. Ich wollte hier über die Probleme der Umwelt sprechen sowie über die Auffassung der Frauen . . .«

»Wir sind nicht der Meinung, daß sich unsere Zuschauerinnen und Zuschauer sonderlich für die Umwelt interessieren, und Ihr Buch wurde bereits erwähnt.« Jupiter knurrte bedenklich.

»Nur der Titel wurde genannt. Aber hier geht es gar nicht um die Inhalte. Man sagt, ich hätte unrecht, und damit basta. Man setzt sich gar nicht mit dem auseinander, was die Frauen und ich zu sagen haben.«

»Gewiß . . .«, antwortete Sue Perfect beschwichtigend.

»Wir sind vom Sender ›Whole Truth‹, das wissen Sie doch, oder? Und unsere Aufgabe besteht darin, das Publikum zu unterhalten und uns unsere Gönner gewogen zu halten. Deshalb können wir nicht im Detail auf Ihr Buch eingehen, verstehen Sie. Nun erzählen Sie uns bitte etwas über die weibliche Sexualität. Miß Rite? Miß Rite! Bleiben Sie hier . . .«

Als sie die Tür hinter dem Fernsehteam geschlossen hatten, waren Ariadne und Jupiter so erleichtert, daß sie unisono einen Stoßseufzer zum Himmel schickten. Ariadne ließ sich erschöpft in einen Sessel fallen und starrte ins Leere. Jupiter setzte sich neben sie und versuchte sie zu trösten, einfach durch seine Gegenwart. Wenig später klopfte es. Kate kam herein.

»Wie war's«, fragte sie erwartungsvoll.

»Ein Fiasko. Was ich sagen wollte, hat sie überhaupt nicht interessiert. Einen Hahnenkampf wollten sie, mehr nicht. Eine Konfrontation zum Nutzen und Frommen der Zuschauer. Stell dir vor, sie haben mich vor laufender Kamera mit den Ergebnissen einer eigenen Untersuchung konfrontiert, die sie durchgeführt haben.«

Alle drei blickten ratlos drein, jeder auf seine Art. Ariadne verzweifelt, Jupiter schlechtlaunig und Kate verdutzt.

»Ich frage mich nur«, brach Kate das Schweigen, »was bei diesem Sender los ist. Was kann denn so schlimm daran sein, wenn die Frauen über ihre Gefühle sprechen? Wenn wir laut sagen, daß wir uns unsere Liebesbeziehungen besser vorstellen könnten. Warum wird uns dann die Schuld zugeschoben? Wir werden als ewig unzufrieden hingestellt. Das ist einfach nicht gerecht. Und die Aggression gegen die Umwelt? Ist das vielleicht nicht von Bedeutung?«

»Schau, als ich versucht habe, ihnen zu erklären, daß Jupiter und die anderen Tiere auch Respekt verdienen, habe ich Hohngelächter geerntet. ›Was hat das alles zu bedeuten‹ interessiert die keinen Deut.«

Kate wurde nachdenklich. »Diese starke Reaktion deutet darauf hin, daß du einen Nerv getroffen hast. Statt sich mit dem auseinanderzusetzen, was die Frauen zu sagen haben, flüchtet man sich in die Statistik.«

»Weißt du, ich glaube, alles würde ganz anders aussehen, wenn ich behaupten würde, daß bei den *Frauen* etwas nicht stimmt, daß sich die Frauen verändern müssen, daß die Frauen neurotisch veranlagt sind. Das hätten sie leichter akzeptiert. Sie können es nicht ertragen, daß die Frauen das System in Frage stellen. Oder die Liebe. Oder sonst irgend etwas.«

»Ach, ich finde das alles schrecklich. Wir Frauen sind doch auch Fernsehzuschauerinnen. Und uns fragt offenbar niemand, was wir sehen wollen. Aber es spielt ja keine Rolle mehr. Vergiß es, es ist ja vorbei.«

»Das ist ja das Schlimme: Es ist *nicht* vorbei. Sie wollen das Interview, oder das, was sie dafür halten, tatsächlich bringen.«

»Das ist doch nicht möglich!«

»Sie haben alles im Kasten. Ich mach' mir wirklich Sorgen. Sie waren noch nicht mal bereit, mir zu sagen, was sie bringen werden. Als ich bat, mir darüber Auskunft zu erteilen, hieß es nur, ich wolle Zensur ausüben.«

Jupiter, der dies alles mit wachsender Verzweiflung hörte, ließ den Kopf hängen, legte die Pfoten auf die Augen und knurrte.

Am nächsten Morgen saß Ariadne in einem alten Schottenrock, schwarzen Leggings und ungekämmten Haaren am Schreibtisch. Sie hatte den Fernseher laufen. Es gab den »Zauberer von Oz«. Man konnte sich keinen vergnüglicheren Kontrapunkt zu all dem Papierkram denken, den sie zu erledigen hatte. Als der Film zu Ende war, drehte sie den Ton ab. Auf Werbung hatte sie keine Lust.

Als sie gedankenlos den Blick auf den Bildschirm richtete,

fiel sie aus allen Wolken. Das bin doch ich, dachte sie verblüfft. Unter dem Standfoto von ihr waren die Worte »Hat Ariadne Rite unrecht?« zu lesen. Schnell drehte sie den Ton wieder an und hörte gerade noch, wie der Sprecher sagte: »Wenn Sie die Antwort erfahren wollen, versäumen Sie nicht, sich morgen um achtzehn Uhr zu unserer Sendung ›Unsere Sicht der Dinge‹ wieder einzuschalten.«

Gleich darauf klingelte das Telefon. Robert, ihr Lektor, wollte ihr nur sagen, daß er die Ankündigung gesehen hatte. Ariadne lud ihn ein, am nächsten Abend zu ihr zu kommen, damit sie die Sendung nicht allein sehen mußte.

Der nächste Anruf kam von Sue Perfect. »Hören Sie, Ariadne, ich bin gerade im Schneideraum und sehe mir das Interview an. Also im Ernst, ich mach' mir ziemlich Sorgen. Irgendwie ist das alles ganz anders als das, was Sie gesagt haben.« Kleinlaut fügte sie hinzu: »Aber ich kann leider nichts daran ändern. Der Typ, der für den Schnitt zuständig ist, ist absolut unzugänglich. Ich hätte nicht gedacht, daß sie so weit gehen würden.«

Ariadne mußte sich erst einmal wieder setzen. Sie war völlig perplex. Sie verstand, daß dies eine Warnung war. Aber was hatte sie zu bedeuten? Hilfesuchend barg sie ihr Gesicht in Jupiters warmem Fell.

Die beste aller möglichen Demokratien

»Guten Abend. Meine lieben Zuschauer, ich begrüße Sie herzlich zur Sendung ›Unsere Sicht der Dinge‹. Sie alle haben bestimmt schon davon gehört, vielleicht sogar darüber diskutiert, aber sicher haben Sie es noch nicht gelesen. Obwohl es erst morgen erscheint, haben sich bereits heute viele Menschen eine Meinung darüber gebildet. Die Rede ist von einem Buch mit dem Titel ›Was hat das alles zu bedeuten‹ von einer gewissen Ariadne Rite. Sehen Sie dazu Pat Flats Bericht von ›Whole Truth‹.«

»Wenn man diesem Buch Glauben schenken darf, beklagt sich die Mehrheit der Frauen darüber, daß sich ihre Männer nicht genügend mit ihnen unterhalten und daß sie keine Hausarbeit machen«, sagte der Ansager. Nach einem kurzen Ausschnitt aus dem Interview kam wieder Pat Flat ins Bild. »Um zu sehen, ob wir diese revolutionären Behauptungen bestätigen können, hat sich ›Whole Truth‹ die Mühe gemacht, eine repräsentative Telefonumfrage unter zweihundert Männern und Frauen durchzuführen. Wir haben dabei herausgefunden, daß die Mehrheit der Männer nicht der Meinung ist, die Frauen hätten Grund, sich zu beschweren. Wie sie sagen, richten sie mindestens einmal am Tag das Wort an ihre Frau und waschen auch hin und wieder das Geschirr ab.

Nun befinde ich mich hier in der City unserer schönen Stadt und mische mich unter diese wunderbaren Menschenmassen, um live zu erfahren, was die Leute wirklich denken. Entschuldigen Sie bitte.« Pat richtete das Mikrophon auf ein vorübergehendes Paar. »Gestatten Sie, mein Herr, sind Sie auch der Meinung, daß die Männer sich nicht mit ihren Frauen unterhalten?«

»Nein.«

»Und Sie, meine Dame, stimmen Sie eher Ihrem Mann oder eher Ariadne Rite zu?«

Bevor die Frau auch nur den Mund aufmachen konnte, nahm der Passant Pat Flat das Mikrophon aus der Hand. »Natürlich ist sie meiner Meinung. Schließlich ist sie ja meine Frau. Komm, gehen wir, Hasi.«

»Nun, meine lieben Zuschauerinnen und Zuschauer, hier handelt es sich ohne jeden Zweifel um einen Mann, der mit seiner Frau spricht«, kommentierte Pat Flat voller Genugtuung. »Nun wollen wir noch diese beiden Damen hier befragen.« Damit wandte sich Pat an zwei Frauen, die einen Stadtplan aufgeschlagen in der Hand hielten und angeregt ein Straßenschild studierten. »Sagen Sie, meine Damen, was halten Sie von der Behauptung Ariadne Rites, daß sich die Männer zu wenig mit ihren Frauen unterhalten?«

»Повторите пожалуйста.«

»Entschuldigung, das habe ich jetzt nicht ganz verstanden. Möchten Sie, daß ich die Frage wiederhole?«

»Повторите пожалуйста.«

»Nun«, sagte Pat und blickte direkt in die Kamera, »wie es scheint, sind es eher die Frauen, die sich nicht mitteilen können. Und jetzt ein bißchen Werbung.«

Ariadne saß wie versteinert vor dem Fernseher. Zum Glück waren Robert und Kate bei ihr.

»Na, immerhin haben sie deinen Namen und den Titel des Buches mehrfach erwähnt«, versuchte Robert sie zu trösten.

»Aber es handelt sich um ein Buch von über neunhundert Seiten, und sie behandeln es, als würde es aus einer einzigen Frage bestehen. Kein einziges Wort über Lebensqualität oder Umwelt.«

»Ich weiß ja«, sagte er tröstend. »Und du kannst dich darauf gefaßt machen, daß morgen in den Zeitungen noch mehr Unsinn stehen wird. Du weißt doch wohl, daß die Presse alles nachbetet, was im Fernsehen kommt? Schließlich gehört ›Whole Truth‹ den Verlegern der ›Power Press‹.«

»Und du meinst tatsächlich, daß die Pressejournalisten auch nicht mit mir sprechen werden? Um die wahre Geschichte zu erfahren? Jupiter hob den Kopf und spitzte die Ohren. Er war ebenso gespannt auf Roberts Antwort wie Ariadne.

»Vielleicht doch«, antwortete er vorsichtig. »Aber das würde auch nichts daran ändern, daß sie die Meinung von Pat Flat übernehmen oder sich zumindest von ihr beeinflussen lassen.« Jupiter ließ die Ohren wieder hängen.

Nun versuchte auch Kate, Ariadne zu trösten. »Ganz viele

Menschen werden dein Buch lesen und sich ihre eigene Meinung bilden. So etwas kommt alle Tage vor. Laß dich davon nicht entmutigen. Warum gehst du nicht schlafen? Du siehst ganz müde aus.«

»Ja, das ist vermutlich das Beste, was ich tun kann. Gute Nacht, ihr drei. Es tut gut zu wissen, daß man Freunde hat. Bis gleich, Jupiter.«

»Darauf war ich nicht gefaßt«, gestand Ariadne Jupiter bitter, als die beiden in ihrem Bettchen lagen. »Hier auf der Erde ist nichts so, wie es aussieht.«

»Möchtest du, daß wir wieder abhauen?« fragte Jupiter und leckte ihr voller Zuneigung übers Gesicht. Und mit der Keckheit im Ausdruck, die Ariadne so an ihm liebte, fügte er hinzu: »Wenn du magst, bin ich bereit.«

Ariadne gab sich einen Ruck. »Klar doch. Los!«

Himmelwärts

Kaum hatten sie es gesagt, erhoben sie sich auch schon in die Lüfte. Weiter, weiter, in den Himmel! Die Stadt ließen sie unter sich, die Erde.

Nach wenigen Minuten Flugzeit schon wurde die Luft um sie ganz licht. Sie genossen die frische Brise, und Ariadne hatte ihren Spaß daran, wie ihre Haare im Wind flatterten. Ein tiefer Friede kam über sie. Neben sich wußte sie Jupiter, ihren treuen Freund und Gefährten, den sie für seine Sicherheit im Navigieren nur um so mehr bewunderte. An seiner Seite konnte ihr nichts geschehen.

»Weißt du was, laß uns mal woanders landen, wo uns keiner kennt. Auf einem himmlischen Fleckchen, wo keiner mit uns schimpfen kann, weil wir uns so verspätet haben.«

Es wurde eine weiche Landung.

Im Himmel

Sie landeten unmittelbar neben einem Baseballfeld. Merkwürdigerweise hatten alle Spieler die gleichen weißen Trikots an. Mit den Himmlischen Baseballregeln kannten sich weder Ariadne noch Jupiter besonders gut aus, aber das kümmerte sie nicht. Was viel wichtiger war: Die Luft prickelte vor Frische, und die Sonne schien. Was wollten sie mehr.

Doch sie hatten sich zu früh gefreut. Obwohl sie auf diesem Fleckchen Himmel keine Menschenseele kannten, schien sich ihr Ausflug auf die Erde in himmelstypischer Windeseile herumgesprochen zu haben. Jedenfalls kam eine Figur auf sie zu, die sie in ihrem abgeschmackten weißen Kittelchen und dem Halbkreis aus Rosenholz mit nachlässig aufgetragener Goldbronze über dem Kopf nur als Engel identifizieren konnten. Er hatte grüngefärbte Stoppelhaare und schleppte eine schwere goldene Harfe mit sich. »Könnt ihr mir vielleicht mal sagen, was ihr euch dabei gedacht habt?« blaffte sie der Typ ohne Vorrede an. »Ihr hättet ruhig Bescheid sagen können. Es müßte euch doch klar sein, daß ihr euch mit diesem Erdtrip total übernommen habt. Guckt bloß mal, was ihr da unten angerichtet habt!«

Ariadne und Jupiter schienen ein ganzes Punktrio von Engeln aufgeschreckt zu haben, denn gleich kamen noch zwei hinzu, einer aufgebrachter als der andere: »Man kann die Leute auf der Erde doch nicht mir nichts dir nichts zur Rede stellen. Dafür muß man sich der richtigen Kanäle zu bedienen wissen – womit wir übrigens keineswegs Fernsehkanäle meinen. Man kann seine Meinung nicht hastewaskannste in die Welt hinausposaunen. Nicht mal die Wahrheit.«

»Die Wahrheit schon gar nicht«, sekundierte der dritte. »Und im übrigen habt ihr euch das heißeste Thema überhaupt ausgesucht. Familienpolitik! Darüber, was das eine Geschlecht zu tun und das andere sinnvollerweise zu unterlassen hat, diskutieren die Erdlinge jetzt bereits das ganze Jahrhundert über – und das ist für die schon reichlich lange. Um die sogenannte Demokratisierung der Familie, wie das jetzt neuirdisch heißt, schlagen sie sich die Köpfe ein. Und da geht ihr einfach her und meint, ihr könntet das alles mit einem Mal ändern. Und schreibt auch noch ein Buch darüber! Ja, für was haltet ihr euch denn eigentlich?«

Jupiter und Ariadne hatten in der vergangenen Zeit Vorwürfe genug eingesteckt. Im Himmel wollten sie nicht auch noch welche über sich ergehen lassen. Sie hatten nur eins im Sinn: so schnell wie möglich weg. Fort von all diesen Anwürfen, alles vergessen und einfach entspannen. Bei der erstbesten Gelegenheit drehten sie sich auf Pfoten und Absätzen um und starrten gebannt auf das Baseballfeld.

Wenige hundert Meter entfernt hält ein Ford Cabrio, Baujahr 1939. Aus dem Fond kommt behende ein Scotchterrier gesprungen. Er eilt auf das Spielfeld zu und setzt sich direkt neben Jupiter. Nicht lange, und die beiden kommen ins Gespräch. Jupiter läßt sich die Regeln erklären und traut sich auch, seine laienhaften Ansichten über den Spielverlauf zum besten zu geben. Die beiden verstehen sich blendend.

Der sympathische Terrier stellt sich als Fala vor, der langjährige Freund und Lebensgefährte des früheren Präsidenten der Vereinigten Staaten von Amerika Franklin Delano Roosevelt, und natürlich brennend an Politik interessiert. Als Jupiter erwähnte, daß er und Ariadne gerade von der Erde kamen und über erstklassige aktuelle Infos verfügten, bestürmte er ihn mit Fragen. Fala fand Jupiters Bericht so spannend, daß er ihn fragte, ob er nicht Lust hätte, im größeren Kreis seiner prominenten Freundinnen und Freunde, die selbst einmal auf der Erde gelebt hatten, ein Referat zu halten.

Und weg waren die beiden.

Fala macht Jupiter mit prominenten Himmelshunden bekannt

Im Himmlischen Hundeclub ging es hoch her. Fala führte Juppi überall herum und stellte ihn allen anwesenden Mitgliedern persönlich vor, bevor das Referat begann. In den Mittelpunkt seiner Erörterungen stellte Jupiter den Ärger mit den Vertretern der elektronischen Medien. Wie sich herausstellte, hatten viele der Clubmitglieder einschlägige Erfahrungen mit Journalisten. An Anekdoten und Gesprächsstoff fehlte es ihnen jedenfalls nicht.

»Also ich an deiner Stelle«, sagte eine bildschöne, kleine, braunweiß gefleckte Hundedame namens Rughetta, die Jupiter ähnelte, als wäre sie seine Zwillingsschwester, »würde das alles nicht so ernst nehmen. Mit den Journalisten ist es immer das gleiche: Sie stellen die aberwitzigsten Fragen. Einfach, weil sie partout nichts von dem verstehen, worauf sie sich da jeweils einlassen. Ich erinnere mich noch genau, wie ich mit Tito...« Skeptisches Gemurre in der Runde. »Nein, nicht mit *dem* Tito. Tito Gobbi meine ich natürlich. Also, wie gesagt, ich erinnere mich noch genau an die Zeit, in der wir zusammengelebt haben. Ihr wißt ja, was für ein begnadeter Stern am Opernhimmel er war. Das hat die Journaille aber keineswegs daran gehindert, nur die ausgesucht dämlichsten Fragen zu stellen. Wie zum Beispiel, ob es Titos Frau nicht stören würde, wenn er unter der Dusche singt. Das muß man sich mal auf der Zunge zergehen lassen. Menschlich kann man es natürlich auch irgendwie verstehen. Wer hat heutzutage schon noch einen Schimmer von der Oper. Von zeitgenössischen Interpretationen ganz zu schweigen.«

Pluto, der gefeierte Comicstar, kann Rughettas Erfahrungen nur bestätigen: »Nie wissen sie, was Sache ist. Um sich auf ein Gespräch vorzubereiten, beschränken sie sich darauf, die Artikel ihrer Kollegen zu lesen. Das reicht ihnen. Damit fühlen sie sich sogar außerordentlich gut informiert. Das verstehen sie unter ›Recherche‹. Und dabei haben sie noch nicht einmal ein schlechtes Gewissen. Wenn nur eine gewisse Anzahl von Zeitungsartikeln inhaltlich übereinstimmt, halten sie's für die ganze Wahrheit. Und dann kann der oder die, um die's geht, widersprechen, soviel sie will: dann täuscht eben *sie* sich. Oder er.«

»Genau so läuft es.« Jupiter war froh, mit seinen Erfahrungen nicht allein zu sein. Es tat ihm gut, von anderen zu hören, daß sie dasselbe empfanden wie er. »Erschwerend hinzu kommt ihr Eigendünkel. Man sollte es nicht für möglich halten. Eine Gegenfrage, ach was, es reicht oft schon ein irritierter Augenaufschlag: und schon sind sie tödlich beleidigt. Dann geht das Kesseltreiben erst richtig los. Dann lassen sie kein gutes Haar an dir.«

Die Mitglieder des Himmlischen Hundeclubs genossen ihren Erfahrungsaustausch in vollen Zügen. Da war zum Beispiel Vulkan, George Washingtons Hund, der dafür bekannt wurde, daß er seinem Herrchen einmal einen großen Schinken gestohlen hatte und täglich ein Häppchen davon fraß. Er hatte ihn fast ganz verputzt, als sie ihm endlich auf die Schliche kamen. Oder Argo, der Getreue des Odysseus, der seinen Meister nach zwanzig Jahren Irrfahrt als erster wiedererkannt hatte, sowie dessen russische Freundin Laika, der erste Hund im Weltraum. (Sie stellte sich im Verlaufe des Beisammenseins übrigens als ein bißchen lästig heraus, weil sie jeden Beitrag mit den Worten »Mann, war das eine Reise!« begann, egal, worüber gerade gesprochen wurde.)

Vulkan faßte besondere Zuneigung zu Jupiter. Vielleicht aber war er auch nur besonders schwatzhaft. Wer vermochte das zu sagen. Er nahm ihn überflüssigerweise zur Seite und flüsterte ihm ins Ohr: »Das mit Fala weißt du wohl schon? Ich meine, daß er den Leuten vom Geheimdienst ein Dorn im Auge war. Auf Reisen mußten sie den Präsidenten natürlich immer von aller Welt abschirmen. Und da hat ihnen Fala meistens einen Strich durch die Rechnung gemacht. Wo Roosevelt auch war, rannte er herum. Ein Hunderecht, ganz klar. Aber dadurch wußten natürlich alle immer gleich, wo sich Roosevelt aufhielt. Deshalb hatten sie Fala echt auf dem Kieker. Aber FDR hatte Charakter. Der weigerte sich einfach, ihn zu Hause zu lassen.« Diese Geschichte machte Fala in Jupiters Augen nur noch sympathischer. Roosevelt übrigens auch.

»Und einmal dann hat der Präsident Fala vergessen. Auf einer Insel mitten im Pazifik. Ich kann mir zwar nicht genau vorstellen, wie das möglich war, aber so etwas kommt in den besten Familien vor. Als er also bemerkte, daß Fala nicht da war, schickte er einen Kreuzer zu der Insel zurück, um ihn abzuholen. Die Presse hat einen Höllenterror gemacht. Von wegen Vergeudung von Steuergeldern und so. Daraufhin hielt Roosevelt seine berühmte ›Fala-Rede‹, in der er sinngemäß unter anderem sagte: ›Die Republikaner haben meine Frau, meine Kinder und jetzt meinen Hund attackiert. Aber als mein Hund hörte, daß er zu teuer wäre, regte sich sein schottisches Blut, und er wurde sehr ungehalten. Er sagte, es würde ihn sehr wundern, wenn er jemals auf einen Republikaner träfe, der weniger Geld ausgibt als ein Demokrat!‹«

Vulkan und Jupiter konnten sich kaum halten vor Lachen, und Jupiter dachte bei sich, daß er Franklin D. Roosevelt um sein Leben gern kennenlernen würde.

»Ich war auch mal im Fernsehen.« Die Worte wurden von einem Pfotenscharren begleitet, das sich irgendwie kleinlaut anhörte.

»Das ist Checkers«, erklärte Fala. »Mußt du nicht unbedingt persönlich kennenlernen, ist eine ziemlich mediokre Socke.«

Unter den Versammelten herrschte eine nicht zu übersehende Tendenz, den Begleiter Richard Nixons von oben herab zu behandeln, was ihn aber offenbar nicht davon abhielt, immer wieder Anschluß zu suchen. »Aber um noch mal auf deine Ariadne zurückzukommen«, sprach er weiter, »die hat sich ja wohl ziemlich getäuscht, wie?«

Jupiter verschlug es den Atem. »Wie meinen?«

»Na, das haben sie doch im Fernsehen gesagt...«

Fala konnte es nicht fassen. »Das kann doch nicht wahr sein. Du glaubst wohl immer noch alles, was man dir sagt. Dabei müßtest du doch eigentlich am besten wissen, was Reporter alles anstellen, nur um an eine Story zu kommen. Speziell, wenn sie was ›Exklusives‹ wittern. Und wenn partout nichts zu holen ist, erfinden sie eben eine. Wie die mit mir und Stalin... also, daß ich Stalin ans Hosenbein... na, ihr wißt schon.«

Das war wohl nichts, dachte Checkers und schämte sich. Die Schnauze zwischen die Pfoten geklemmt, entschuldigte er sich für seinen Fauxpas. Um die Schlappe wieder wettzumachen, versuchte er sich an einem Scherz. Langatmig hub er an: »Ist euch eigentlich schon mal aufgefallen, daß von diesen ganzen Medienheinis kaum einer Kurzschrift kann? Und von der Erfindung des Kassettenrekorders scheinen auch nur die wenigsten gehört zu haben. Die Schreiberlinge der Zunft jedenfalls haben meistens nur einen Block dabei, auf dem sie sich ihre Notizen machen. Und da natürlich keiner so schnell schreiben kann, wie ein anderer spricht, kritzeln sie eben nur das hin, was sie gerade erwischen. Und so kommt es, daß sie auf Pressekonferenzen immer dasitzen und sich gegenseitig am Ellenbogen antippen: ›Was hat er gesagt?‹ Das ganze erinnert mich immer an dieses Spiel... Wie heißt es doch gleich?« Jetzt hätte er beinahe die Pointe verpatzt.

»Stille Post.«

»Genau. Stille Post. Man sitzt im Kreis, und einer flüstert seinem Nachbar einen Satz ins Ohr, der gibt ihn an den nächsten weiter, und immer so fort, bis der Satz, der am Schluß herauskommt, nicht die Bohne mehr mit dem Anfang zu tun hat.«

Der ganze Himmlische Hundeclub amüsierte sich, und Checkers strahlte über seinen Erfolg. Das war noch einmal gutgegangen!

Unter den Anwesenden befanden sich auch die Pawlowschen Hunde, die sich durch einen entschiedenen Hang zur empirischen Forschung auszeichneten. Ohne ganz abzuwarten, bis sich die allgemeine Heiterkeit gelegt hatte, ergriff einer der Brüder das Wort: »Was mir aufgefallen ist: Gegen die Seitensprünge der Männer, von denen Ariadne berichtet – wenn mir recht erinnerlich ist, bekennen sich zweiundsiebzig Prozent der Männer nach zwei Jahren Ehe zu einem Seitensprung –, scheint niemand etwas einzuwenden. Das finden offenbar alle völlig in Ordnung. Aber daß nach immerhin *fünf* Jahren Ehe die Frauen einen ähnlichen statistischen Durchschnittswert aufweisen – siebzig Prozent, wenn ich mich nicht irre –, das bringt sie auf die Palme. Da traut sich nun eine, die Zahlen auf den Tisch zu legen, und gleich heißt es, ihre Statistiken wären nicht koscher. Da holt man irgendwelche zusammengeschusterten Erhebungen – oder was die so Erhebungen nennen – aus der Schublade. Und, große Überraschung!, die beweisen natürlich, daß Ariadne auf dem Holzweg ist.«

»Guten Morgen. Hast du's also auch endlich gemerkt«, blaffte ihn sein Bruder an. »Die Zeiten haben sich nicht geändert. Was nicht in den Kram paßt, wird einfach totgeschwiegen. Als hätten wir selbst nicht etwas ganz ähnliches am eigenen Leib erfahren. Wir und unsere Familie waren seinerzeit intelligent genug, gewisse Zusammenhänge zu erkennen und entsprechend zu reagieren. Und was geschieht: Man wurschtelt so lange herum, bis man den Begriff ›Pawlowscher Reflex‹ in eine ziemlich zweifelhafte Ecke gedrängt ...«

»Aber das kannst du nun wirklich nicht vergleichen.«

Nichts war Jupiter so sehr zuwider wie Auseinandersetzungen zwischen Familienmitgliedern. Mit einem müden »Wir sehen uns« verabschiedete er sich kurz von Fala und suchte das Weite.

Er fand es auch.

Wenig später folgte ihm Rughetta.

Derweil hatte sich das Baseballspiel auf mysteriöse Weise in Wohlgefallen aufgelöst. Aber vielleicht hatte Ariadne auch nur irgend etwas Entscheidendes verpaßt. Als sie sich gerade wieder auf den Spielverlauf konzentrieren wollte, standen jedenfalls alle Weißtrikots im Kreis auf dem Rasen und hielten sich bei den Händen. Sieht irgendwie komisch aus, dachte sie bei sich. *Männer!* Eben hätten sie sich noch am liebsten gegenseitig die Köpfe eingeschlagen.

Wie auf Erden, also auch im Himmel.

Sie vermißte Jupiter. Um sich die Zeit zu vertreiben, schlenderte sie zu einer kleinen Aussichtsplattform hinüber, die sie erst jetzt bemerkte. Vor dem hölzernen Türmchen hatte sich bereits eine Schlange gebildet. Ariadne stellte sich geduldig an, sie war nun doch neugierig, was es auf der Erde Neues gab, und hätte deshalb auch ein paar Minuten gewartet, um einen Blick durch das Teleskop auf der Aussichtsplattform zu werfen. Doch was sie wissen wollte, erfuhr sie bereits durch einen der Himmelstouristen, die oben waren. »Lohnt sich nicht«, meinte der nur.

»Gibt's irgendwas Interessantes in der Zeitung? Konnten Sie vielleicht die Schlagzeilen erkennen?«

»Aber klar doch. Sieht alles irgendwie gleich aus. So Überschriften wie ›Report ergibt: Männer sind das Letzte‹, ›Buch macht Männer madig‹ oder ›Frau erklärt allen Männern den Krieg‹. Aber mehr weiß ich auch nicht.«

»Danke. Das reicht mir schon . . .«

Ariadne begegnet Kleopatra

Geistesabwesend drehte Ariadne dem Baseballfeld mitsamt der Aussichtsplattform und dem Teleskop den Rücken zu. Was habe ich da bloß angerichtet, dachte sie bei sich. Wären wir da nur nie hingeflogen. Niedergeschlagen senkte sie den Kopf und entfernte sich. Kaum war sie ein paar Meter gegangen, hörte sie Schritte. Jemand kam direkt auf sie zu. Sie schaute hoch und sah . . .

. . . die Königin Ägyptens.

Ariadne verharrte in tiefem Respekt.

Diese Haare, schießt es ihr durch den Kopf. Niemand wird es je erfahren – oder doch? Böse Zungen behaupten ja, Kleopatra trüge eine Perücke aus importiertem Chinesinnenhaar.

Wie sieht *die* denn aus, dachte derweil Kleopatra. Scheint ja noch nicht einmal einen Fön zu besitzen. Doch laut sagte sie, natürlich ohne sich vorzustellen: »Also Baseball ist nichts für mich. Eindeutig *nach* meiner Zeit. Stinklangweilig. Aber dich habe ich hier ja noch nie gesehen. Bist wohl gerade erst eingetroffen. Liebeskummer? Schlaftabletten? Und wie heißt du eigentlich?«

Ist es nicht schön im Himmel, dachte Ariadne. Endlich wieder Leute, die genau so viele Fragen stellen wie ich. »Ariadne. Ich lebe aber schon länger hier, eigentlich immer, und komme nur gerade von einer Reise zurück, Majestät.«

»Laß das ruhig, sag einfach Kleo zu mir. Aber nun erzähl schon, warum sind wir uns noch nie über den Weg gelaufen?«

»Ich bin ziemlich weit von hier aufgewachsen, in einem kleinen Kaff, das Sie bestimmt nicht kennen werden ... ich meine, das du bestimmt ...«, beeilte sie sich hinzuzufügen.

»Himmlische Landpomeranze, komm, setzen wir uns ein bißchen. Laß uns Schminktips austauschen.«

Sie nahmen auf einer Bank Platz und holten beide ihre Schminktäschchen heraus. Ariadne hatte ihr rosafarbenes Plastiketui mit den goldenen Pünktchen und der Schnalle aus künstlichem Bergkristall dabei. Wie hätte sie sonst auch vor der Königin des Nils dagestanden. Kleo zeigte sich tatsächlich ganz entzückt davon. Das Täschchen paßte hervorragend zu ihren hochhackigen Sandaletten. Sie tauschten Lidschatten und Lippenstifte und berieten sich, was am besten zu ihrem jeweiligen Typ paßte. Kleopatra war unbedingt der Meinung, Ariadne solle ihre Augen mehr betonen, und legte gleich Hand an. Mit der Linken faßte sie Ariadne am Kinn und trug mit der Rechten großzügig kohlschwarzen Kajal auf. Während sie ihr dabei so nahe kam, nahm Ariadne eine ihr bislang unbekannte Duftnote eines schweren Moschusöls wahr und spürte unter dem Kleid die warmen, festen Brüste. Und dabei hatte es immer geheißen, Kleopatra hätte so wenig Busen gehabt ... Es müßte wunderbar sein, dachte sie, eine solche Frau zur Freundin zu haben.

Zum Zeichen ihrer Zuneigung schenkte sie ihr die hellgelbe Sonnenbrille mit den verspiegelten Schmetterlingsgläsern, die sie sich noch kurz vor ihrer überstürzten Abreise von der Erde in einer schicken Boutique in der City gekauft hatte. Das Teil sah aus wie für Kleopatra geschaffen, bei dem dunklen Teint und dem schwarzen Pony und überhaupt.

»Hast du zufällig auch gelben Nagellack dabei?«

Doch *daran* hatte sie nun wirklich nicht gedacht.

Die beiden Frauen verstanden sich auf Anhieb. Es war ihnen, als kannten sie sich ein Leben lang. Ariadne erinnerte sich all der Bücher über irdische Geschichte, die sie als kleines

Mädchen verschlungen hatte, und unzählige Fragen lagen ihr auf den Lippen, beginnend mit »Was hatte es eigentlich mit der großen Bibliothek von Alexandria auf sich«, über »Kannst du Eselsmilch zur Körperpflege auch nach neuesten kosmetischen Erkenntnissen empfehlen«, bis hin zu »Wie war es denn eigentlich so – mit Caesar und mit Antonius«. Interessiert hätte sie auch, ob sich Kleopatra während der Zeit ihrer Herrschaft über Ägypten als Sexsymbol empfunden hatte. Und was sie überhaupt so über die Geschichtsschreibung dachte.

Doch so weit kam es nicht. Plötzlich machte Kleopatra komische – und natürlich vergebliche – Anstrengungen, sich hinter ihrer Sonnenbrille zu verstecken. Wie ein Kind, das sich die Augen zuhält und meint, so würde es unsichtbar. »So ein Mist, sie hat uns gesehen. Na, das kann ja heiter werden. Mach dich auf was gefaßt!«

Mit energischen Schritten kam eine Frau auf sie zu. Sie fuchtelte temperamentvoll mit den Armen und fluchte wie ein Rohrspatz. »Ja, merkt ihr denn eigentlich nicht, daß es Frauen sind wie ihr, die unser ganzes Geschlecht in Verruf bringen! Was habt ihr bloß für ein Selbstverständnis, frage ich mich. Seht ihr euch denn *nur* als Spielzeug für die Jungs?«

»Das ist die Stein. Gertrude Stein. Hat Haare auf den Zähnen, kann ich dir sagen«, wisperte Kleopatra Ariadne ins Ohr, bevor sich der arrogant und blasiert dreinschauende Handfeger vor ihnen aufpflanzte. »Mein Gott, laß uns bloß in Ruhe und fall anderen auf den Wecker.« Sie unterdrückte ein Gähnen und wandte sich wieder Ariadne zu. »Aber ich hab' jetzt sowieso was vor. Besuch mich doch später noch, dann können wir Klamotten tauschen.« Sie gab ihr ein Kärtchen mit ihrer Adresse. »Für dich ist das natürlich nichts, Gertrude«, fügte sie hinzu. »Unter deinem Niveau, will ich meinen.«

Gertrude Stein und Kleopatra, die Herrscherin vom Nil, gingen in entgegengesetzter Richtung ab. Ariadne ließen sie leicht verwirrt auf der Bank zurück. Rotzfrech, diese Gertrude, dachte sie noch. Und hochnäsig. Aber auch irgendwie toll.

Bei Kleopatra zu Hause

Ariadne konnte es kaum erwarten, Kleopatras Zuhause kennenzulernen. Voller Ungeduld blickte sie immer wieder auf das Visitenkärtchen in ihrer Hand und verglich die Hausnummern. Doch, es mußte stimmen. Sie hatte ein altägyptisches Anwesen erwartet, irgendwie dunkel, geheimnisvoll und modrig. Doch das Haus, wenn man es denn so nennen konnte, machte einen freundlichen Eindruck. Es war ein lichtes weißes Raumschiff mit neonfarbenem Plastikputz.

Während sie noch unschlüssig davorstand, hörte sie einen automatischen Summton. Wie durch Zauberhand glitt das Portal auf. Ariadne trat in die Vorhalle, ein großer Raum mit zahlreichen sanft schimmernden Kunstledersofas in Limettengrün, Pink und Chartreuse. Das erste, was sie bewußt wahrnahm, war ein Gegenstand, der entfernt an die Uhren auf den Gemälden von Dalì erinnerte: ein gelber Fernsehapparat in einem Latexgehäuse, wie dahingeschmolzen. Kleine Leselampen, gleichmäßig in der Halle verteilt, sorgten für angenehme Beleuchtung. Alle trugen die Aufschrift »Kleopatra VII«, in Blattgold, großzügig aufgetragen. Die zinnoberroten Tapeten waren mit großen Giraffen bedruckt, ebenfalls in Gold. Das muß ihr Salon sein, dachte Ariadne. Für einen Flur ist das alles viel zu opulent.

Der Anblick, den die Herrscherin selbst bot, war ebenso atemberaubend wie das Ambiente, in dem sie lebte. Sie trug jetzt ein chartreusegrünes, enganliegendes Latexkleid und dazu eine Arletty-Brille, Schildpatt, die sie sehr seriös machte. Ob sie wohl kurzsichtig war? Oder sie nur der Wirkung wegen aufhatte? Jedenfalls gab sie ihr diesen ganz gewissen, unbestimmten intellektualistischen Vogue-Look.

Kleopatra bat Ariadne, auf einem der pinkfarbenen Sofas Platz zu nehmen und reichte ihr ein kleines, blaues Glas mit merkwürdigen Goldverzierungen, das sehr, sehr nach Antiquität aussah. »Trink.«

»Was ist denn das?«

»So etwas ähnliches wie der Arrak, den man heute aus Beirut kennt. Man trinkt es kalt und auf ex.« Sie brachte einen altägyptischen Toast aus: »Frauen – Freundinnen für immer.« Während Ariadne die Flüssigkeit kippte, wie befohlen, war sie überzeugt davon, daß gleich etwas Besonderes geschehen würde. Doch nichts geschah. »Schmeckt gut«, sagte sie zaghaft.

»Komm, ich zeige dir mein Schlafzimmer.«

So etwas hatte Ariadne noch nie gesehen. Eine schier endlose Zimmerflucht, drapiert mit sinnlich schimmernden Goldbrokatstoffen, vorderasiatischen Geweben in allen nur vorstellbaren intensiven Türkis- und Rosétönen. Überall standen frische Blumen, Kleider, Schmuck. Allerfeinste Seidenstrümpfe – mit Naht und ohne – waren sorglos auf Stühlen und Beistelltischchen abgelegt.

Das Ganze sah aufregend und einladend aus – so einladend in der Tat, daß Ariadne das Bedürfnis verspürte, ganz mit dieser Atmosphäre eins zu werden, sich in den Kissen zu suhlen, in den weichen Stoffen zu wälzen, die Farben in sich aufzunehmen und einfach nur an die wundervolle rosa Decke zu starren. Die Zeit zu vergessen. Und alles andere, was ihr auf der Seele lastete.

Doch Kleopatra führte sie weiter herum. Die einzelnen Räume waren nur durch weiche Vorhänge voneinander getrennt, so daß es auf den ersten Blick wirkte, als stünde jedes Möbelstück ganz für sich in einer eigenen Nische. Den Blikken dargeboten. Nur zur Ergötzung. In einer dieser Nischen befand sich ein antikes Himmelbett mit einem tief moosgrün-goldenen Überwurf und als Kontrast rosarote Kissen. Sein sandrosa schimmerndes Kopfteil, eingerahmt von üppigen Holzschnitzereien in der Form ineinander verschlungener Bären, Bienen, Leoparden und Schlangen, schien von ehrwürdigem Alter. Und dennoch wirkte alles ausgesprochen lebendig und wie von magischen Kräften beseelt. Der Baldachin wurde von einem eleganten Schlangenemblem in Gold gekrönt – Gold, so glänzend wie die Sonne mittags um zwölf. Große Spiegel reflektierten das Schlangensymbol, Hunderte von Malen, wie es Ariadne schien, im ganzen Raum. An den Wänden hingen phantastische Gemälde von Vögeln, Wild, Hunden und anderen Wesen, die sie im Moment nicht unterzubringen wußte.

Am Ende ihrer Tour durch diese unerforschliche Saalflucht stand der Wandschrank – genauer gesagt, eine Kleiderkammer von enormen Ausmaßen. Im Mittelpunkt ein runder, verchromter Kleiderständer, der sich auf Knopfdruck, wie in der chemischen Reinigung, zu drehen begann. In regelmäßigen Abständen verteilten winzige Zerstäuber Parfum in der Luft, damit die Garderobe immer himmlisch duftete und jederzeit angezogen werden konnte.

Die Sachen waren nicht nach Tageszeiten unterschieden, sondern nach Farben geordnet. »Eine völlig überflüssige bourgeoise Erfindung war das«, ereiferte sich Kleopatra. Ariadne versuchte sich auf die Schnelle eine Meinung zu bilden. Mit dieser Frage hatte sie sich noch nie beschäftigt. Ist es mir eigentlich wichtig, ob es Anziehsachen für den Tag und extra Abendkleider gibt? Oder überhaupt die Unterscheidung zwischen Tag und Nacht? Und wenn ja, was ist eigentlich wichtiger? Sie konnte sich nicht entscheiden ...

Ihre Dessous bewahrte Kleopatra in einem offenen Regal auf – erlesenste Unterwäsche aus verschiedenen irdischen Gefilden, aus dem alten Ägypten natürlich, aber auch aus dem viktorianischen England. Sogar eine Art Hemdchen aus dem Mittelalter. Ganz schön heiß bei all seiner hellen Harmlosigkeit, fand Ariadne. Am meisten entzückt jedoch war sie von einem fleischfarbenen Mieder, vorne zu schnüren. Als Kleopatra bemerkte, daß sie ihre Blicke nicht davon zu lösen vermochte, half sie ihr, es anzuprobieren. Ariadne war ganz hingerissen. Der zarte Farbton harmonierte unglaublich gut zu ihrer blassen Haut und dem rotgoldenen Haar. Meine Güte! dachte sie, als sie sich in dem Mieder betrachtete. Echt spitze. Wahnsinnig aufregend. »Und was machen wir jetzt?« fragte sie völlig aufgedreht.

Kleopatra deutete nur auf einen kleinen Toilettentisch, vor dem ein zierlicher lavendelfarbener Polsterstuhl stand. Ariadne hatte ein gutes Gefühl, als sie sich setzte, und war bereit, Kleopatra in allem zu vertrauen. Die Blicke der beiden Frauen trafen sich im Spiegel. Kleopatra faßte ihr ins Haar und drapierte es auf verschiedene Arten um den Kopf. Schließlich griff sie zum Lockenstab und legte es in Wellen, die ihr weich über die Schultern fielen. »Nun schau mal, wie sexy du jetzt bist. Wenn ich daran denke, wie du aussahst, als ich dich heute nachmittag kennengelernt habe. Kaum mehr wiederzuerkennen.«

Ariadne war wie bezaubert von ihrem eigenen Spiegelbild. »Aber wo soll ich mich denn so blicken lassen?«

»Stell dich nicht so dumm.« Kleopatra warf Ariadne im Spiegel einen anzüglichen Blick zu. »Muß ich dir denn *alles* beibringen?«

Doch obwohl sie sich ausgesprochen wohl fühlte, kam Ariadne allmählich wieder auf andere, trübere Gedanken, und das blieb Kleopatra nicht verborgen. »Sag schon: Was spukt dir in deinem hübschen Köpfchen herum? Bestimmt ein Mann. Los, erzähl.«

Die beiden Frauen setzten sich auf eine Couch neben dem Frisiertisch. Zögernd begann Ariadne, von ihrem Trip auf die

Erde zu erzählen. »Ach Kleo, ich krieg' das alles nicht auf die Reihe.« Nur mühsam hielt sie die Tränen zurück. »Es ist dort alles so wunder-wunderschön. All die Blumen, die Vögel, die Bäume! Tausende und aber Tausende von Tieren. Allein die Farben. Und nun fangen die Menschen offenbar systematisch an, alles zu vernichten. Jupiter und ich ... also, Jupiter ist mein bester Freund, mußt du wissen ... wir haben ganze Quadratkilometer von Wald mit ganz vielen niedlichen Vögelchen gesehen, den sie einfach abholzen. Aus den Bäumen machen sie Papier, mit dem sie sich dann die Nase putzen oder auf das sie sogenannte Nachrichten schreiben und das sie am nächsten Tag dann verbrennen. Und irgendwie habe ich den Eindruck, daß sie sich selbst gegenseitig auch nicht viel anders behandeln ... benutzen und wegwerfen. Ich habe auf der Erde mit zahllosen Frauen gesprochen, und die meisten von ihnen haben so etwas anklingen lassen, mehr oder weniger deutlich. Wenn ich ganz ehrlich bin: Es will mir einfach nicht in den Kopf hinein. Jedenfalls war ich dann im Fernsehen – in einer Talk-Show, wie man das nennt – und hab' einfach so ein bißchen von meinen Beobachtungen erzählt. Was mir gerade einfiel. Na, und ich kann dir sagen: Das gab vielleicht ein Theater! Aus dem Studio haben sie uns verjagt, Jupiter und mich. Es wäre alles allein meine Schuld. ›Natürlich leben wir in einer Demokratie‹, hat mir der Typ in dem Studio gesagt, ›aber es gibt eben Dinge, die man einfach nicht sagt.‹ Das war alles total verwirrend. Und zu den Tieren meinte er nur, daß die Aggressionen der Menschen gegen sie ›natürlich‹ wären. Und insgesamt sei die Welt, genau so wie sie ist, beinahe perfekt. Und ich wäre eben ein Störenfried und hätte den Mund zu halten.«

»Armes Liebes, wem sagst du das. Den Boten wollten sie schon immer erschießen«, murmelte Kleopatra mehr zu sich. Lauter fügte sie hinzu: »Von Leuten, die zu viele Fragen stellen, waren sie auf der Erde noch nie sonderlich erbaut. Aber ausgerechnet du! Du bist doch eine so zauberhafte Botin. Sie sollten sich was schämen. Trotzdem kann ich dir, glaube ich, verraten, wie man mit derlei Problemen umgeht.« Sie blinzelte verschlagen.

»Ich kann mir einfach keinen Reim darauf machen.« So leicht ließ sich Ariadne nicht von ihren trüben Gedanken abbringen. »Ich habe immer gedacht, wenn etwas offensichtlich ungerecht ist, müßten die Menschen doch alle Anstrengungen unternehmen, um Abhilfe zu schaffen. Nur deshalb habe ich auch mein Buch geschrieben. Sollte ich mich so getäuscht haben?«

»Weißt du eigentlich, daß ich auch ein Buch geschrieben habe – über Kosmetik. Aber erzähl weiter.«

»Vielleicht bin ich auch selber schuld. Vielleicht hat es dem Mann angst gemacht, als ich meinte, Frauen sollten mehr Macht haben. Und mehr Geld. Und genauso gute Jobs wie die Männer.«

»So hast du das gesagt? Alle Wetter! Du bist ja noch interessanter, als ich gedacht habe.« Kleopatra gluckste vergnügt. »Sieh mal, eine Freundin von mir – du kennst sie noch nicht – sagt immer, daß es die Männer der westlichen Welt gerade im Moment sehr schwer haben, vor allem die Weißen. Keiner läßt mehr ein gutes Haar an ihnen. Früher waren sie die ›Herrscher der Welt‹, und nun sollen sie plötzlich nicht mehr Nummer Eins sein. Überall auf der Erde, wo du auch hinschaust, Aufstände. Die Minderheiten erheben sich und klagen den weißen Mann an. Und nun auch noch die Frauen – ›ihre‹ Frauen. Kein Wunder, daß sie sich verzweifelt an den letzten Strohhalm klammern. Und wo ginge das besser als bei ihnen zu Hause, in den eigenen vier Wänden.«

»Aber sie können doch nicht erwarten, von den Frauen geliebt zu werden, wenn sie sie nicht wie gleichberechtigte Partner behandeln, oder? Und in Wirklichkeit sind es doch eher die Männer, die die Frauen brauchen, als umgekehrt.«

»Worauf du Gift nehmen kannst... aber nicht mußt, keine Angst!«

»Auch vom Standpunkt der reinen Vernunft aus gibt es doch gar keine Alternative, oder was denkst du?«

»Ach Ariadne«, rief Kleopatra gerührt aus. »Du bist eine Idealistin, wie sie im Buche steht. Von deiner Naivität einmal ganz zu schweigen. Eine richtig süße Unschuld! Aber eins muß man dir lassen: Denken kannst du. Wo kommst du eigentlich wirklich her?« Sie stand auf, warf sich einen weißen, reinseidenen Hausmantel über die Schulter und nahm Ariadne bei der Hand. »Komm mit.« Sie führte sie aus dem Schlafzimmer hinaus, weiter den Gang entlang. »Am besten kann ich immer über die irdische Wirklichkeit nachdenken, wenn ich ein heißes Bad nehme. Und du wirst dich zu mir setzen.« Sie duldete keinen Widerspruch.

Ehe sie sich's versah, fand sich Ariadne in einer überdimensionalen Badestube wieder. Zuerst fiel ihr Blick auf die phantasievollen, exzellent ausgeführten Fresken an der Decke. Sie sah große Bodenvasen mit rosa Pfingstrosen und blaßgelben Orchideen. In der Mitte des Raumes befand sich eine in den Fußboden eingelassene muschelförmige Badewanne. Marmorstufen führten in das bereits eingelassene Wasser, auf dem ein grünlicher Schaum tanzte, von dem geheimnisvoll wohlriechender Dampf aufstieg. Ariadne nahm auf einer blütenweißen Hollywoodschaukel neben der Wanne Platz und empfand ein berauschend luxuriöses Gefühl.

Sie beobachtete Kleopatra, wie sie majestätisch die Stufen hinabschritt, und ließ den Kopf auf den Rand der Schaukel sinken. Ein angenehmer Schwindel stieg ihr zu Kopf, bereitwillig ließ sie sich vom wohligen Plätschern des Badewassers einlullen.

Träge seifte sich Kleopatra die Beine ein, auch sie in Gedanken versunken. Doch wenige Augenblicke später legte sie mit einer entschiedenen Handbewegung den rosa Badeschwamm beiseite und setzte sich kerzengerade im Wasser auf. »Die Idee, daß sich die Medien direkt mit dem, was du und die anderen Frauen sagen, auseinandersetzen, kannst du dir von vornherein abschminken. Die wissen doch ganz genau: Wenn sie die Themen als solche aufnehmen, machen sie keinen Stich. Also gehen sie indirekt vor: ›Was die schon für Haare hat!‹ ›Die kann ja gar nicht schreiben.‹ ›Und wissenschaftlich ist es schon gar nicht.‹«

Ariadne hörte Kleopatra zu, versuchte dabei aber gleichzeitig, nicht länger an die Erde zu denken. Doch Kleo ließ nicht locker. »Warum machst du dir eigentlich so viele Sorgen? Zeitschriftenverleger wollen Zeitschriften verkaufen. Das ›Volk‹ aber repräsentieren sie nicht. Die Medien besitzen auch nicht das Volk. – Eher schon die Werbung.«

»Warum ich mir Sorgen mache, möchtest du wissen? Ist doch klar: Die Medien sind deshalb so wichtig, weil die Mehrheit der Menschen ihre Informationen aus ihnen bezieht. Mit einem Buch, und wenn es dreimal ein Superbestseller wird, erreichst du allerhöchstens zehn Prozent der Bevölkerung. Der Rest ist auf die Medien angewiesen. Deshalb braucht man sie, wenn man etwas zu sagen hat und will, daß die Leute das auch erfahren. Wenn dann das Fernsehen und die Presse vom rechten Weg abkommen . . . Na ja, wenigstens sind Meinungs- und Pressefreiheit Grundbestandteile der Demokratie.«

»Ariadne, jetzt hör mir mal genau zu: Du mußt dir klarmachen, daß du auf deiner Reise ein paar ziemlich ernste Erklärungen abgegeben hast. Und du mußt auch wissen, daß man derlei Dinge auf der Erde todernst zu nehmen pflegt.« Dabei lachte sie maliziös. »Vielleicht ist die Reaktion der Medien zum Teil auch deshalb so erbittert, weil sie im Grunde wissen, daß du da einen wunden Punkt berührst. Und nun kriegen sie Muffensausen. Tatsächlich, stell dir nur mal vor, wie es wäre, wenn man deine Gedanken konsequent weiterspinnen würde und zum Beispiel die Hälfte aller Regierungsposten mit Frauen besetzen würde.«

»Wie?« Ariadne blickte sie verständnislos an.

»Ach, nun tu mal nicht so scheinheilig.« Kleopatra wurde jetzt ganz übermütig. Sie beugte sich hintenüber und tauchte einen Moment lang im Badewasser unter. »Und nicht so ernst. Ich sage dir, ein bißchen Sex-Appeal, geschickt eingesetzt, und alle deine Probleme lösen sich wie von selbst. Ich bin gerne bereit, dir ein wenig Nachhilfe zu erteilen, wenn du magst.«

Ariadne war viel zu höflich, um Kleopatras zweifellos lieb gemeintes Angebot schlichtweg auszuschlagen. Außerdem hätte es viel zu viel Zeit in Anspruch genommen, sie über die Entwicklungen zu unterrichten, die seit ihrer Zeit eingetreten waren. Woher sollte die frühere Herrscherin des Nils auch wissen, daß Sex-Appeal heutzutage nicht unbedingt das geeignete Mittel war, seine Ziele auf der Erde durchzusetzen. Ariadne selbst war ja im Grunde nicht lange genug dort gewesen, um es genau beurteilen zu können, aber sie hatte so ein Gefühl. Und die Frauen, mit denen sie gesprochen hatte, hatten es bestätigt.

Doch Kleopatra schien Ariadnes Skepsis gegenüber ihrem Vorschlag gar nicht zur Kenntnis zu nehmen. Sie räkelte sich genüßlich im Wasser und streckte die Hand aus, um den lavendelfarbenen CD-Player auf dem Wannenrand zu bedienen. Es erklang ein Song von Billie Holiday. »Good morning, heartache.« Als der Song zu Ende war, seufzte sie: »Ach, wie sehr ich Toni vermisse!«

Ariadne war nicht einmal traurig, daß Kleopatra so abrupt das Thema wechselte. »Ja, erzähl mal. Ich wollte schon immer mal wissen, was da eigentlich vorgefallen ist.« Sie hatte schon viel von dieser Geschichte gehört, aber nie etwas Genaues.

»Willst du es wirklich hören? Also gut. Ich hatte es auch

nicht immer leicht im Leben. Es gab da zum Beispiel mal einen Römer, Horaz hieß er, ein ganz verrückter Typ. Der hat eine ganze Ode auf mich geschrieben. Da hieß es unter anderem, jetzt, da Kleopatra vernichtet sei, wäre die Zeit gekommen, das Leben zu genießen. Das war ganz schön bitter, kannst du mir glauben. Überhaupt, die Römer ... Die haben mich nie verstanden. *Nie!*« Kleopatra schaute göttlich sauer drein, doch dann schloß sie die Augen (ob sie wohl bis zehn zählte, wie es Ariadne auf der Erde gelernt hatte?), und ihr Gesicht nahm einen ganz verträumten Ausdruck an. »Ich war ja so glücklich mit Toni. Aber die Römer dachten, ich wäre nur darauf aus, Herrscherin über Rom zu werden. Nun, um es kurz zu machen, ich war es nicht, nicht richtig jedenfalls – und wurde es ja auch nicht, wie du wahrscheinlich weißt. Aber das ist eine andere Geschichte. Die Römer jedenfalls dachten, *das* wäre der einzige Grund für mein Handeln gewesen. Aber wie sollten sie es auch besser wissen. Ich war einfach nur glücklich mit Toni. Und um mit ihm zusammen sein zu können, mußte ich ihm natürlich helfen, denn *er* war es, der Ambitionen auf Rom hatte.«

Sie setzte sich auf. »Als er dann geschlagen war, war ich am Boden zerstört. Ich war ja fest davon überzeugt, er wäre in der Schlacht gefallen. Er war der Anführer unserer Armee, und wir wurden getrennt. Das war der Punkt, an dem ich alles für verloren hielt und mich umbrachte. Aber glaub' mir: Wenn ich nur gewollt hätte, hätte ich diese Niederlage in einen riesigen Triumph verwandeln können. Wäre ich nicht so verliebt gewesen, hätte ich es den Römern aber gezeigt! Angst hatte ich keine. Ich war nur völlig fertig, weil ich dachte, mein wunderbarer Toni sei tot. Und dann hat er sich das Leben genommen, weil er dachte, *ich* sei tot. Warum ist eigentlich niemand bereit zu akzeptieren, daß das die Wahrheit ist, die historische Wahrheit, und nichts als die Wahrheit? Kennt man auf der Erde vielleicht keine richtige Liebe mehr? Offenbar fällt ihnen nichts anderes mehr ein, als mir die abartigsten Gründe für meinen Kampf gegen Rom zu unterstellen. Hör zu: Ich *kann* gerissen sein. Und taktieren. Mindestens ebenso wie die Männer. Aber in diesem Fall war es Liebe, reine, leidenschaftliche Liebe. So simpel ist das: Ich war einfach verliebt. Übrigens, bring mir doch demnächst bitte mal so ein Buch von dir mit. Ich wüßte wirklich gern, was die Frauen heute sagen – wie es ist, verliebt zu sein. Und ich würde auch gern erfahren, ob sie heute auch noch so empfinden wie ich damals.«

Ariadne schickte sich an, ihr zu berichten, was ihr die Frauen anvertraut hatten, aber Kleopatra ließ sie nicht zu Wort kommen. »Im Grunde haben wir ein ganz ähnliches Schicksal, wir zwei. Auch an meinen Idealismus haben sie nicht geglaubt. Sie wollten einfach nicht begreifen, daß ich nur die besten Absichten hatte. Es hieß immer nur, daß ich auf die große Knete aus sei: ›Sie will Rom.‹ Damit basta. ›Sie will Rom.‹«

»Kleo, wie war das eigentlich damals: Lag die Abneigung der Römer gegen dich daran, daß du die Königin von Ägypten warst, und somit unheimlich mächtig, oder weil du eine Frau warst?«

»Also, gesagt haben sie, es sei wegen Ägypten, aber ich glaube, im Grunde lag es doch eher daran, daß ich eine Frau war und alles ein bißchen anders gemacht habe, als sie es gewöhnt waren. Aber vergiß jetzt mal meine Geschichte. Laß uns lieber noch etwas über dich sprechen. Wenn du jemals zur Erde zurück willst, brauchst du Hilfe, eine Freundin, die dir beibringt, wie man mit den Männern dort umgehen muß. Glaub mir, ich kann dir diese Hilfe geben. Schließlich habe ich schon seit Ewigkeiten mit ihnen zu tun.«

Ach, wie willst du mir helfen, dachte Ariadne bei sich, du bist doch selbst eine Verliererin. Natürlich war sie viel zu wohlerzogen, um es auszusprechen, aber Kleopatra schien ihre Gedanken lesen zu können. »Ich bin *keine* Verliererin! Ich habe dir doch alles genau erklärt. Ich habe mich aus Verzweiflung umgebracht. Meine große Liebe war tot. Mein Toni. Und ich wollte es einfach nicht mehr darauf ankommen lassen. Selbstverständlich war ich ein Militärgenie und eine großartige Strategin – wie hätte ich sonst zwanzig Jahre an der Macht bleiben können? Aber es hat mir das Herz gebrochen. Eines darfst du nie vergessen: Ihr wißt nur, was die Römer über mich verbreitet haben. Und das war, *nachdem* sie mich geschlagen hatten. Alles das, was wir Ägypter selbst geschrieben haben, wurde in der großen Feuersbrunst zu Alexandria zerstört. Unsere große Bibliothek ...«

»Ja, danach wollte ich dich sowieso schon fragen ...«

»Das erzähle ich dir vielleicht ein andermal. Jetzt aber möchte ich lieber mein ganzes strategisches Talent einsetzen, um deine Situation auf der Erde in Ordnung zu bringen. Laß uns erst mal wieder in die Kleiderkammer gehen, was Hübsches für dich aussuchen.«

»Kleo, ich bin von Herzen froh, daß ich dich kennengelernt habe. Und ich mag dich wirklich gern. Alles an dir mag ich – die Art, wie du denkst und sprichst, dein Zuhause, wie du dich anziehst, dein Make-up ... Aber ... was ich dir noch sagen wollte ... Auf der Erde gibt es jetzt eine ganze Menge Frauen, die es für ein Zeichen von Frauenunterdrückung halten, wenn wir uns schminken. Ein Zeichen dafür, daß die Betreffende verzweifelt darauf aus ist, ›einen abzukriegen‹ – daß sie schwach ist, allein nicht klarkommt. Und diese Frauen finden auch, es sei ein Zeichen schwesterlicher Solidarität, wenn man sich nicht schminkt und keine aufreizenden Kleider trägt.«

»Ach, jetzt mach aber mal einen Punkt.« Kleopatra hätte sich ausschütten können vor Lachen. »Du hörst dich ja schon an wie Gertrude. Um eine starke Frau zu sein – Feministin nennt man das wohl heute –, muß man doch nicht in Sack und Asche gehen. Ich kenne eine ganze Reihe von Frauenrechtlerinnen, echt klasse Frauen, und *die* hatten vielleicht Klamotten, kann ich dir verraten!« Kleopatra begann dem Bade zu entsteigen und bat Ariadne, ihr ein Handtuch zu reichen.

»Glaub mir, seit deiner Zeit hat sich auf der Erde doch so einiges getan. Wenn wir heute zum Beispiel die sogenannten Waffen der Frauen einsetzen würden – Sex, im Klartext –, käme das bei unseren Geschlechtsgenossinnen gar nicht gut an.«

»Meine Liebe, dein Denkvermögen in allen Ehren. Aber gelegentlich machst du dir einfach *zu viele* Gedanken. Du mußt das alles etwas leichter nehmen, beschwingter. Vielleicht sollte ich dich mal in den Whist-Club zu den Politischen Abenteurern schicken. Da hängen die ganzen Intellektuellen rum. Es wird dir gefallen. Die meisten sind zwar ziemlich langweilig, aber der eine oder andere ist auch ganz helle im Köpfchen. Ein paar meiner Liebhaber wirst du da auch finden. Ich würde ja sagen, wir gehen jetzt gleich hin, aber leider kann ich im Moment nicht. Ich habe eine Verabredung. Na ja, sie laufen uns schließlich nicht weg, unsere Großkopfeten.«

Kleopatra streifte sich einen enganliegenden Body mit Leopardenmuster über, legte sich ihr goldenes Schlangendiadem um den Hals und ihr Haustier – Jennifer, die Natter – über die Schulter. Alle Achtung, die Frau hat wirklich Stil, dachte Ariadne.

Zum Abschied gaben sie sich einen Kuß.

Ariadne und Jupiter unter den Sternen

Als Ariadne sich von Kleopatra verabschiedet hatte, ging sie unter den Sternen spazieren. Auf einer Lichtung erblickte sie Jupiter. Doch er war nicht allein – und offenbar sehr beschäftigt.

Der Mond umfing mit seinem sanften Lichtkegel ein Pärchen. Jupiter und eine kleine Hündin mit weißem, braungeflecktem Fell. Die Hündin mochte Rughetta sein. Die beiden waren in einem Tanz der Ekstase verbunden, sie hüpften, sprangen, balgten sich und legten sich gegenseitig die Vorderpfoten auf die Schultern. Sie schnupperten voller Inbrunst aneinander und leckten sich die Schnäuzchen. Das sah ganz nach Liebe aus.

Jupiter schien außer sich – und doch ganz bei sich. Sein ganzer Leib strahlte ekstatische Wonne aus. Kaum vermochte Ariadne ihre Blicke von den beiden loszureißen. Schließlich setzte sie sich etwas abseits ins Gras.

Die Sterne waren kristallklar, und als sie aufblickte, erkannte sie den Großen und den Kleinen Bären, Uranus und andere ihrer Lieblingssterne. Vor langer, langer Zeit hatte der Großvater ihr einiges über Sternbilder erzählt.

Sie spürte eine warme Zunge an ihrem Nacken. Es war Jupiter, selig, wieder bei ihr zu sein. Ariadne rieb sich die Wange an seinem Fell. Das Haar hinter seinen Ohren war der weichste, erlesenste Pelz, den sie sich vorstellen konnte. Und wie gut er roch. Jupiter kuschelte sich ganz nah an sie und zusammen blickten sie in die sternenklare Nacht.

Sie plauderten über ihren Ausflug zur Erde, über einen Staat namens Missouri und die Sterne, die sie von dort hatten sehen können.

Auf tritt Harry Truman

Während sie so versunken dasitzen, hören sie Schritte. Es ist kein anderer als Harry Truman, der den Waldweg auf sie zukommt. Ariadne und Jupiter schauen sich verwundert an. Was er wohl von ihnen will? »Es muß irgend etwas mit unseren Erinnerungen an Missouri zu tun haben. Da hat bei ihm ja auch alles angefangen.«

Unmittelbar vor ihnen blieb Truman stehen. »Hallo! Ich hab' schon überall nach euch gefahndet. Ich *darf* doch du zu euch sagen? Also, wie geht's?« Ohne eine Antwort abzuwarten, sprach er weiter. »Ich interessiere mich nämlich immer noch für alles, was auf der Erde passiert, besonders die Eskapaden der Presse. Und da ihr euch in der Politik nicht so gut auskennt wie ich, möchte ich versuchen, euch einen Rat zu geben. Dasselbe, was dir da unten passiert ist, Ariadne, haben sie auch mit meiner Tochter Margaret gemacht. Die Presse kennt nichts Schöneres, als sich über Frauen lustig zu machen. An Margarets Gesang und ihrem Klavierspiel haben sie auch kein gutes Haar gelassen. Aber bei dir kommt noch etwas anderes dazu ...«

Er setzte sich zu Jupiter und Ariadne ins Gras. »Was auf der Erde geschieht, kann die verrücktesten Ursachen haben. In vielen Fällen geht es um nichts anderes als um Klatsch. Klatsch ist im Grunde trivial, aber auch unglaublich mächtig. Es heißt, du hättest abgelehnt, Auskunft über dein Privatleben zu erteilen. Für dich persönlich war das das Richtigste, was du tun konntest, kann ich dir sagen. Aber bei der Journaille bist du jetzt natürlich unten durch. Lach nicht. Du weißt ja noch gar nicht, was das für Auswirkungen haben kann.«

Ariadne und Jupiter hätten Truman gern etwas gefragt, hatten aber gegen diesen guten Redner, der nicht gewohnt war, daß man ihn unterbrach, keine Chance. »Und dann ist da noch was: Ihr habt nämlich obendrein noch gegen das Dogma verstoßen, das da heißt: Nur eine gute Nachricht ist eine richtige Nachricht. Und die gute Nachricht lautet natürlich: Frauen sind glücklich. In den Familien ist alles in Butter. Und alles andere ist wider die Natur. Ich weiß selbst, daß diese Sprüche nicht das geringste mit der Wirklichkeit zu tun haben, und finde auch, daß es Aufgabe der Regierung wäre, Ursachenforschung zu betreiben und eine Lösung zu finden, aber auf diesem Gebiet kennen sie kein Pardon. Ihr spielt mit offenen Karten, und deshalb möchte ich euch gern helfen.«

Er war schon wieder aufgestanden, klopfte sich den Hosenboden ab und wollte fortgehen. Plötzlich besann er sich anders. »Ach ja, wußtet ihr eigentlich, daß sich dieser Fernsehsender, der euch da so zu schaffen gemacht hat, im Besitz der ›Große-Brüder-Dickes-Geld AG‹ befindet? Außer Fernsehstationen gehört denen auch noch eine ganze Menge: Seifensiedereien und Flugzeuge, Zeitschriften und Papierfabriken, Desodorants und Zündkerzen, was weiß ich noch alles. Aber sicher doch, Madame, Sie haben die freie Auswahl. Dürfen's vielleicht noch hundert Gramm mehr sein? Alles würden sie tun, damit die Frauen glücklich sind (oder wenigstens den Mund halten), noch ein Stückchen Seife mehr kaufen oder was auch immer, aber auf jeden Fall schön ruhig bleiben und sich vor allem nicht zusammenschließen. Nun mal Kopf hoch, Kleine, von hier oben aus kann man das ganz deutlich sehen: ein einziger riesengroßer Disneyland-Freizeitpark.« Er sah Ariadne und Jupiter mitleidig an. »Ich hoffe nur, daß ihr mit diesen Informationen etwas anfangen könnt.« Er wandte sich zum Gehen und winkte ihnen zum Abschied zu.

»Halt, warten Sie doch«, rief Ariadne ihm nach. »Könnten Sie mir nicht wenigstens noch ein paar meiner Fragen beantworten? Ich meine, zum Beispiel, ob ich direkt gegen die ›Große-Brüder AG‹ ankämpfen muß? Und wie ich die überzeugen kann. Es ist alles so aussichtslos. Manchmal komme ich mir vor wie in einem langen Tunnel. Weit und breit kein Lichtblick ...«

»Nennst du mich etwa keinen Lichtblick?«

»Kleo, wo kommst du denn her? Schön, dich zu sehen. Aber du hattest doch eine Verabredung. Habt ihr euch verpaßt? Harry Truman kennst du wohl?«

Doch er war bereits gegangen.

Paradies auf Erden: Ariadne verliebt sich

Zu gerne hätte Ariadne etwas über Kleopatras Rendezvous erfahren (mit wem sie wohl verabredet war?), doch die Ägypterin hält sich bedeckt und berichtet nur, daß Ben Badd, der Chefredakteur der »Power Press«, und seine Frau Priscilla in dieser Nacht in Washington/Erde ein Kostümfest geben.

»Ich schlage vor, wir gehen hin und mischen die Party ein bißchen auf. Was meint ihr?«

Ariadne und Jupiter sind sofort Feuer und Flamme. Maskiert würden sie kein Risiko eingehen, und vielleicht konnten sie auf diesem Weg sogar Antwort auf ihre Fragen erhalten. Sie begeben sich zu Kleopatras Raumschiff, um sich umzukleiden.

»Ich gehe als Kreuzworträtsel«, sagte Ariadne. Sie zog einen schwarzen Bodysuit mit aufgedruckten weißen Begriffen und vielen Fragezeichen an, dazu einen Bauchladen voller Zettelchen mit Sinnfragen wie in den chinesischen Fortune-Cookies, die es nur in Amerika gab. Von weitem erinnerte sie an die Zigarettengirls der Nachtclubs aus den Vierzigern. Jupiter ging als Harvey, der unsichtbare Hase, für den Fall, daß sein großes Idol James Stewart auch käme. Kleopatra, die sich gar nicht kostümierte (wer würde schon die Königin vom Nil auf einem Fest in Washington vermuten?), und auch Ariadne waren längst fertig, als Jupiter noch immer große Mengen Haarwachs sorgfältig in seinem Fell verschmierte, um sich die Ohren optisch zu vergrößern und in die richtige Form zu bringen.

Bei der Power-Elite im Glitterati Center

Es wurde ein famoser Auftritt. Die drei landeten mitten auf dem roten Teppich der großen Freitreppe des Glitterati Centers, die in den großen Ballsaal führte. Jupiter vorneweg, auf den Hinterpfoten, mit stolzgeschwellter Brust, nach ihm Ariadne. Mit beiden Händen griff sie in den Bauchladen und warf ihre Zettelchen über das Treppengeländer in die Menge. Die zahlreich erschienenen Festgäste machten sich einen Spaß daraus, sie aufzuheben und die Fragen zu diskutieren. Es versteht sich von selbst, daß Kleopatra den Vogel abschoß: majestätisch in ihrem trägerlosen Satinkleid à la Suzy Parker, die Natter spöttisch dreinschauend über die Schulter gelegt. Da sie sofort von einer Schar hingerissener Fans umringt war, begaben sich Ariadne und Jupiter gleich ans Büfett. Auf dem Weg spürte Ariadne einen festen Griff am Arm. Zunächst sah sie niemanden an ihrer Seite, doch dann bemerkte sie in Brusthöhe eine Glatze. Eine imposante, blitzblanke rosa Glatze. Der Mann, der dazugehörte, war zwergenklein, aber die Glatze so beeindruckend, daß Ariadne sich bezähmen mußte, sie nicht zu streicheln. Das Männlein trug einen tadellos geschnittenen Matrosenanzug und eine überdimensionale schwarze Hornbrille. Alles in allem bot es den Anblick eines glücklichen Otters.

Der Otter griff fester zu und ließ eine beinahe diktatorische Stimme hören. »Hey, Süße, keine Angst. Ich hab' das alles im Fernsehen gesehen. Die anderen sind ja zu blöd dazu, aber *ich* erkenne dich. Und auf die anderen kommt's sowieso nicht an. Mach mich zu deinem Agenten, und dann regle ich alles. Ich mach' das alles für dich. Ich will, daß . . .« Ariadne sah den Otter voller Verwunderung an. Sie wußte nicht, was sie ihm antworten sollte. »Wir treffen uns zum Essen im Le Cirque. Ich warte. Und sei bloß pünktlich. Sag einfach, daß du mit mir verabredet bist – Zippy.« Plötzlich war er wie vom Erdboden verschluckt, verschwunden in einem Dunstschleier.

Ariadne und Jupiter starrten ihm verblüfft nach. Was war denn *das?* Was hatte das nun wieder zu bedeuten? Doch da begann die Band mit »Cheek to Cheek«, und Jupiter zog Ariadne auf die Tanzfläche.

Die beiden tanzten so ausgelassen, das Ariadne zunächst gar nicht wahrnahm, wie sie einem hochgewachsenen Mann, der am Rande der Tanzfläche stand, das Sektglas aus der Hand stieß. Als sie nach einer Serviette suchte, um ihm beim Trokkentupfen behilflich zu sein, bemerkte sie, wie elegant er aussah. Ein bißchen *zu* elegant vielleicht sogar. Er trug einen Schwalbenschwanz mit einer Medaille auf dem Revers, aber kein Hemd. Nur eine schöne Männerbrust. Die spektakulärste Männerbrust, die Ariadne je gesehen hatte. In den Härchen glitzerten kleine Champagnertröpfchen, was sie noch beeindruckender machte. Der Mann war einen ganzen Kopf größer als Ariadne, muskulös gebaut und hatte bei aller Eleganz etwas Wildes, Verwegenes an sich. Er betrachtete Ariadne mit interessiertem Blick.

»Wer sind Sie denn?« fragte sie ihn.

»Na, wer wohl? Die Vertretung des Pianisten.«

»Das soll wohl ein Witz sein.«

»Schauen Sie.« Er nahm sie leicht an der Schulter und führte sie ein paar Schritte durch den Saal, während er sich die letzten Champagnertropfen von der Brust tupfte. »Sehen Sie den alten Herrn dort am Klavier? Das ist Horszowski, älter als das Jahrhundert. Wenn er nicht mehr kann, springe ich für ihn ein. Sie haben es erraten. Vor sich sehen Sie den neuen Horowitz! Aber ich bin besser. Ich bin Deutscher. Wir deutschen Musiker sind immer besser.« Ariadne schaute so ernst drein, daß er lachen mußte.

»Sind Sie davon wirklich überzeugt?« fragte sie ihn. »Ich habe Prokofjew am liebsten – ich kenne ihn sogar.«

»Nun, der ist schon lange tot. Freut mich aber zu hören, daß Sie seine Musik kennen.«

Ariadne lächelte versonnen. Warum sollte sie ihm die näheren Umstände erklären. Er sah so gut aus. Und sympathisch fand sie ihn auch. Sie begann ihn zu durchschauen. Er prahlte, hatte wohl schon eine Menge Champagner getrunken. »Ich heiße übrigens Friedrich.«

»Und ich bin Ariadne.«

»Ich würde Sie gerne mit meinen Freunden bekanntmachen.« Mit einer übertrieben ausladenden Geste deutete er auf drei ziemlich vergnügt wirkende junge Männer am Rande der Tanzfläche. Sie hatten sich gegenseitig die Arme um die Schultern gelegt, sangen die Melodien mit und tranken. Während sich alle begrüßten, kam auch Jupiter herbeigetrottet und gesellte sich zu ihnen. Er hakte sich ein. Die Jungs schunkelten zu viert weiter.

In der Orchesterpause wurde eine Platte aus den Fünfzigern aufgelegt, »Volare« in einer Interpretation von Dean Martin. Friedrich sang pantomimisch mit. Er legte allen Schmalz, dessen er fähig war, in seine tonlose Stimme. Und das war eine ganze Menge. Sogar seine Haare wirkten plötzlich fettig.

Ariadne war ziemlich beeindruckt. Sie fand diesen Mann umwerfend. Und blitzgescheit. Tränen lachte sie über ihn. Doch sie war auch ein bißchen verlegen. Ihr dämmerte, was Kleopatra gemeint haben konnte, als sie von ihrem Toni sprach.

Das Plastique Bertrand

»Jupiter scheint sich gut mit meinen Freunden zu amüsieren. Was meinen Sie: ob wir ihn eine Weile allein lassen können? Ich würde Ihnen nämlich gern einen kleinen Club zeigen, der fast die ganze Nacht geöffnet hat. Ziemlich schrill, aber mir gefällt er . . .«

Ariadne zögerte keinen Moment. Kleopatra war vergessen, keinen Gedanken verschwendete sie mehr darauf, daß sie eigentlich auf das Fest gekommen waren, um Antwort auf ihre Fragen zu erhalten. Jupiter amüsierte sich, und bereits zu diesem Zeitpunkt wäre sie Friedrich überallhin gefolgt.

Das Plastique Bertrand war zum Bersten voll, aber sie hatten Glück. Gerade als sie die Suche nach einem freien Tisch aufgeben wollten, räumten ein junger Mann und eine Frau eine Nische mit samten zebragestreiften Polsterbänken, von der aus sie das ganze Lokal überblicken konnten. Sie begannen eine Unterhaltung, sprachen über Musik und Komponisten, über Politik und Philosophie. Für Ariadne blieb die Zeit stehen. Sie hat nur noch Augen für Friedrich. Sie ist hingerissen von ihm. Er ist so präsent, so begeisterungsfähig. Wenn er sich für etwas interessiert, ist alles andere nebensächlich. Und im Moment interessiert er sich nur für Ariadne. Er kann seinen Blick nicht von ihr lösen. Sie spürt, daß sie ihn anzieht. Er hört aufmerksam auf jedes Wort, das sie sagt. Das kann nicht wahr sein, denkt sie bei sich. Mir wird ganz schwindlig. Ganz warm, am ganzen Körper.

Sie ist verwirrt. Ob sie das ist, die Liebe? So schnell kann das nicht gehen. Meine Güte, er ist wunderbar. Vielleicht eine Freundschaft, eine wirklich gute, enge Freundschaft. Ihr Herz schlägt wild. *Freundschaft zwischen Männern und Frauen ist nicht möglich.* Was immer sie auf Erden gehört hatte über das Verhältnis der Geschlechter, hallt in ihren Ohren wider. Sie reibt sich die Augen. Da stimmt doch was nicht, ich sehe ja gar nichts mehr. Nichts außer ihm. Sie möchte seine Hand halten. Ihm über die Wange streichen. *Eine Frau darf nicht den ersten Schritt machen.* Sie möchte ihm ganz nahe sein. *Eine Frau darf sich nicht anbieten.* Vielleicht doch eine Freundschaft? Eine wirklich gute, enge Freundschaft. Vertrautheit. Zuneigung.

Sie zwingt sich, den Blick zu heben. Direkt vor ihnen sitzt ein verliebtes Pärchen. Die beiden küssen sich so leidenschaftlich, daß es Ariadne einen Stich versetzt. Sie möchte weggucken, kann es aber nicht. Ariadne und Friedrich verstummen. Die Stille um sie herum wird länger und länger, lauter und lauter.

Schließlich bricht Friedrich das Schweigen. Ariadne hört gar nicht richtig zu. Sie hört nur das Klopfen ihres Herzens, starrt auf seinen sinnlichen Mund. Er hat die schönsten Lippen, die sie je gesehen hat. Und seine Augen, tiefe, geheimnisvolle Teiche voller Wissen. Seine Art, so geschliffen, so gewandt, dabei höflich und bescheiden. Und sein Körper erst! Perfekt proportioniert und durchtrainiert wie der eines Tänzers.

Nun krieg dich mal wieder ein, beschwört sie sich. Denk daran, was dir die Frauen gesagt haben. Sie hört die Stimmen jetzt ganz deutlich. *Eine Frau darf sich nicht wegwerfen. Die Männer wollen nur das Eine. Wenn du mit ihm schläfst, hörst du nie wieder von ihm. Du kennst ihn ja kaum.* Darauf bin ich nicht vorbereitet. Ich hätte nicht gedacht, daß mich die Liebe nervös machen würde. *Liebe?* Vielleicht sollte ich ihm sagen, was ich empfinde. *Und wenn er dich zurückweist?* Hätte ich nur etwas mehr Erfahrung mit irdischen Dingen.

Friedrich rückt näher an sie heran. Er nimmt ihre Hand, sieht ihr verlangend in die Augen. Was er wohl denkt? Er strahlt so viel Leidenschaft aus. Wie schön sie sei, sagt er. Wie er ihre Gegenwart genieße. Was für ein Glück er hätte, sie getroffen zu haben.

Glaub ihm nicht. So oft hat sie schon gehört, daß Männer Frauen *rumkriegen,* sie in sich verliebt machen und dann *fallenlassen.* Auf und davon gehen. *Warum sollte es dir anders gehen?* An ihren Empfindungen ändern die Stimmen nichts.

Die erste Liebesnacht

Nachts um vier schloß das Plastique Bertrand, und sie mußten gehen. Doch wie sollte sie ihm erklären, daß sie nach Hause fliegen wollte. Also sagte sie, daß sie ein Taxi nehmen würde.

»Es ist schon spät«, meinte Friedrich besorgt. »Ich begleite Sie.«

»Aber Jupiter und ich wohnen ziemlich weit außerhalb.«

Die Taxifahrt dauerte mehr als eine Stunde. »Sie könnten auch mit hochkommen und auf dem Sofa schlafen. Wenn Sie nämlich den ganzen Weg mit dem Taxi zurückfahren, kostet Sie das ein Vermögen.«

Als sie in die Wohnung kamen, war Jupiter schon da, schläfrig und ziemlich angeschickert. Ariadne bezog eine Bettdecke und bereitete das Sofa. Dann setzten sie sich ganz nahe nebeneinander. Friedrich wollte noch nicht gehen. Er schien es nicht übers Herz zu bringen, sie jetzt bereits allein zu lassen, und schlug vor, Ariadne eine Gutenachtgeschichte zu erzählen. Beide tun, als sei nichts geschehen. Friedrich erfindet eine hübsche Geschichte von einem kleinen Bären, der für sein Leben gern Beeren ißt, und von den Problemen, in die er dabei gerät. Sie hat kein rechtes Ende, aber irgendwann hört sie doch auf, und da ist wieder dieses Schweigen. Sie sehen sich an.

Ohne ein Wort nimmt Friedrich Ariadne in den Arm und trägt sie ins Schlafzimmer. Besorgt folgt ihnen Jupiter. Er läßt Friedrich, der Ariadne sanft aufs Bett legt, nicht aus den Augen.

Ihr Herz rast. Das kann alles nicht wahr sein. *Du kannst jetzt nicht mit ihm schlafen. Doch nicht am ersten Abend.*

»Liebling, mein Liebling«, flüstert Friedrich.

Ariadne weiß nicht, wie ihr geschieht. Mit jeder Faser ihres Herzens wünscht sie sich, mit ihm zu schlafen, und doch ängstigt sie sich auch davor.

Friedrich legt sich neben sie unter die warme Bettdecke. Keiner spricht ein Wort. Ariadne wendet ihm das Gesicht zu. Wie schön er ist. Nie zuvor habe ich einen so vollendet schönen Menschen gesehen. Und wie liebevoll er mich anschaut. Er begehrt mich.

Die Zeit verliert ihr Gesicht. Sie liegen eng nebeneinander, der Welt entrückt. Es dauert eine Ewigkeit, bis sie warm und weich seine Lippen auf ihrem Mund spürt.

Ein unsterblicher Kuß. Ein Kuß, der alles verspricht. *Noch kannst du zurück.*

Doch die Stimmen verhallen ungehört, die Welt wird still, die Zeit bleibt stehen. Zusammen entschwinden die beiden in ein unendlich schönes Universum, in dem zwei Menschen wirklich eins sein können. Vorbehaltlos. Für immer.

Von diesem Moment an ist für Ariadne nichts mehr, wie es war.

Die nächste Zeit, freundliche Herbsttage, an denen es ein Vergnügen ist, sich den Wind um die Nase wehen zu lassen, waren Friedrich und Ariadne meistens zusammen, bei ihr oder bei ihm. Und wenn sie nicht beisammen waren, sprachen sie stundenlang am Telefon miteinander. Wenn sie den Hörer auflegten, so nur, weil sie verabredet hatten, sich spätestens in einer halben Stunde zu treffen.

Jupiter war ein bißchen eifersüchtig, obwohl sie meistens zu dritt waren, spazieren gingen, was er sehr mochte – war er doch jetzt ein richtiger »Stadthund«. Wenn er merkte, daß es raus ging, holte er sich selbst seine Leine mit dem roten Halsband. Voller Vorfreude und Vergnügen sprang er vor der Tür hoch in die Luft und schlug seine Purzelbäume.

Doch je länger, je mehr, hielten sich Friedrich und Ariadne auch viel im Hause auf. Stunden um Stunden konnten sie in einem spärlich beleuchteten Wohnzimmer sitzen und Schallplatten hören, über Musik plaudern, über ihre Ideale. Und immer wieder über Politik. Von Tag zu Tag fanden sie sich anziehender, interessanter.

»Weißt du eigentlich, wie ich mich fühle?« sagte Ariadne eines Tages zu Jupiter. »Ich bin unendlich glücklich. Warum, warum bloß ist nicht alles hier so wunder-wunderschön? Aber kann es auch von Dauer sein? Oder ist es nur ein Spiel, wie die Frauen immer sagen? Ein wilder ›Flirt‹? Er wird es doch ernst meinen mit mir? Jupiter, sag schon, was meinst du?«

Doch Jupiter schwieg.

In Wirklichkeit war er mehr als ein bißchen eifersüchtig. In Wirklichkeit war er unmäßig, rasend eifersüchtig. Doch er hielt es für unter seiner Würde, sich solchen banalen Empfindungen hinzugeben. Deshalb zwang er sich zu einem Lächeln und bemühte sich, interessiert und aufmerksam zuzuhören. Er verdrängte seine Angst davor, daß Ariadne aufhören würde, seine beste Freundin zu sein. Sie hatte ja nur noch Augen für Friedrich. Wenn das Telefon klingelte, rannte sie durch die ganze Wohnung, bloß um nicht eine Sekunde länger darauf warten zu müssen, seine Stimme zu hören.

Mal sehen, dachte Jupiter. Mal abwarten.

Die Erde. Zweiter Akt

Eines Montags in den frühen Morgenstunden – Friedrich war gerade gegangen – hockte Ariadne, noch im Schlafanzug, blau mit rosa Streublümchen, im Wohnzimmer und kämmte Jupiter. Er schnurrte voller Wohlbehagen wie ein Kätzchen. Wie er sie liebte, die Streicheleinheiten bei der Fellpflege. »Ach Juppi, ich bin ja so glücklich. Warum kann es nicht allen Menschen so gut gehen wie mir?«

»Warte erst mal, bis du das hier gelesen hast.« Weder Ariadne noch Jupiter hatten Kate hereinkommen hören. Sie hatte einen großen Stapel Zeitungen auf dem Arm.

»Mir ist alles egal, ich bin einfach nur verliebt. Das Haus könnte einstürzen, und ich würde es nicht einmal merken.« Was sie jedoch bemerkte, waren die Schatten unter Kates Augen. »Wie siehst du denn aus? Was ist denn los? Du hast zuviel zu tun. Tut mir leid, daß ich dich mit all der Arbeit . . .«

»Darum geht es nicht. Ich habe mich nur fürchterlich mit Roger gestritten. Er war wahnsinnig sauer, daß ich am Freitag erst so spät nach Hause gekommen bin.«

»Also doch!«

»Es kann doch nicht zuviel verlangt sein, daß er versteht, daß meine Arbeit genauso wichtig ist wie seine. Natürlich hätte ich auch gern mehr Zeit für ihn. Weißt du, manchmal fühle ich mich richtig hin- und hergerissen. Jedenfalls lagen wir uns das ganze Wochenende über in den Haaren. Ich hab' kaum geschlafen. Und da dachte ich eben, komme ich lieber ganz früh her und tu' was Vernünftiges.«

»Das ist furchtbar lieb von dir, wäre aber nicht nötig gewesen. Habt ihr euch wenigstens wieder vertragen?«

»I wo. Das letzte, was ich von ihm gehört habe, war, daß er mich ›frigide Ziege‹ genannt hat und seine frühere Freundin wieder anrufen wollte.«

»So eine miese Nummer! Glaubst du wirklich, daß er sich wieder mit ihr trifft?«

»Keine Ahnung! Interessiert mich auch nicht. Ach Ariadne, das ist ja alles Unsinn. *Natürlich* interessiert es mich. Aber lassen wir das jetzt, ich fang' mit der Arbeit an. Dann komme ich wenigstens auf andere Gedanken.«

»Ich finde das alles ganz furchtbar. Ich mache uns erst mal ein paar Rühreier. Okay?«

Ariadne setzte Kaffeewasser auf und spielte eine Kassette. »Boutique Fantastique«, eines ihrer Lieblingsstücke.

Das Ministerium für Wahrheit

Das Telefon klingelte. Kate ging ran. »Hallo. Ja. Ja. Wir rufen gleich zurück.« Sie legte den Hörer auf. »Das war Miß Light von der ›Power Press‹. Sie hat am Freitag schon mehrmals angerufen. Sie möchte unbedingt ein Interview mit dir machen.«

»Kennt sie das Buch?«

»Weiß nicht. Macht nicht den Eindruck. Jedenfalls hat sie kein Wort davon gesagt.«

»Ich denke, ich sollte trotzdem mit ihr sprechen. Es heißt doch immer, Zeitungen seien seriöser als das Fernsehen. Auf alle Fälle ist es einen Versuch wert, findest du nicht?«

»Du darfst nur nicht vergessen, daß die ›Power Press‹ zu den Mitinitiatoren dieser Gegenfrage gehörte. Außerdem befindet sie sich genau wie das ›Whole-Truth-Fernsehen‹ im Besitz der ›Große-Brüder-Dickes-Geld AG. Und ob da eine Krähe bereit ist, der anderen . . .«

»Du darfst nicht immer so schwarzsehen. Schließlich ist Miß Light eine Frau.«

»Und die drei von ›Whole Truth‹? Waren das vielleicht . . .?«

»Das war Fernsehen. Hier aber handelt es sich um eine Zeitung. Noch dazu eine seriöse.«

Am nächsten Tag wartete Ariadne voller Spannung auf Miß Light. Jupiter saß dicht neben ihr auf dem Sofa, um ihr im Notfall zur Seite stehen zu können. Er traute dem Braten nicht so recht. Doch Ariadne hatte alle seine und Kates Bedenken mit einem Achselzucken abgetan. Sie war fest davon überzeugt, daß sie endlich Gelegenheit bekommen würde, die Wahrheit unters Volk zu bringen.

Doch als es klingelte, stand nicht, wie erwartet, eine Frau vor der Tür, sondern ein Mann unter Dreißig, in Jeans und einem saloppen Karohemd. Ohne sich vorzustellen, drängte er ins Wohnzimmer, zog wortlos einen Dienstausweis der »Power Press« aus der Hosentasche. Er baute sich vor Ariadne auf und hielt ihr ein Mikrophon vor die Nase. »Was sagen Sie zu den gegen Sie erhobenen Vorwürfen? Wie rechtfertigen Sie sich?«

Vielleicht hatten sie doch recht, Kate und Jupiter, dachte Ariadne. Sie sah dem Mann direkt in die Augen. »Wo ist Miß Light? Kommt sie später?«

»Die hat keine Zeit.« Der junge Mann fummelte an seinem Cassettenrecorder, den er über der Schulter trug, herum. »Das heißt also, Sie weigern sich, mit mir zu sprechen? Von Pressefreiheit halten Sie wohl nicht viel, was?«

»Aber natürlich. Wie kommen Sie denn darauf? Im Gegenteil. Ich dachte nur . . . Haben Sie mein Buch gelesen?«

»Warum sind Sie denn gleich so aggressiv? Ich werd' ja wohl ein Interview machen können, ohne vorher ein Buch lesen zu müssen. Glauben Sie vielleicht, ich hätte meine Zeit gestohlen?«

Jupiter knirschte vernehmlich mit den Zähnen. Das hatte nichts Gutes zu bedeuten. Beschwichtigend legte ihm Ariadne die Hand auf den Kopf. Es würde schon alles in Ordnung kommen. »Aber Herr ... möchten Sie sich nicht setzen? Ich hab' eben leider Ihren Namen nicht ganz verstanden.«

»Elvis Trouble.«

»Also gut, Mister Trouble.« Ariadne war fest entschlossen, das Beste aus der Situation zu machen. »Setzen wir uns erst mal. Vielleicht möchten Sie ein Täßchen Kaffee?« Es irritierte sie, daß Trouble ihr unaufhörlich das Mikrophon unter die Nase hielt. Aber er ist halt ein besonders engagierter Journalist, tröstete sie sich. »Sie möchten also keinen Kaffee? Nun, da sie leider noch keine Gelegenheit hatten, das Buch zu lesen, ist es vielleicht am besten, wenn ich Ihnen zunächst einmal in groben Zügen erzähle, worum es geht. Im Mittelpunkt stehen die Frauen und das, was sie über ihre Beziehungen zu den Männern sowie über ihre persönliche Zukunft und die Zukunft dieses Planeten denken. Das ganze politische Leben, die sozialen Probleme, Armut und Rassismus zum Beispiel, überhaupt die ganze Gesellschaft, bis hin zur Ökologie – all das hat ja seine Wurzeln im Privatleben. Die persönlichen Beziehungen der Menschen untereinander sind also, wenn man so will, ein Mikrokosmos des Gemeinwesens als Ganzem. Und was Sie nicht wissen können, da Sie das Buch leider noch nicht anschauen konnten: Die Frauen, die ich befragt habe und deren Aussagen quasi das Zentrum des ganzen Buches bilden, bieten auch Erklärungen für die Frage an, warum die Menschheit gegenwärtig dabei ist, die Umwelt zu zerstören.«

»Schon klar«, murmelte Trouble. »Aber für Öko-Fragen bin ich nicht zuständig. Können wir jetzt vielleicht wieder aufs Thema zurückkommen?«

»Aber das ist doch das Thema.«

»Aha. Auch gut. Aber was unsere Leser interessiert: Warum behaupten Sie, daß alle Frauen die Männer hassen?«

Jupiter verdrehte die Augen. Das schon wieder!

»Aber das habe ich doch nie behauptet. Und auch die Frauen nicht, die ich befragt habe«, sagte Ariadne, die nun merkte, daß sie sich etwas weniger kompliziert ausdrücken mußte. »Also noch mal: Das Buch handelt von der Liebe. Und davon, wie man die Liebe noch schöner machen kann. Es kann doch nicht darum gehen, die Männer zu unterdrükken.«

Trouble schüttelte Ariadnes Antwort wie eine lästige Fliege ab. »Was wollen Sie denn. Die Frauen haben doch schon dieselben Rechte, kriegen die gleichen Löhne und all das. Das ist doch ein alter Hut. Die sind frustriert, kommen mit dem Leben nicht klar und schieben die Schuld daran den Männern in die Schuhe.«

»Schauen Sie.« Ariadne war fest entschlossen, eine Bresche in die Vorurteile dieses Mannes zu schlagen. »Vor dem Gesetz haben Frauen die gleichen Rechte, das gebe ich gern zu. Aber doch nicht im Alltagsleben. Und was Löhne und Gehälter betrifft, nun lassen wir das mal ... In meinem Buch kommen Tausende von Frauen zu Wort. Finden Sie nicht auch, daß das der Beginn eines großen Dialoges zwischen den Geschlechtern sein könnte? Das kann uns allen doch nur guttun. Die Frauen beginnen sich zu fragen, ob sie wirklich genauso aggressiv werden müssen wie die Männer, um tatsächliche Gleichheit zu erreichen. Genauso denken wie Männer, genauso reden. Eben das wollen sie aber im Grunde nicht. Sie hätten es viel lieber, wenn sich die Männer verändern würden, wenn sie weniger aggressiv wären, solidarischer auch. Daß sie bereit sind, die Macht mit den Frauen zu teilen. Und zwar auf allen Ebenen. Von der Regierung angefangen bis hin zur Arbeitsteilung im Haushalt. Aber die Männer sind einfach nicht bereit, darüber mit sich reden zu lassen. Von Ausnahmen abgesehen.« Ariadne sprach sehr schnell, damit Trouble keine Gelegenheit fand, sie zu unterbrechen. Aber jetzt ging er hoch.

»›Mit sich reden lassen.‹ Was wollen Sie einem Mann in sein Privatleben hineinreden! Als wäre die Familie ein Schlachtfeld.«

»Mister Trouble.« Ariadne begann sich zu fragen, wie ein Mann mit derart unterentwickeltem Sprachempfinden Journalist werden konnte. »›Mit sich reden lassen‹ heißt nichts anderes als gesprächsbereit sein, mit dem Ziel, sich zu verständigen. Nicht den Kampf wollen Frauen, sondern die Unterredung, die Auseinandersetzung, meinetwegen. Nach Gesprächen sehnen sie sich abends, wenn sie im Bett liegen und der Ehemann sich längst umgedreht hat und schnarcht. Oder wenn der Freund nach Hause gegangen ist. ›Was ist es bloß, was mir fehlt?‹ fragen sie sich. ›Wenn er nur mehr mit mir sprechen würde, sich mehr öffnen.‹ Sehen Sie? Die Probleme beginnen erst, wenn die Männer nicht . . .«

»Jaja.« Trouble konnte es nicht mehr erwarten, das Thema zu wechseln. »Wie viele Mitarbeiter haben Ihnen eigentlich bei Ihrer Dokumentation geholfen? Und wie lange haben Sie überhaupt an diesem sogenannten Report gearbeitet?«

Ariadne zählte bis zehn. Unter keinen Umständen war sie bereit, sich aus der Ruhe bringen zu lassen. Sie hatte nun nicht mehr den geringsten Zweifel daran, daß Trouble auf Trouble aus war. Seine Fragen donnerten wie Pistolenschüsse auf sie nieder. »Die Fakten. Nur die Fakten.«

»Mister Trouble, spielt es wirklich eine Rolle, wie viele Menschen mir bei meinen Untersuchungen geholfen haben? Ob es nun fünftausenddrei oder nur viertausendsiebenhundertachtundachtzig Frauen waren, die mir Rede und Antwort gestanden haben? Das ändert an dem Leben, das sie führen, oder an den Gedanken, die sie sich darüber machen auch nichts. – Mal ganz abgesehen davon, daß es sich um einen ziemlich repräsentativen Querschnitt handelt. Erkundigen Sie sich ruhig, das wird Ihnen jeder Statistiker bestätigen. Aber in Wirklichkeit interessieren Sie sich ja gar nicht für meine Methoden, Sie tun doch nur so. Und das Wohlergehen der Frauen interessiert Sie genauso wenig. Von der Rettung des Planeten ganz zu schweigen – dafür sind Sie ja ›nicht zuständig‹. Das einzige, was Sie wollen, ist, das Ganze runterzuspielen und einen Streit vom Zaun zu brechen. Sie suchen verzweifelt nach einem Aufhänger, wie Sie meine Arbeit diskreditieren können, und das alles nur, weil ich sage, daß die Männer aufgehört haben, der Fixstern im Himmel des weiblichen Geschlechts zu sein.«

»Ach, Sie wissen ja nicht, was Sie sagen.« Trouble war außer sich. »Geben Sie doch zu: Sie sind eine Betrügerin. Ihr ganzer sogenannter Report ist eine Farce. Sie selbst sind eine Farce! Sie stinken ja nach Männerhaß!«

Ariadne zählte bis ... nur bis drei. »Machen Sie ruhig die Botin nieder, Mister Trouble«, entgegnete sie ruhig. »An der Nachricht wird das auch nichts ändern. In diesem Lande beträgt die Scheidungsrate fünfzig Prozent ... und das ist die amtliche Statistik.« Sie atmete tief durch und unternahm einen weiteren Versuch, zu Trouble durchzudringen. Zu gerne hätte sie ihm klargemacht, daß sie beide doch eine gemeinsame Aufgabe hatten. Die Wahrheit.

»Schauen Sie, Mister Trouble. Sie können mir helfen. Und ich bitte Sie ausdrücklich um Unterstützung. Schließlich vertreten Sie ja die Presse. Und ich habe mich an die Presse gewandt, weil es die einzige Möglichkeit ist, meine Ideen zu verbreiten. So tut man das in einer Demokratie. Das habe ich jedenfalls so gelernt. Wer hat heutzutage schon noch die Zeit, ein Buch zu lesen. Noch dazu ein so dickes wie mein ›Was hat das alles zu bedeuten‹. Und Sie glauben doch bestimmt ebenso fest wie ich an Meinungsfreiheit und Demokratie.«

In diesem Moment kamen Friedrich und Kate zur Tür herein. Ariadne sprach jedoch weiter: »Die Zeitungen sind täglich voll mit Meldungen über Gewalttätigkeiten gegenüber Frauen. Warum also wird nicht auch ein bißchen über meine Erkenntnisse in bezug auf emotionale Gewalt berichtet?«

Friedrich und Kate traten ins Zimmer. Ariadne stellte Elvis Trouble den beiden vor. Friedrich setzte sich neben Ariadne aufs Sofa, während Kate in die Küche ging. Ehe Ariadne es sich versah, war Trouble aufgestanden und Kate gefolgt. Den Cassettenrecorder nahm er mit. »Wie heißen Sie? Sind Sie fest hier beschäftigt? Haben Sie der Rite bei ihren Befragungen geholfen? Muß ja ein Horror sein, für sie zu arbeiten, so, wie die sich anstellt.« Kate blickte sich hilfesuchend zu Ariadne und Friedrich um, die gleich hinter Trouble in die Küche stürzten. Der Reporter wechselte blitzschnell die Taktik. »Nun sagen Sie schon, Miß Rite, ganz unter uns: Der eigentliche Grund, weshalb Sie über Sex schreiben, ist doch, daß Sie sich davon die schnelle Kohle erwarten. So was wollen die Leute doch immer lesen ... Kann ich ja verstehen.«

Ariadne hätte ihm am liebsten eine Vase an den Kopf geschmissen, so wütend war sie, und deshalb ließ sie bereitwillig Friedrich für sich antworten. »Sie täuschen sich, junger Mann. Die Themen, die Miß Rite behandelt, sind von allergrößter Bedeutung für die Welt.«

Nun versuchte es Trouble auf die kumpelhafte Tour, von Mann zu Mann. »So sind sie eben, unsere Frauen: immer unzufrieden. Nie kann man's ihnen recht machen. Aber lieb sind sie doch.«

Das brachte bei Friedrich das Faß zum Überlaufen. »Für was halten Sie sich eigentlich! Ihr Benehmen ist skandalös!«

Trouble versuchte sich seine Nervosität nicht anmerken zu lassen und strahlte Friedrich voller Genugtuung an. Endlich kam Bewegung ins Spiel. Nun nahmen die Dinge doch noch den Verlauf, den er sich insgeheim gewünscht hatte. *Das* würde eine Story werden ...

Doch er hatte die Rechnung ohne Jupiter gemacht. Der hatte nun endgültig die Schnauze voll und nahm die Sache in die ... Pfote. Er schlich sich an und biß Elvis Trouble in die Wade. Zwar hatte der Reporter in der Journalistenschule gelernt, wie man mit widerspenstigen Interviewpartnern umzugehen hatte, aber Hunde ... Er war schließlich kein Briefträger.

Trouble packte seinen Cassettenrecorder und ergriff die Flucht.

Friedrich war beeindruckt. Was für ein Hund! Was für ein Freund! Ein echter Kumpel.

Ariadne, Kate, Friedrich und Jupiter, der Held der Stunde, setzten sich zusammen und berieten die Lage. Über eines herrschte Einigkeit: Ein seriöses Blatt konnte es sich nicht leisten, einen solchen Mann zu beschäftigen.

Auf Anraten von Friedrich rief Ariadne Ben Badd, den Chefredakteur der »Power Press« an.

»Wie Sie bestimmt wissen, war heute ein Reporter von Ihrem Blatt bei mir, um ein Interview mit mir zu machen. Er kann selbstverständlich schreiben, was er für richtig hält, aber ich finde, Sie sollten wissen, wie er arbeitet. Dieser Mann war ausgesprochen aggressiv und meilenweit entfernt von jeder Objektivität. Weder hat er mein Buch gelesen, noch war er bereit zuzuhören, als ich ihm in Kurzfassung berichten wollte, worum es dabei geht. Ich bin überzeugt, daß eine solche mangelnde Professionalität nicht in Ihrem Sinne ist. Ach ja? Das wüßte ich gerne.«

»Zugegeben, wir *haben* versucht, Sie reinzulegen. Aber jetzt hören wir damit auf, versprochen. Alles klar?«

»Ja, dann ... vielen Dank.« Sie legte den Hörer auf die Gabel. »Was wollte ich sagen? Na ja, jedenfalls bringen sie die Story nicht. Doch was hätten sie auch groß schreiben sollen? Aber komisch ist es schon, daß der Chefredakteur einfach so zugibt, daß sie versucht haben, mich reinzulegen. Worauf habe ich mich da bloß eingelassen? Und warum die solche Umstände machen ... Als ob sie nichts anderes zu tun hätten.« Sie zitterte am ganzen Leib. Ihr war zum Weinen zumute.

»Wenn es nicht so traurig wäre, wäre das Ganze eigentlich lächerlich«, sagte Friedrich.

Zippy kann hellsehen

Zippy hatte seine Verbindungen. Überall auf der Welt. Er gehörte den richtigen Clubs an und kannte die Drahtzieher aller Kontinente. Noch bevor Ariadne den Vorfall mit Ben Badd richtig verkraftet hatte, hing er schon an der Strippe. »Ariadne, Süße, ich hab' schon alles erfahren. Jetzt hör mal zu. Was glaubst du eigentlich, wer du bist? Jeanne d'Arc? Die ist schon lange tot. Du kannst es doch nicht ganz allein mit diesen Kerlen aufnehmen. In Zukunft spreche ich für dich. Ich – Zippy.«

Ariadnes Miene klärte sich auf, als sie sich an den kleinen Otter erinnerte, der sie auf dem Kostümfest in Washington am Arm gepackt hatte. Kurz bevor sie Friedrich kennenlernte! »Ach, hallo, Sie sind's. Aber ... ich *muß* doch mit der Presse sprechen. Wie soll man sich denn sonst in einer Demokratie Gehör verschaffen?«

»In diesem Land muß man mit den richtigen Leuten sprechen und *die* für sich reden lassen.«

»Was heißt: die richtigen Leute? Es kann doch wohl nicht sein, daß ich jemanden kennen muß, um eine faire Chance bei den Zeitungen zu bekommen? Sehr demokratisch hört sich das für meine Begriffe nicht an.« Bestürzt blickt sie Jupiter an.

»Tja, dein Hund allein kann dir jetzt auch nicht helfen.« (Was Ariadne bezweifelte.) »*Ich* werd' jetzt mal was für dich tun. Wir treffen uns. Pack deine Schlittschuhe ein, und dann machen wir uns ein paar schöne Stunden. Ach ja, und der

Hund kann auch mitkommen. Ich könnte mir vorstellen, daß er auch gern eisläuft.«

Zippy, Ariadne und Jupiter beim Schlittschuhlaufen

Ariadne half Jupiter beim Anschnallen der Schlittschuhe (der Verleiher war so freundlich, nur die normale Leihgebühr zu verlagen, obwohl sie zwei Paar für ihn brauchten), als Zippy auf sie zugeschlittert kam. Er trug eine neue Designerbommelmütze mit dazugehörigem Schal und Fäustlinge mit Troddeln.

»Sie sehen ja toll aus.« Ariadne begann sich zu fragen, ob sie und Jupiter nicht vielleicht ein bißchen underdressed waren in ihren sportlichen schwarzen Hosen.

»Nicht wahr?« meinte Zippy selbstgefällig. »Das Set habe ich neulich bei Prinz Pagoda gesehen, und ich mußte durch die halbe Welt jetten, um schließlich in Paris fündig zu werden.«

Jupiter scharrte mit den Kufen. Die Musik ging ihm ins Blut, und er konnte nicht länger stillstehen. Mit graziösen Zügen schlitterte er davon. In der Mitte der Eisfläche legte er seine spektakulärsten Saltos hin, einen dreifachen Axel mit anschließendem Toe-loop. Dann kam er in einem eleganten Schwung zu Ariadne und einem höchst beeindruckten Zippy zurück, nahm beide bei der Hand und zog mit ihnen seine Bahnen. Ein dreiköpfiges Traumpaar auf dem Eis.

Je nach dem wechselnden Tempo, das Jupiter anschlug, sah Zippy, der außen war und sich mehr mitziehen ließ als selbst lief, freudig erregt und sehr, sehr ängstlich aus. Doch allmählich gewöhnte er sich daran. Die drei drehten harmonisch ihre Runden, drei sehr unterschiedliche Stimmen sangen die

Schlager aus dem Lautsprecher mit, und alle Sorgen sind verflogen. Zippy war schon großartig!

In dieser Nacht lagen Ariadne, Friedrich und Jupiter eng aneinandergekuschelt in ihrem Bettchen. Schon im Halbschlaf flüsterte Ariadne ihrem Liebhaber ins Ohr: » Ach, was war das für ein Tag . . . Es will mir nicht in den Kopf . . .« Zu gerne hätte sie sich mit Friedrich unterhalten, aber er war bereits eingeschlafen. Doch das Karussell in ihrem Kopf drehte sich weiter. Muß ich mich vielleicht deutlicher ausdrücken? Muß ich andere Worte finden? Oder liegt alles an ihrer Reaktion? Interpretieren sie mich mit Absicht falsch? Oder ist es doch meine Schuld?

Um Mitternacht hielt es sie nicht länger im Bett. Jupiter folgte ihr in die Küche. »Juppi«, flüsterte sie, »ich bin so durcheinander. Ich halte es nicht mehr aus, daß ich nicht weiß, was hier gespielt wird. Ich *muß* eine Antwort haben.«

Jupiter begriff, daß es ernst war. Ohne ein weiteres Wort beförderte er sie beide in den Himmel.

Der Flug dauerte diesmal nur Sekunden.

Ariadne und Jupiter erinnerten sich des Angebots von Harry Truman, ihnen mit Rat und Tat zur Seite zu stehen. Unmittelbar nach der Landung im Himmel suchten sie ihn auf.

Harry Truman erzählt vom Großen Bruder

»Hallo, Jupiter, setz dich.« Truman hatte die Füße auf dem Schreibtisch. »Ariadne! Schön, daß ihr gekommen seid. Was kann ich für euch tun?« Auf dem Schreibtisch standen zahlreiche sorgfältig gerahmte Photographien prominenter Politiker, alle mit persönlicher Widmung.

»Also«, begann Ariadne. »Ich war ja auf einiges gefaßt. Aber es wird immer schlimmer.«

»Ich weiß, habe das alles beobachtet. Irgendwie erinnert mich das Ganze an die guten alten Schauprozesse der Stalinzeit.«

»Ich bin froh, daß Sie das so sagen. Doch was mich im Moment am meisten interessiert, ist die Frage, wie ich mich jetzt verhalten soll. Sie können mir bestimmt einen Rat geben.«

Harry Truman lehnte sich in seinem Sessel zurück und sagte: »Nun, es ist doch so: Washington, die Kapitale der Welt, mag eine imposante Stadt sein. Aber in gewisser Hinsicht ist sie auch ein Kaff. Mehr als alles andere lieben die Leute dort Klatsch und Tratsch. Und im Grunde unterscheidet sich das alles gar nicht so sehr von einem Provinznest wie Independence, meinem Heimatstädtchen. Die Gutbetuchten sind immer eine verschwindend kleine Minderheit, selbst in Washington, und doch tanzt alle Welt nach ihrer Pfeife. Abgesehen vielleicht von Leuten wie Bill Rogers, aber den werdet ihr nicht kennen.

Ich erinnere mich noch genau, wie selbstsicher damals die großen Zeitungen tönten, daß ich die Wahlen verlieren würde. Ha! Und wie sie sich getäuscht haben. Doch das, was sie mit dir anstellen, grenzt an Perfidie. Sie führen sich wie Kater auf, die im vollen Bewußtsein ihrer Kraft mit der Maus spielen. Und das selbstgefällige Grinsen auf ihren Gesichtern! Ich sehe es richtig vor mir. Sie denken, sie hätten dich bloßgestellt. Dabei sind *sie* es, die sich blamiert haben und sich was schämen sollten. Vor allen, die des Denkens mächtig sind.«

»Manchmal fühle ich mich wie in einem Hitchcockfilm. Wie Cary Grant in ›Der unsichtbare Dritte‹ oder Robert Donat in den ›Neununddreißig Stufen‹. Ich tue meine Arbeit, denke mir nichts dabei, und plötzlich bin ich die Zielscheibe …, aber *wessen* Zielscheibe, und worum geht es eigentlich? Verwechselt man mich mit jemandem? Manchmal denke ich sogar, ich bin schizophren geworden. Was ich in den Zeitungen über mich lese, hat so gar nichts mit mir zu tun.« Plötzlich fängt sie an zu stottern. »Im Grunde meines Herzens bin ich nämlich gar keine Kämpfernatur. Das wird mir nur unterstellt. Aber was bleibt mir anderes übrig? Wenn ich angegriffen werde, weiß ich mir keinen Rat mehr. Dann muß ich zurückschlagen oder mich selbst aufgeben ... Ich war doch wirklich überzeugt, daß auf der Erde jeder das Recht hätte, seine Meinung zu sagen. Aber immer, wenn ich den Mund aufmache, versuchen sie mich zum Schweigen zu bringen.«

»Ich kann dich ja verstehen. Ich kannte schon die Eltern von Ben Badd. Als kleiner Junge, das war in den Vierzigern, ging er immer am liebsten in die Filme, die von den ganz harten Presseleuten handeln, mit Clark Gable oder James Cagney. Als er dann größer wurde, hat er sich entschlossen, genauso auszusehen, sich zu verhalten und so zu sprechen wie sie – knallhart! Sein Lebensmotto hatte er direkt aus dem Kino: Dies ist ein mieses Geschäft, und die Leute versuchen dir eins auszuwischen. Also sieh dich besser vor! Echt James Cagney, was? Aber ich glaube, bis auf den heutigen Tag hat er die Aussage von ›Citizen Kane‹ immer noch nicht kapiert, so oft er den Streifen auch gesehen hat. Wußtest du eigentlich, daß Badd ursprünglich Chef der Sportredaktion beim Fernsehen war? Doch, so hat er angefangen. Später kam er dann auf die geniale Idee, die Nachrichten mit einer ordentlichen Portion Kampfgeist zu versehen, um die Einschaltquoten zu erhöhen. Objektivität interessierte ihn nicht mehr, Pro und Contra waren ihm wurscht, jede einzelne Nachrichtenmeldung wurde zu einem Riesensportereignis. Ein gigantischer Boxkampf. Fix und aggressiv. Ziemlich bald haben die anderen Fernsehstationen dann diesen Stil kopiert, schließlich wollten sie nicht als Angsthasen dastehen und ihre Zuschauer an die Konkurrenz verlieren.«

»Aber wenn sie tatsächlich so knallhart sind«, schaltete sich Jupiter ein, »warum nutzen sie ihre Macht dann nicht, um den wirklich Mächtigen, den Multis zum Beispiel, auf den Zahn zu fühlen, die ihren Müll in den Weltmeeren ablagern und die Luft verpesten?«

»Weißt du, kleiner Hund«, antwortete Truman, »von den elfhundert Mitgliedern der ›Vereinigung Investigativer Journalisten‹ haben im vergangenen Jahr gerade fünf einmal den Auftrag bekommen, über Unternehmen und Konzerne zu recherchieren, und kein einziger wurde dafür eingesetzt, etwa die Methoden anderer Medien unter die Lupe zu nehmen. Und was das Verrückteste ist: Trotz dieser ganzen journalistischen Nahkampfstrategie, wie ich das mal nennen möchte, gehen die Einschaltquoten in den Keller. So, wie es aussieht, scheint die Bevölkerung dieseArt der Informationsbeschaffung nicht einmal besonders zu mögen.«

»Im Grunde«, sagte Ariadne, »erinnern sie mich an kleine Kinder, die Räuber und Gendarm spielen.«

»Kein schlechter Vergleich. Aber nun sei mal nicht so niedergeschlagen. Du bist gar nicht so hilflos, wie du dich im Moment fühlst. Wenn man es genau nimmt, hast du doch einen ganz hübschen Erfolg zu verbuchen. Du hast die Ungerechtigkeiten dieses Systems aufgedeckt, Kritik geübt, und man hat dich angehört. Warum hätte man dich sonst mit der Waffe der Lächerlichkeit bekämpfen müssen? Desungeachtet teile ich natürlich deine Meinung, daß sie sich lieber mit den Sachfragen auseinandersetzen sollten, die du angeschnitten hast. Aber laß mal, so ist das eben in der Politik.«

Truman nahm die Füße vom Schreibtisch und sah Ariadne eindringlich in die Augen. »Und dann muß ich dir noch etwas sagen. Die Tatsache, daß du dich von allen Seiten umzingelt fühlst, liegt zum guten Teil auch an der außerordentlichen Pressekonzentration. Ich habe mal ein bißchen recherchiert, wann dieser Affenzirkus eigentlich angefangen hat. Wir Politiker hier oben haben nämlich auch unsere Forschungsabteilungen, wußtet ihr das schon? Diese ganzen Firmenübernahmen und Fusionen haben dazu geführt, daß es heutzutage in Amerika kaum noch unabhängige Zeitungen oder Fernsehstationen gibt. Der Große Bruder hat's geschafft. Im Jahre 1981, so lange ist das also noch gar nicht her, waren es immerhin noch 49 Großunternehmen, die die wichtigsten Radio-, Fernseh- und Presseorgane kontrollierten. Ganze fünf Jahre später nur noch neunundzwanzig. In absehbarer Zukunft, so heißt es, werden es höchstens noch fünf bis zehn sein, und deren Chefs glucken alle zusammen, sind alles dicke Kumpel. George Orwell hat immer davon gesprochen, und er scheint nicht unrecht gehabt zu haben. Jetzt ist es Realität, das Ministerium für Wahrheit! Und die Folgen für die Demokratie? Na ja, vielleicht solltest du dich mal mit George selbst darüber unterhalten.«

»Ich habe es schon lange satt, immer nur über die Medien zu sprechen«, sagte Ariadne. »Mir ging es ursprünglich doch um Ungleichheit und Gerechtigkeit. Und jetzt gerate ich immer mehr auf Nebengeleise. Gezwungenermaßen.«

Harry seufzte mitfühlend. »Ich weiß schon, du wolltest auf Diskriminierungen aufmerksam machen und die Frauen unterstützen, statt dich mit Reportern auseinanderzusetzen. Und jetzt hat die Presse diese ganze sogenannte Kontroverse aufgebaut, um von deinen eigentlichen Themen abzulenken. Auch das geschieht nicht zum erstenmal in der Geschichte.«

»Ach, Mr. Truman«, sagte Ariadne, die Hand trostsuchend auf Jupiters Kopf gelegt, »wie kann man bloß erreichen, daß sich die Verhältnisse auf der Erde ändern?«

»Und wie kann man auf der Erde zugleich mehr Spaß haben? Die Leute können sich ja gar nicht richtig amüsieren«, fügte Jupiter hinzu.

»Ja, das ist eben die Frage: Wie kann man etwas verändern. Es ist auch die Frage danach, wie die menschliche Geschichte überhaupt funktioniert.« Truman lächelte versunken.

»Genau.« Ariadne wurde ganz aufgeregt. »Ja, wenn Sie vielleicht hier oben ein paar Leute kennen, die Lust hätten, sich mit mir über Geschichte zu unterhalten, würde ich die liebend gern kennenlernen. Ich würde so gerne wissen, wie das alles wurde, wie es ist. Und auch, was es mit den Frauen und der Liebe auf sich hat. Ich warte schon so lange darauf, daß ich mal jemanden treffe, der alles weiß und der es mir erklären kann.«

»Hier gibt es natürlich eine Menge davon. Ich nehme euch mal zu einem Treffen im Club der Politischen Abenteurer mit. Da triffst du genau die Richtigen. Aber vielleicht sollte ich lieber ein paar der Jungs anrufen, denn wenn ich's mir genau überlege, habe ich vielleicht doch keine so große Lust, dich zu begleiten. Ich weiß nicht, wie viele politische Debatten ich noch ertragen kann, ohne durchzudrehen.«

Damit waren Ariadne und Jupiter verabschiedet. Truman griff zum Telefon.

Als Ariadne am nächsten Morgen friedlich zwischen Friedrich und Jupiter aufwachte, fiel das Sonnenlicht bereits durch die Jalousien. Wie gut sie sich fühlte! Dann fielen ihr die Ereignisse der vergangenen Nacht wieder ein. Sie konnte es kaum erwarten, von Truman zu hören. In der Zwischenzeit wollte sie frühstücken.

Schon wieder Verdruß

Doch als Kate an diesem Morgen zu Ariadne in die Wohnung kam, um zu arbeiten, sah sie sehr besorgt aus. »Stell dir vor, Trouble hat doch zugeschlagen«, sie deutete auf die »Power Press«. »Er hat einen Artikel verbrochen. – Und was für einen! Monströs, sage ich dir. Nichts als Anmache, gegen die Statistiken, die du erhoben hast, und gegen dich persönlich. Du seist aggressiv, exzentrisch und überhaupt unmöglich. Du hättest die Zahlen gefälscht, daß sie deine Vorurteile bestätigten, und das Schlimmste sei, daß es jetzt auch schon Frauen gäbe, die versuchten, es dir gleichzutun. Und wieder kein Wort über die Grundlagen deines Buches.«

»Dann hat mich der Chefredakteur also einfach angelogen! So ein Zyniker!«

»Jedenfalls kann jetzt kein Zweifel mehr daran bestehen, daß dich die ›Große-Brüder AG‹ ernst nimmt«, bemerkte Kate trocken.

Der Artikel, der am nächsten Tag im »Power Press Wochenmagazin« erschien, war im selben Tenor verfaßt. Ariadne las nur die Schlagzeile. Sie lautete: »Rites Buch – von Tag zu Tag mehr im Kreuzfeuer der Kritik«. Darunter: »Soziologische Science-fiction auf dem Prüfstand«.

Doch es gab auch angenehme Neuigkeiten: Am Abend rief der Präsident des Psychologenverbandes an. »Frau Rite, ich möchte Ihnen nur mitteilen, daß unsere Organisation die Art und Weise, wie Sie in den Medien behandelt werden, für ausgesprochen tendenziös, um nicht zu sagen skandalös, hält. Deshalb haben neunzehn unserer Mitglieder, allesamt anerkannte Kapazitäten auf dem Gebiet der theoretischen oder praktischen Psychologie, einen Brief an den Chefredakteur der ›Power Press‹ und des ›Power Press Wochenmagazins‹ verfaßt. Sie gestatten wohl, daß ich ihn Ihnen kurz vorlese: ›Sehr geehrter Herr Chefredakteur, zu Ihrer Berichterstattung über ›Was hat das alles zu bedeuten‹ von Ariadne Rite möchten wir folgendes feststellen: Wir, die Unterzeichneten, sind der festen Überzeugung, daß das Werk von Miß Rite ein ernstzunehmendes, wissenschaftlich fundiertes Buch ist, das sich als außerordentlich wertvoll für die Analyse unserer gegenwärtigen Zivilisation herausgestellt hat. Obwohl es für Frauen von besonderer Bedeutung ist, hoffen wir, daß es auch von möglichst vielen männlichen Lesern, die sich um die Zukunft unserer amerikanischen Gesellschaft sorgen, studiert wird.‹ Dann folgen die Unterschriften.«

Endlich! dachte Ariadne. Wenn der Leserbrief veröffentlicht wird, wird alles gut.

Doch wenige Tage darauf erhielt sie ein Schreiben von Ben Badd, dem Chefredakteur. Er lautete: »Sehr geehrte Miß Rite, ... teilen wir Ihnen mit, daß die Bewertung jener Wissenschaftler für den Durchschnittsleser unseres Organs von so geringer Bedeutung ist, daß wir davon Abstand nehmen möchten, ihn zu veröffentlichen ...«

Ariadne war wie vor den Kopf geschlagen. Warum sollte das Urteil der Wissenschaftler nicht gelten? Warum sollte es die Leser nicht interessieren? Und warum wandte sich Ben Badd an sie, Ariadne, und nicht an die Unterzeichner des Leserbriefes? Das roch nach Zensur.

Ariadne las Kate und Jupiter das Schreiben vor.

»Was?« Kate konnte es nicht fassen. »Die weigern sich einfach, einen Leserbrief abzudrucken, der von so vielen bedeutenden Leuten unterzeichnet ist? Das kann doch nicht wahr sein.«

Ariadne begann unruhig durch ihre Wohnung zu tigern. Ihr war schwindelig. »Ich fühle mich nicht gut«, sagte sie gequält, »ich glaub', ich leg' mich einen Moment hin.«

Trouble begibt sich auf internationales Terrain

Als sie wieder aufstand, war es schon später Nachmittag. Ariadne ging in die Küche und machte für Kate, sich und Jupiter belegte Brote, als das Telefon klingelte. Ihr schwante nichts Gutes. Am Apparat war ihr englischer Lektor, der aus London anrief.

»Sie werden es nicht für möglich halten! Stellen Sie sich

vor, eben hat mich ein Reporter aus Washington angerufen und mehr oder weniger direkt von mir verlangt, daß wir die Produktion Ihres Buches sofort stoppen. Ich habe keine Ahnung, wie er mich aufgetrieben hat. Ich war mitten in einer Vertreterkonferenz, und da fragt mich dieser Mann, ob wir etwa immer noch darauf bestehen würden, das Werk zu veröffentlichen. Natürlich, sagte ich, warum denn nicht. Und dann behauptete er völlig absurdes Zeug, wie, daß Ihr Buch eine einzige Fälschung wäre. Natürlich habe ich ihm aufs heftigste widersprochen. Lächerlich, habe ich ihm gesagt, das Buch genießt große wissenschaftliche und literarische Anerkennung. Dem hab' ich's vielleicht gegeben! Nicht nur, daß wir es ohne jeden Zweifel so bald wie möglich bringen, habe ich ihm gesagt, sondern, daß wir sogar ausgesprochen stolz darauf sind. Hat man jemals so eine Unverschämtheit erlebt!«

Am nächsten Morgen erhielt Ariadne einen weiteren Anruf aus den oberen Etagen eines Buchverlages. Diesmal war es ihr Lektor Robert, der ihr mitteilte: »Stell dir vor, wir haben gerade einen Anruf von einem Kerl namens Trouble erhalten, der uns fragt, wann wir denn endlich das Buch vom Markt nehmen würden. Und das hat er nicht nur bei mir, sondern auch noch bei dreien meiner Lektoratskollegen versucht, den Cheflektor eingeschlossen. Uns alle hat er versucht unter Druck zu setzen. Das Buch sei eine reine Fälschung, eine totale Verdrehung der Tatsachen. Natürlich habe ich ihm gesagt, wir *alle* haben ihm gesagt, daß diese Anschuldigungen völlig aus der Luft gegriffen seien, und daß wir sogar beabsichtigen, dein Buch für den Pulitzerpreis vorzuschlagen.«

Ariadne stand reglos da, den Hörer in der Hand, unfähig, auch nur ein Wort herauszubringen. Roberts Stimme schien von sehr weit her zu kommen.

»Ich frage mich bloß, was das alles noch mit Journalismus zu tun haben soll. Eigentlich müßtest du ihn jetzt anzeigen, weil er sich in dein Vertragsverhältnis mit uns einmischt.«

Ariadne fand immer noch keine Worte. Ihr schwirrte der Kopf. So sagte sie nur: »Auf Wiedersehen, Robert. Und danke für den Anruf.«

Dann rief sie Kate an. »Er gibt keine Ruhe. Stell dir vor, jetzt hat er sich mit meinen beiden englischsprachigen Verlagen in Verbindung gesetzt. Er wird nicht eher aufhören, bis er meinen Ruf völlig ruiniert hat. Er will offenbar erreichen, daß niemand mehr eine Zeile von mir veröffentlicht. Mich mundtot machen.«

»Weißt du, Ariadne, was ich manchmal denke«, sagte Kate, »irgendwie werde ich das Gefühl nicht los, daß diese ganzen Nachstellungen von Trouble, Badd und Konsorten sexuelle Untertöne haben. Die Reporter verhalten sich wie Vergewaltiger, die ihrem Opfer auflauern. Einesteils tun sie dir schön, dann verspotten sie dich, und ein bißchen von ›Es wird ihr schon gefallen, sonst würde sie ja nicht mitmachen‹ ist auch dabei. Das ist doch die typische Situation: Der Vergewaltiger verfügt über die Macht – in unserem Fall die geballte Macht von Presse und Medien – und setzt sie absolut skrupellos ein. In seinen Augen ist ein Interview kein Interview, sondern in erster Linie die Begegnung mit einer Frau. Und er muß dabei unter allen Umständen die Oberhand behalten, auch mehr wissen als du, damit er seine Macht demonstrieren kann. Und wenn du nicht bereit bist, dich zu unterwerfen, sondern dich überlegt und überlegen zeigst, fühlt er sich bedroht und sinnt auf Rache. Du bist zu seiner ›Feindin‹ geworden.«

»Meine Güte«, sagte Ariadne, »das klingt plausibel. Und trotzdem fällt es mir schwer, es so zu akzeptieren. Die Attitüde des Machthabers, ja, da ist schon was dran. Eine gewissermaßen sanktionierte Vergewaltigung, bei der der Reporter vorgeblich die ›Interessen der Öffentlichkeit‹ vertritt und allein schon deshalb nicht zulassen darf, daß ihn die Frau ›einwickelt‹ oder ihm ›über den Kopf wächst‹. Es ist zum Verzweifeln! Ein Glück nur, daß ich euch habe! Dich, Friedrich und Juppi . . .«

Und da stand Jupiter schon mit der Leine im Schnäuzchen vor der Wohnungstür. Glück! Das hieß für ihn auf Erden: ein Spaziergang im Park!

Wie die Gesetze dem Recht zum Durchbruch verhelfen

Kate war wortkarg. Sie spielte mit Jupiter, warf ihm Stöckchen zu, lief mit ihm um die Wette und rückte erst an der Hotdog-Bude mit der Sprache heraus. »Es kommt dir vielleicht komisch vor, Ariadne, aber ich denke die ganze Zeit: Ob es nicht möglich wäre, Ben Badd zu verklagen? Ich meine, für alles, was er dir angetan hat? Schließlich leben wir in einer Demokratie mit dem Recht auf freie Meinungsäußerung, und da müßte man doch eigentlich . . . Es darf doch nicht sein, daß die einfach ungestraft Lügen über dich verbreiten dürfen. Es muß doch juristische Möglichkeiten geben, sich dagegen zu schützen. Mindestens eine Gegendarstellung kannst du vor Gericht bestimmt durchsetzen.«

»Ich weiß nicht recht. Jedenfalls ist es schrecklich lieb von dir, daß du dich so um mich kümmerst. Aber jetzt laß uns lieber von was anderem sprechen. Was macht eigentlich Roger?«

Um Kate nicht zu enttäuschen, suchte Ariadne gleich am nächsten Morgen Stanley Shay auf, einen mit allen Wassern gewaschenen Rechtsanwalt, der hohes Ansehen genoß.

»Was beunruhigt Sie denn am meisten?« fragte er sie jovial.

»Die Firma ›Power Press‹, ihre Fernsehstation ›Whole Truth‹ und andere Publikationsorgane.«

»Willkommen im Club. Da sind Sie in guter Gesellschaft.

Die Großen Brüder sind so perfekt versichert, daß sie keinen Prozeß fürchten müssen. Aber was noch schlimmer ist. Bei Ihnen handelt es sich um eine Persönlichkeit des öffentlichen Lebens, juristisch gesehen.«

Ariadne verstand nicht.

»In der juristischen Praxis sind Persönlichkeiten des öffentlichen Lebens so gut wie vogelfrei. Jedenfalls hierzulande gibt es keine Gesetze, die sie schützen. In solchen Fällen sind die Medien nicht einmal verpflichtet, unparteiisch und objektiv zu sein oder beide Seiten darzustellen. Es gab da im Jahre 1974 ein interessantes Verfahren, das ein Politiker gegen den ›Miami Herald‹ angestrengt hatte. Der Oberste Gerichtshof kam in diesem Fall zu dem Spruch, daß ›wir in diesem Land ein breites Spektrum von Zeitungen, Zeitschriften und Fernsehstationen haben, die verschiedene Richtungen vertreten. Aus diesem Grund muß sich kein einzelnes Publikationsorgan verpflichtet sehen, mehr als eine Version eines bestimmten Problems darzustellen‹. Denn angeblich gewährleiste die Vielzahl der Publikationen auch eine Vielfalt der Meinungen. Mit anderen Worten: Es ist nichts dagegen einzuwenden, daß absichtlich nur eine Seite der Medaille gezeigt wird. Seither wird es immer schwieriger für Persönlichkeiten des öffentlichen Lebens, sich auf gerichtlichem Wege gegen Verunglimpfungen zur Wehr zu setzen. Und das wiederum wissen die Presseleute ganz genau. Die Öffentlichkeit hat davon natürlich keine Ahnung.«

Ariadne verstand die Welt nicht mehr. Shay fuhr fort: »Tut mir leid, Frau Rite. Genau so ist es. Es wäre unter Umständen einfacher, Trouble wegen seiner Anrufe bei Ihren Verlegern zu verklagen, als wegen seiner diffamierenden Artikel. Ja, so sieht es aus. Wissen Sie schon, was Sie nun tun werden?«

»Ist doch klar, ich werde eine Fernsehstation oder eine Zeitschrift oder am besten beides gründen, denn so wie's aussieht, braucht man das ja, um sein Recht auf freie Meinungsäußerung durchsetzen zu können«, antwortete Ariadne sarkastisch. »Nein, um die Wahrheit zu sagen, ich habe noch keine Ahnung. Ich hätte immer noch Lust, diese ganze Bagage zu verklagen. Aber der historischen Wahrheit würde es wohl auch nicht zum Durchbruch verhelfen. Man würde die Medien damit nur noch mehr aufwerten. Ich glaube, ich laß es lieber sein.«

»Zögern Sie nicht, sich wieder an mich zu wenden, wenn Sie meine Hilfe brauchen.«

Ariadnes Traum

In dieser Nacht hatte Ariadne einen Traum. Ihr träumte, sie befände sich auf der Dachterrasse eines Wolkenkratzers, auf die sie sich vor einer Reportermeute geflüchtet hatte. Verzweifelt suchte sie einen Ausweg, als sie die Feuertreppe hochgestürmt kamen. Unten, auf der Straße sah sie viele ihrer Freunde und andere Menschen, die sie nicht kannte. Sie standen zusammen, sahen zu ihr hoch, beratschlagten, wie sie ihr helfen könnten. Sie hatten zwei runde Sprungtücher aufgespannt, wie sie die Feuerwehr benutzt, und rannten aufgeregt hin und her, um eine Position zu finden, in der sie nach ihrem Sprung sicher landen konnte. Doch sie hatte das untrügliche Gefühl, daß es keinerlei Möglichkeit geben würde, die Tücher so zu spannen, daß sie den Sprung unverletzt überstehen würde. Doch es gab keine andere Chance. Die Frau auf dem Dach empfand große Einsamkeit, unermeßliche Traurigkeit darüber, von den Menschen, die sie mochte und die sich um sie kümmerten, durch Welten getrennt zu sein. Sie wollten ihr helfen, doch sie war in einer Situation, in der ihr niemand auf der Welt helfen konnte. *Mutterseelenallein.* Die Menschen in der Tiefe wurden immer kleiner. Sie entfernte sich immer mehr von ihnen.

Intimes Schwätzchen mit Jupiter

Ariadne schrak schreiend aus ihrem Traum auf. Jupiter leckte ihr besorgt übers Gesicht. Er hatte tiefes Mitleid mit ihr. »Komm, laß uns raus.« Er hoffte, der vertraute Glanz der Sterne würde Ariadne helfen, die nächtlichen Gespenster zu verscheuchen.

Am Eingang des Parks sagte er: »Du weißt, wie sehr ich deinen Mut bewundere. Ich finde es toll, wie du dich für die Geschicke der Erde einsetzt. Aber es bricht mir das Herz, mitansehen zu müssen, wie du leidest. Muß das immer so weitergehen?«

»Ach Jupiter, du hast ja recht. Meinst du etwa, mir würde das Spaß machen, dieser elende Kleinkrieg? Unter normalen Umständen würde ich mit einem Kerl wie diesem Trouble kein einziges Wort wechseln. Aber was soll ich denn sonst tun? Glaub mir, am liebsten würde ich das Ganze auf der Stelle vergessen.«

Sie blieben stehen und setzten sich ins nachtfeuchte Gras. Ariadne nahm Jupiter in den Arm, streichelte ihn und drückte ihr Gesicht schutzsuchend in sein weiches Fell. Zum erstenmal seit Tagen vergaß sie ihre Sorgen.

Sie liebte Jupiters haariges Schnäuzchen, seine wunderbar glänzenden Augen, die sie so liebevoll anblickten. So braun waren sie, so groß, viel größer als ihre eigenen, und so schön geschnitten. Sie bewunderte seine hübschen Augenwimpern, die kurz waren, aber bestechend seidig glänzten. Immer zwei milchkaffeefarbene, dann zwei albinoweiße abwechselnd in perfekter Symmetrie. Seine Schnauzhaare wuchsen aus kleinen schwarzen Flecken, ebenso wie die kleinen antennengleichen Härchen auf der Stirn. Manchmal verlor er eines, und Ariadne hob es dann immer auf, legte es unters Kopfkissen oder in ihr Schmuckkästchen. Sie nannte diese Härchen sein »Geweih«. Wenn er, wie jetzt gerade, lächelte, zeigte er seine kleinen weißen Kinderzähnchen. Ein bißchen schief, aber das machte sein Lächeln nur noch charmanter.

»Ach Jupiter«, rief sie aus, »wie sehr ich dich lieb habe. Du erinnerst mich an ein Rentier, ein ganz süßes fliegendes Rentier.« Wie sie mit der Hand durch sein Fell fuhr, nahm sie intensiv die Weichheit seines zarten Unterfells wahr. Sie sprach mit ihm, und seine Augen glänzten sanft wie zwei Sternchen.

Intergalaktisches Radio an Jupiter: »Rufe alle Tiere!«

Plötzlich begannen Jupiters Antennen zu zittern. Er richtete sie auf und setzte sich kerzengerade hin, ganz gespannt vor Aufmerksamkeit.

»Ariadne«, murmelte er aufgeregt, »ich empfange gerade eine Sondermeldung vom Intergalaktischen Radio. Sie bringen einen Bericht über den Zustand der Erde. Hör doch!« Ariadne rückte noch näher, und dann konnte auch sie die Stimme hören, zunächst nur ganz schwach, aber dann immer deutlicher. Die Stimme schien von sehr, sehr weit her zu kommen – eine düstere, tiefe, geheimnisvolle Stimme, die tonlos durch die atmosphärischen Störungen von Raum und Zeit zu ihnen drang. Aus unendlich weit entfernten Galaxien, aus der Zukunft in die Gegenwart zurück. Sie lauschten angestrengt, um bloß kein Wort zu verpassen.

»Seit Beginn des Industriezeitalters sind allein zweihundert Milliarden Tonnen Kohlendioxid in die Atmosphäre eingedrungen. Sie belasten das Klima auf der Erde und das gesamte organische Leben.

In einem Zeitraum von weniger als einem Jahrhundert wurden Tausende neuer Chemikalien entwickelt, die auf alle lebenden Organismen einwirken und im gleichen Maße wie die Radioaktivität verhängnisvolle biologische Veränderungen nach sich ziehen.

Gegen Ende der fünfziger Jahre begann die Industrie, die Rohstoffe so exzessiv auszubeuten, daß die meisten Ressourcen im Jahre 2000 annähernd erschöpft waren. Der wirtschaftliche Segen, den die Industrialisierung mit sich brachte, wurde extrem ungleich verteilt, was große politische Unruhen bewirkte. Die Unternehmer kämpften um ihre Vorherrschaft auf der Erde, und zu jener Zeit setzten sie ihre bitterste Frucht ein, das Uranium.

In den Achtzigern gab es dreieinhalb Millionen Tonnen Industriemüll, mancher davon so gefährlich, daß nicht absehbar war, ob der Planet ihn würde verkraften können. Dieser Industriemüll vergiftete das Trinkwasser, den Boden, Lebensmittel und in einigen Fällen sogar ganze Landstriche.«

Ariadne und Jupiter sahen sich bestürzt an. So etwas hatten sie schon vermutet – bei ihren Spazierflügen um die Erde. Aber nicht für wahr halten mögen.

Die Stimme sprach weiter. »In vielen sogenannten Demokratien unterstützten die Wirtschaftsführer bei den Wahlen mit mehr Finanzmitteln als je zuvor diejenigen Kandidaten, die ihren geschäftlichen Interessen positiv gegenüberstanden, um sicherzustellen, daß andere Wahlbewerber keine Chance hatten. Dies hatte unter anderem zur Folge, daß in den achtziger und neunziger Jahren in vielen Nationen der westlichen Welt Politiker ans Ruder kamen, die es sich zur Aufgabe machten, die Sozialgesetzgebung der vergangenen hundert Jahre rückgängig zu machen und die Regelungen in den Wirtschaftsbeziehungen aufzuheben. Die Aussichten auf Erden wurden immer trüber. Würden die Menschen die Gefahren für ihre Freiheit noch rechtzeitig erkennen? Würde die Erde überleben? Wenn Sie wissen wollen, wie es weiterging, schalten Sie sich zu unserer nächsten Sendung in einer Woche wieder ein. Und jetzt die Werbung ...«

Ariadne und Jupiter verstanden die Bedeutung der Sendung genau. Sie kam ihnen vor wie die Szene mit dem Autoradio in Cocteaus Drama »Orpheus«, in dem sich eine einfache Nachrichtensendung als ein großes Gedicht herausstellte, wenn man nur aufmerksam genug zuhörte.

Da richteten sich Jupiters Antennen noch mehr auf. Er sprang auf die Pfoten. Offenbar empfing er eine weitere Botschaft. Voller Hektik flüsterte er Ariadne noch zu, daß er sofort zu einer Sondersitzung des Rates der Tiere im Himmel müßte, aber, tröstete er sie: »Wenn du morgen früh aufwachst, liege ich schon wieder neben dir im Bettchen. Versprochen!«

Und weg war er. Ariadne blieb noch eine Weile im Gras sitzen.

Der Rat der Tiere

Jupiter traf gerade noch rechtzeitig vor der offiziellen Eröffnung der Sitzung ein. Fala, der sie leiten sollte, bat vergebens um Ruhe. Alle Anwesenden sprachen durcheinander. Das Thema des Tages war der Bericht des Intergalaktischen Radios, der große Bestürzung ausgelöst hatte. Man debattierte in kleinen Grüppchen über die massenhafte Ausrottung zahlreicher Tier- und Pflanzenarten, über die weitverbreitete industrielle Nutztierhaltung und die Gefahren, die für alles Leben von der Vergiftung der Atmosphäre ausging. Was taten eigentlich die *Menschen?* Quadratkilometer für Quadratkilometer Boden bedeckten sie mit Beton, *das* konnten sie. Viele Felder hatten ihr sattes Grün eingebüßt, über den großen Städten und Industriegebieten lag dichter, furchterregend schwarzer Dunst, und die Emissionen aus Klimaanlagen, Schornsteinen und Sprühdosen fraßen ein Loch in die Ozonschicht, das von Tag zu Tag größer wurde. Wie lange noch würden sie atmen können? Sollten sie sich darauf vorbereiten, in der Tiefe des Raumes heimisch zu werden, wenn dieser Planet einmal ganz ausgebeutet sein würde? Durfte man Planeten einfach so wegwerfen?

Fala begann seine Eröffnungsansprache: »Wie ihr alle gehört habt, kreisen chemische Dämpfe in den stratosphärischen Strömungen um die Erde und bedrohen alles Leben. Keiner ist gefeit davor: Was an einem Ort seinen Anfang nimmt, breitet sich überallhin aus. Bildet euch nicht ein, daß irgendeiner von uns der Gefahr entkommen könnte, etwa indem er sich versteckt. Dies ist nicht möglich, nicht einmal im tiefen, tiefen Wald. Das heißt, sofern überhaupt noch Wälder am Leben bleiben. Wir haben uns heute hier zu einer Sondersitzung versammelt, um diese Ereignisse zu diskutieren und uns über mögliche Perspektiven auszutauschen. Berichtet alles, was ihr wißt. Legt öffentlich Zeugnis ab.«

Als erstes ergriff der kleinste Küstenvogel das Wort, ein Sanderlingweibchen. »Viele Jahre lang waren wir es gewöhnt, nonstop von Peru zur Ostküste des nordatlantischen Kontinents durchzufliegen – in eine Gegend, die sich Virginia nennt, falls ihr die kennt. Dort haben wir normalerweise an einem ganz bestimmten Strand ein paar Tage Zwischenstation gemacht, um was zu essen und neue Kraft zu tanken für den Rest der Reise, die uns dann, wiederum nonstop, in die Arktis führte«, gab sie zu Protokoll. »Seit Jahrhunderten tun wir das schon so. Aber in diesem Jahr war unser Quartier von Leuten besetzt, die etwas machten, was man ›Sommerferien‹ nennt oder so. Absolut egoistische Kreaturen. So viele Orte, an denen wir Vögel uns gerne aufhielten, haben die schon kaputt gemacht, daß wir eigentlich nur diesen Strand hatten, an dem wir uns einigermaßen wohl fühlen konnten. Und jetzt waren sie plötzlich auch *da.* Von oben betrachtet, sah es aus wie eine Völkerwanderung.

Na, was blieb uns anderes übrig: Wir sind trotzdem gelandet, und als wir versuchten, uns etwas auszuruhen, platterten die mit ihren Blechdingern auf uns los. Sie machten einen irrsinnigen Lärm und stanken wie die Pest. Ich war gerade dabei, ein bißchen einzunicken, als eine von diesen Höllenmaschinen wie eine überdimensionale Riesengans auf mich zugehupt kam, und da wußte ich mir nicht anders zu helfen, als loszufliegen, so hastig, daß ich viele Federn lassen mußte. Ich hab' dann zwar ein anderes Plätzchen gefunden, aber da konnte ich nicht einschlafen. Es kommen nur noch wenige von uns durch. Die Alten sterben viel zu früh, und weniger Nachwuchs gibt es auch. Wenn ihr es genau wissen wollt:

Unser Bestand hat sich um achtzig Prozent verringert.« Sie gab ein erbärmliches Piepsen von sich.

Fala fragte sie, ob sie einen Ausweg aus der Misere wüßte, aber Fräulein Sanderling schüttelte nur traurig das Köpfchen. »Nein. Die Menschen sind ja, relativ gesehen, eine ziemlich junge Art. Und trotzdem ist es ihnen in kurzer Zeit gelungen, alles zu überrennen. Anthropologisch gesehen ist der menschliche Verstand ein Fehltritt. Intelligenz: eine Verrücktheit. Sie hat sie dazu geführt, oder führt dazu, daß sie den Planeten zerstören. Und damit uns alle!«

Als nächstes trat eine Seemöwe in den Zeugenstand. »Ich möchte der Versammlung berichten, was ich gesehen habe. Treibnetze durchziehen die Ozeane der Welt. Das nennen die Menschen die ›neue Massentechnologie‹ im Fischfang. Flotten von an die zwölfhundert Schiffen mit mehr als dreißigtausend Meilen Netzen im Nordpazifik schwärmen jede Nacht aus ... genug Netz, um einmal vom Nord- zum Südpol zu kommen ... oder von Kalifornien nach China und wieder zurück. Eigentlich sind sie auf Thunfisch aus, aber sie nehmen auch alles andere. Sie töten sogar Delphine. Ich mußte mitansehen, wie sie starben ...« Die Seemöwe war erschüttert. Stammelnd und den Tränen nahe sprach sie weiter. »Diese Riesennetze winden sich acht- oder zehnmal um die Leiber der Delphine, die um ihr Leben kämpfen. Die Flossen werden ihnen an den Körper gefesselt, die Seile schneiden ihnen tief ins Fleisch. Alles Zappeln ist sinnlos. Sie kommen nicht mehr an die Luft. Nach elenden Versuchen ertrinken sie. Und die Fischer verkaufen ihr Fleisch als ›Fisch‹, den sie mahi-mahi nennen, an Restaurants. Und die ahnungslosen Gäste essen das. In den Maschen dieser mörderischen Netze verfangen sich auch ganze Scharen von Seevögeln. Bei ihren verzweifelten Versuchen, sich zu retten, beißen sie sich allzu häufig selbst die Füße und Federn ab, ein elendes Ende finden sie. Überlebenstechniken, die sich über Jahrtausende bewährt hatten, erweisen sich gegen diesen neuen, praktisch unsichtbaren Raubzug als untauglich. Zu Hunderten liegen Delphine und Robben leblos in den Netzen. Die Menschen sollten daran denken, wenn sie im Supermarkt nach den kleinen Büchsen mit Thunfisch greifen.«

Der Aussage der Seemöwe folgte entsetztes Schweigen. Was konnten die Tiere bloß tun? Wie erreichen, daß all dies in dieser Nacht nicht geschah? Wie sich gegen dieses neue Barbarentum zur Wehr setzen? Fala verlor die Fassung. »Millionen von Vögeln, Schildkröten, so unendlich viele Tiere, die völlig sinnlos sterben müssen . . .«

Rhea Silvia, eine prächtige Wölfin, meldete sich zu Wort. »Wußtet ihr eigentlich, daß die Mittelmeergebiete vor langer, langer Zeit ganz mit Wald bedeckt waren? Aber das ist wirklich schon lang her, bevor die Römer sie rodeten. Sie brauchten die Bäume für ihren Haus- und Schiffsbau und zum Feuern. Das Land ist im Grunde heute noch nackt, und die krüppelige Vegetation, die man jetzt in Griechenland und Süditalien findet, erinnert nicht im geringsten an die wunderbaren alten Bäume, die dort ursprünglich einmal standen, zu der Zeit, als ich noch in der Gegend lebte. Als sie die Bäume rodeten, vernichteten sie auch den guten Mutterboden, und deshalb konnte nichts Ordentliches nachwachsen. Da kommen bei mir keine Heimatgefühle auf. Im Süden der Türkei ist es auch nicht besser. Anatolien ist bis auf den heutigen Tag unfruchtbar und drückend heiß. Und die Ursachen sind genau die gleichen: die berühmten römischen Helden.

Stellt euch nur einmal vor«, fuhr Rhea Silvia fort, »wenn ich diese beiden Irren nicht aufgezogen hätte! Dann hätte es Rom nie gegeben. Vielleicht auch die ganze Machokultur nicht mit ihrem Riesen-Bluff. Die Griechen, ja. Das waren Herrscher. Aber keine Gladiatoren . . . Ach, kennt ihr mich eigentlich alle? Na ja, mir ist schon klar, die meisten Historiker tun meine Geschichte – daß ich nämlich Romolus und Remus gesäugt habe – als Fabel ab. Aber sie stimmt. Ich bin tatsächlich Rhea Silvia. Ja, ich wünschte wirklich, ich hätte es nicht getan. Denkt nur mal daran, was sie alles angestellt haben ... Sie begründeten eine Nation, die alles, was in die Nähe kam, unterdrückt hat – Sklaven, Frauen, Tiere, andere Länder. Und dann haben sie ihre ganze sogenannte Kultur auch noch dem Rest von Europa aufs Auge gedrückt. Zuvor hatten Frauen einen viel höheren sozialen Status, und Tiere wurden wie Götter verehrt. Ach, hätte ich diese beiden Rotzlöffel bloß sich selbst überlassen ... Vielleicht hätte die Welt richtig schön werden können. In jedem Fall hätte Italien eine ganz andere Zivilisation bekommen. Ich muß oft daran denken, wie anders alles hätte werden können.« Die majestätische Wölfin schaute schuldbewußt drein.

Fala verließ seinen Platz auf dem Podium, um sie zu trösten. »Ach Silvia, hör doch auf, dich zu quälen. Du hast nur getan, was du zum damaligen Zeitpunkt für richtig gehalten hast.« Voller Mitgefühl nahm er Rhea Silvia in den Arm. Eng aneinandergekuschelt lauschten sie der nächsten Sprecherin.

Laika, die Russin, war an der Reihe. Für eine Kosmonautin, wie sie eine war, verstand es sich von selbst, daß ihr Rapport über die Verhältnisse in der Erdatmosphäre reichlich wissenschaftlich ausfiel.

»Mann, war das eine Reise! Im Orbit kann man sich einen exakten Überblick verschaffen. Noch Tausende von Meilen entfernt von den Kohlekraftwerken, die ihn verursachen, zerstört der saure Regen die Wälder; die Ozonschicht der oberen Atmosphäre, die das Leben auf der Erde vor den gefährlichen ultravioletten Strahlen schützt, wird von Chemikalien angegriffen, die aus Klimaanlagen, Eisschränken, Styropor, Treibgasen und anderen chemischen Produkten ausströmen.« In der Versammlung machte sich eine gewisse Unruhe breit. Hatte man dies nicht alles vor wenigen Minuten schon einmal gehört? »Kurzfassen!«

Doch Laika ließ sich nicht aus dem Konzept bringen. »In den vergangenen Sommern hat die Erdbevölkerung einen Vorgeschmack auf die möglichen Konsequenzen dessen erhalten, was sie verharmlosend Treibhauseffekt nennen. Die Indizien sind gewaltig, auch wenn es noch keinen definitiven Beweis für diese These gibt. Fünf der heißesten Jahre des ganzen Jahrhunderts fielen in die Achtziger, und jüngste Forschungsergebnisse deuten darauf hin, daß die Temperaturen auf der Erde heute durchschnittlich um ein halbes Grad Celsius höher liegen als vor hundert Jahren.

In der bisher wärmsten Periode der Geschichte, etwa 6000 vor Christus, war es nur ein bis zwei Grad Celsius wärmer als heute, während es in der Kleinen Eiszeit von ungefähr 1550 bis 1700 nur ein paar Zehntelgrad kühler war. Diese Abweichungen haben einen erheblichen Einfluß auf das Wetter, die Landwirtschaft und sogar auf die Entwicklung der Zivilisation. So war zum Beispiel die relativ warme Periode zwischen 900 und 1200 die Blütezeit der Wikinger, die Zeit, in der sie Island und Grönland besiedelten.

Die Dürreperioden, Überflutungen und Hitzewellen, die die Erde heimsuchen, haben schlußendlich die Aufmerksamkeit der Menschen auf die Bedrohungen durch eine globale Erwärmung gelenkt. Merkwürdig ist nur«, Laika setzte dankenswerterweise zur Schlußbemerkung an, »daß die Menschen über alle diese Informationen verfügen. Sie wissen alles. Sie diskutieren auch darüber. Endlos machen sie Fernsehsendungen über diese Themen. Sie kennen im Grunde sogar die Lösungen. Und was machen sie: reden, reden und nochmals reden. Aber tun – tun tun sie nichts.«

Obwohl die Rede gewisse Längen aufgewiesen hatte, brach zum Schluß doch tosender Beifall aus. Viele Teilnehmer der Versammlung baten Laika um Kopien ihres Redeskripts.

Während des Meetings lief die ganze Zeit der Anrufbeantworter des Intergalaktischen Tiersenders, auf dem sich jeder äußern konnte, der nicht selbst kommen konnte. Die Versammlung wandte jetzt ihre ganze Aufmerksamkeit einem gerade eingehenden Anruf zu.

»Ich bin der Meinung, ihr solltet wissen, daß wir Schnabelfische hier, wo ich lebe, also in Kalifornien ... also ihr müßt schon entschuldigen, aber Anrufbeantworter machen mich immer ganz konfus. Also, ich finde, ihr solltet wissen, daß wir Schnabelfische gerade einen Aufstand machen. Damit will ich sagen: Wir sind in den Gebärstreik getreten. Wir weigern uns, uns zu vermehren. Die kleineren Fische, die immer auf unserem Rücken reiten, fragen sich schon, was sie tun sollen. Tatsache ist: Gerade im Moment haben die ein Treffen, auf dem sie das diskutieren. Die einen wollen gleich zur Tat schreiten, während die anderen dafür sind, lieber noch etwas zu warten. Die einen nennen die anderen passiv, die anderen aggressiv, na wie das so ist ... Ich kann im Moment nicht sagen, wie lange unser Streik dauern wird, verspreche aber, daß ich euch auf dem laufenden halte. Nur Mist, daß ich auf so eine blöde Maschine sprechen muß. Tschüs, dann!«

Nervosität machte sich breit. Viele der Anwesenden waren der Auffassung, daß Tiere beim Treffen von Entscheidungen viel effektiver seien als Menschen.

Bevor sich die Versammlung auflöste, wurde Jupiter in seiner Eigenschaft als Wanderer zwischen zwei Welten von Fala um ein Schlußwort gebeten. »Wir alle kennen jetzt den Zustand«, improvisierte er, »in dem sich die Erde befindet. Und wir kümmern uns darum. Die Menschen hingegen kümmern sich mehr um ihre Autos, Mikrowellen, Computer und Fernsehgeräte; diese Dinge sind für sie faßbar und notwendig. Vögel und Pflanzen sind in ihren Augen zu vernachlässigende Größen, und daran wird sich auch nichts ändern, egal, was geschieht. Sie sind so überheblich und vergessen in ihrem Hochmut, daß sie nicht einmal wissen, woher sie kommen –

zu schweigen davon, wohin sie gehen. Doch sie verpassen das Wichtigste ... all die Schönheit, die sie umgibt. Und was das Schlimmste ist: Sie selbst sind verantwortlich dafür, daß diese Schönheit nach und nach stirbt.«

Mit diesen mahnenden Worten war die Veranstaltung beendet. Einzelne Grüppchen diskutierten noch weiter, und im kleineren Kreis trauten sich jetzt auch einige Tiere die Frage aufzuwerfen, ob tatsächlich die Menschheit als Ganze zur Verantwortung zu ziehen sei. Es gäbe schließlich auch Männer und Frauen, denen nicht gänzlich das Problembewußtsein fehle. »Leonardo da Vinci beispielsweise war Vegetarier«, brachte Argo, den Jupiter bereits aus dem Himmlischen Hundeclub kannte, vor. »Und er hat schon prophezeit, daß einmal eine Zeit kommen werde, in der der Verzehr von Fleisch als ebenso unmoralisch geächtet würde wie kannibalische Tischsitten.«

Arsinoe jedoch, ein zierliches Windspiel und liebste Lebensgefährtin Friedrich des Großen, hielt dagegen: »Nun laß aber mal gut sein! Viele von uns Tieren fressen schließlich auch Fleisch. Die Menschen müssen nicht unbedingt alle Vegetarier werden. Und weder mein Friedrich noch Voltaire haben jemals auch nur ein Sterbenswörtchen über die Rechte der Tiere verloren.«

Alkmene, ihre Schwester, widersprach: »Aber Arsinoe, hast du denn vergessen, welchen großen Respekt Friedrich den Tieren entgegengebracht hat? Uns jedenfalls hat er immer als gleichberechtigt behandelt. Neben wem wollte er schließlich begraben werden?«

Etwas abseits war Jupiter in ein bedeutend heitereres Gespräch mit Rughetta vertieft. Er war verschossen in ihre braunen und weißen Flecken, und es dauerte nicht lange, da sangen die beiden zusammen, und zwar Lieder, die Rughetta von ihrem guten Freund Tito Gobbi gelernt hatte. Ein bißchen Italienisch brachte sie ihm bei dieser Gelegenheit auch bei.

Die anderen Tiere stimmten bald in den Gesang ein, und so fand die Sondersitzung des Rates doch noch einen recht vergnüglichen Abschluß.

Zwischenspiel im Paradies: Friedrich und die Liebe

Als Ariadne ohne Jupiters Begleitung den Park verließ, wollte sie eigentlich auf schnellstem Weg zu sich nach Hause, um noch ein bißchen Post zu erledigen, aber dann hatte sie eine viel bessere Idee. Sie ging noch auf einen Sprung zu Friedrich. Als sie bei ihm ankam, übte er gerade die Transzendentalen Etüden von Liszt. »Komm, setz dich ein bißchen zu mir.«

»Liebster, hast du Hunger? Soll ich uns was zu essen machen?« Doch als sie ihn ansah, verflog *dieser* Appetit im Nu und ihre Gedanken nahmen eine andere Richtung.

Ariadne trat auf Friedrich zu, der immer noch auf dem Schemel vor dem Flügel saß, und blickte ihn verführerisch an. Sie ließ ihre Finger durch sein Haar gleiten und fragte kokett: »Na, hat mein kleines Genie auch fleißig geübt? Oder kann ich vielleicht irgendwie helfen?« Ihr Blick jedoch verriet, daß sie nicht die Lust verspürte, ihm zu helfen – jedenfalls nicht bei seiner Arbeit.

Sie setzte sich mit gespreizten Beinen auf seinen Schoß, das Gesicht ihm zugewandt, und drückte sich ganz fest an ihn. Friedrich stöhnte leise und zog sie näher an sich.

»Weißt du was?« Ariadne bedeckte sein ganzes Gesicht mit Küssen.

»Mhm, was denn?«

»Ich habe heute ein paar ganz tolle, unglaublich enge Stretchhosen aus Goldlamé gesehen.«

»Was du nicht sagst.«

»Ja, und ich habe sie sogar gekauft. Kannst du mir vielleicht sagen, was ich mit ihnen anfangen könnte?« Sie spürte die Wölbung in seiner Hose.

»Mhm, tut das gut.«

»Möchtest du dir vielleicht angucken, wie sie angezogen aussieht?« Sie spielte mit seinen Haaren und rieb sich rhythmisch an seinem Körper. Ariadne erkannte sich selbst kaum wieder.

Friedrich zieht sie näher an sich, so nahe es irgend geht, und räuspert sich, bevor er antworten kann. »Wie eng, sagtest du, sind sie?«

»Hauteng ...« Ariadne atmet schwer. »Es sind eben ... Stretchhosen ... Ich habe auch ein passendes Bustier dazu ...«

»Zieh's an.«

Ariadne begann sich von ihm loszumachen. »Nein, halt. Warte.« Friedrich küßte sie sanft auf den Hals. »Bleib hier. Beschreib mir erst, wie du darin aussiehst.«

»Weißt du, was ich mir vorgestellt habe ... was du mit mir machen würdest, wenn ich sie anhätte?« Friedrich bewahrt nur mühsam die Ruhe. »Ich habe mir vorgestellt ... Aber im Grunde ist es nicht richtig, dich dermaßen von der Arbeit abzuhalten.«

»Los, sag schon.«

»Also, als ich dieses Outfit im Schaufenster gesehen habe, habe ich mir vorgestellt, daß wir ganz chic essen gehen. Ich habe meine Hosen an und unter dem Jackett nichts als das Bustier. Dazu Schuhe mit extrem hohen Hacken und lange schwarze Satinhandschuhe. Schwere Ohrringe. Und du einen deiner wahnsinnig eleganten Super-Geschäftsmann-Anzüge. Wir stehen an der Bar, warten, daß unser Tisch frei wird. Ich weiß ganz genau, wie aufregend du mich findest, und will dich provozieren. Ganz verrückt machen. Nur mit Blicken und Gesten.

Zunächst scheinst du gar nichts zu bemerken, aber dann

legst du mir den Arm um die Taille. Ich spüre, wie deine Hand nach unten tastet, wie du mit zwei Fingern meine Hosennaht berührst. Ich versuche, ganz normal weiterzusprechen. Aber du weißt ganz genau, daß ich merke, was du tust. Hinter uns steht im Moment niemand, und so lasse ich es geschehen.

Dann kommen deine Finger gar nicht mehr hoch, sondern streicheln über meinen Po, ganz sanft. Und dabei redest du ganz ungerührt auf mich ein und wirkst so, als wärest du nur an dem interessiert, was sich im Restaurant abspielt. Natürlich tue ich auch so als ob.

Und du bewegst deine Finger immer weiter, in quälend kleinen Kreisen über meinen Po. Ganz sanft, ganz sanft berührst du mich. Dein Rhythmus macht mich ganz wahnsinnig. Ich kann nicht mehr sprechen, an nichts mehr denken als an deine Finger. Ich könnte sterben vor Verlangen. Ersehne mir nichts mehr, als daß deine Finger die Hosennaht weiter nach unter gleiten. Und du tust es. Erst fast unmerklich ... Ich verliere völlig die Kontrolle und spreize die Beine. Mein ganzer Körper spannt sich an, und ich zwinge mich mit aller Kraft, mich deinem Finger nicht noch mehr entgegenzuwinden.

Mit einemmal wird es dunkler im Restaurant. Der Kellner dimmt die Lampen und trägt eine Geburtstagskerze herein. Mit deiner anderen Hand faßt du mir unters Jackett und berührst meine Brust, ganz behutsam. Obwohl mir klar ist, daß uns jeder beobachten kann, lasse ich es zu. Ich weiß nicht mehr, wo wir sind. Denke nur noch an deine Hand und an deinen Körper und an mein Verlangen nach dir. Du zupfst mir den Träger des Bustiers von der Schulter und streifst es ab. Jetzt ist meine eine Brust ganz nackt. Du trittst einen Schritt hinter mich und streichelst meinen Busen. Ich halte mich mit beiden Händen an der Bar fest, zitternd vor Lust ...«

Friedrich zieht Ariadne auf den Teppich ...
... und hier wird die Geschichte ausgeblendet ...

Währenddessen hatten die Tiere im Himmel zu singen aufgehört und spielten Nachlauf und Sackhüpfen. Jupiter mittendrin. Er hatte so viel Spaß, daß es ihm schwerfiel aufzubrechen. Aber was sein muß, muß sein, und so verabschiedete er sich schließlich. »Bis zum nächstenmal.«

Als Ariadne am nächsten Morgen aufwachte, bemerkte sie gleich, daß Jupiter sein Versprechen gehalten hatte. Er lag ganz leise schnarchend neben ihr. Seine geschlossenen Augenlider vibrierten. Er träumte. Auch seine Pfötchen zitterten und zuckten. Bestimmt träumt er, daß er fliegt. Fliegen machte ihm schließlich sogar noch mehr Spaß als ein Spaziergang im Park. Oder ob ihm träumte, daß er tanzte?

Beim Aufstehen versuchte sie, Jupiter nicht zu wecken. Doch er hob den Kopf und sah sie an. Als er registrierte, wo er sich befand, lächelte er verschlafen und räkelte sich genüßlich.

»Hallo Jupiter. Einen guten Morgen wünsche ich dir.« Ariadne gab ihm ein Küßchen auf die Stirn.

Zweite Himmelfahrt

Nach dem Frühstück nahm Ariadne ein Bad. Den Kopf zwischen den Pfoten legte sich Jupiter neben der blaßrosa Badewanne auf den grünen Vorleger und beobachtete sie mit seinen großen, kastanienbraunen Augen voller Aufmerksamkeit. Er hatte nur einen Wunsch: Ariadne möge sich endlich darauf besinnen, warum sie ursprünglich auf die Erde gekommen waren. Sie schien sich festgefahren zu haben, es war kein Fortschritt in Sicht. Was nichts daran änderte, daß Jupiter ganz gerne hier in diesem kleinen Badezimmer lag und Ariadne zuschaute, wie sie sich einseifte. Trotzdem hatte er den Eindruck, daß sie in einer Sackgasse gelandet waren.

In diesem Moment schien Ariadne denselben Gedanken zu haben. Plötzlich legte sie mit großem Schwung den Badeschwamm auf den Wannenrand und verkündete: »Jupiter, ich habe einen Entschluß gefaßt.« Ohne ihn auf die Folter zu spannen, fügte sie hinzu: »Wir gehen wieder nach Hause. Das heißt: Wir *fliegen* natürlich.«

Bevor es sich Ariadne vielleicht wieder anders überlegen konnte, fast noch, bevor sie ihren Satz vollendet hatte, schüttelte sich Jupiter, er griff nach dem Bademantel ...

... und schon erhoben sie sich in die Wolken.

Ohne Friedrich auch nur Bescheid zu sagen.

Sie stiegen höher und höher, entfernten sich weiter und weiter von der Erde. Wieder sahen sie die Städte des Globus unter sich. Kleine irrlichternde helle Pünktchen. Am weiten Horizont tauchte die Sonne alles in vielfarbigen Dunst. Da war er wieder, dieser Sonnenuntergang auf der Erde, der sie immer so bezauberte. So wunder-, wunderschön. Dann jedoch sahen sie auch die andere Seite des Planeten, auf der Tag herrschte. Waldbrände sahen sie, völlig außer Kontrolle geraten, immens weite, öde Wüsten und Bomber, die sich Kriege lieferten. Und sie sahen auch – es war gar nicht zu übersehen – den großen Unterschied zwischen denen, die kein Dach über dem Kopf hatten und nichts zu essen, oft waren es Schwarze oder Menschen mit dunkler Hautfarbe, und denen, die in gediegenen Häusern lebten, fernsahen und Kartoffelchips in sich hineinmümmelten.

An einem Ort verhungerte und verdurstete das Vieh, während direkt nebenan Menschen in vollklimatisierten Räumen saßen, eisgekühlte Getränke zu sich nahmen und das traurige Schicksal des Viehs beklagten: »Aber diese Hotels, in denen

Tausende von Menschen wohnen könnten, sind ja nur zur Hälfte belegt«, rief Ariadne Jupiter zu. »Warum bietet man den Tieren nicht wenigstens Unterschlupf, bis die schlimmste Hitze vorbei ist?«

Und sie steigen immer noch höher. Sahen all die Auto- und Fabrikabgase, die in riesigen Wolken zum Himmel steigen, bis hin zur Ozonschicht. Das große Loch über der Arktis. Was für eine Touristenattraktion.

Und weiter flogen sie, mitten hinein in einen Nebel, der die Erde und alle Sterne in ihrer Nähe einhüllte. Ein dichter Nebel im grünlichen Farbton alter venezianischer Gemälde. Während sie durch diesen Nebel flogen, stieß Ariadne einen schweren Seufzer aus. »Ach Jupiter, was bin ich doch für eine Törin. Ich habe doch tatsächlich geglaubt, daß man etwas verändern könnte. War ich wirklich so naiv? Warum aber kann es auf der Erde nicht immer und überall so schön sein, wie es auf den ersten Blick aussieht. Erinnere dich doch nur, wie begeistert wir am Anfang waren. Wie vollkommen uns alles schien. Und wie glücklich wir waren.«

Jupiter hätte sie gerne getröstet, doch beim Navigieren fiel ihm das Sprechen schwer. »Hör zu«, kläffte er mit ganzer Kraft, »die Welt ist tatsächlich verrückt. Ich werde doch auch nicht schlau aus ihr. Erst letzte Nacht habe ich im Radio eine Meldung gehört, in der es hieß, Nation Nummer Eins hätte gerade einen unterirdischen Atomtest unternommen. Ob dabei viele Tiere umgekommen sind? Und wo die ganze radioaktive Strahlung hingegangen ist, auf den Meeresboden, ins Wasser? Es liegt auf der Hand, daß bei der Explosion viele Tiere und Pflanzen ihr Leben lassen mußten. Aber in den Nachrichten: kein Wort darüber. Oder denk nur an den Brand im Yellowstone-Nationalpark. Ich erinnere mich noch genau an die Reportage, die wir im Fernsehen darüber gesehen haben. Wie hieß es da: ›Ruhig brennen lassen‹. Von getöteten Tieren ist nie die Rede. Und von den majestätischen

Bäumen, die fast alle an die hundert Jahre alt sind, noch weniger. Ich aber mache mir Sorgen um all das sinnlos geopferte Leben. Was mit den Tieren geschehen mag? Täglich müssen so viele mit dem Tod bezahlen ... ob überhaupt welche überleben werden?« Jupiter sah unendlich traurig aus, viel trauriger, als Ariadne ihn je gesehen hatte.

Doch mit einemmal hatten sie den Nebel hinter sich gelassen. Sie freuten sich von Herzen darauf, endlich wieder an einen Ort zu kommen, an dem die Luft flimmernd klar war wie die ersten Klänge von Strawinskys Petruschka-Ballett. Es kam wieder Leben in sie.

Himmlisch ist es im Himmel!

Kaum waren sie im Himmel gelandet, fühlten sich Ariadne und Jupiter gleich bedeutend besser. Sie machten Luftsprünge vor Freude und tanzten voller Ekstase. Sie sahen gleich am schwarzen Brett nach, ob eine Nachricht für sie da war. Tatsächlich. Auf einem leicht zerknitterten Zettel standen die Worte: »Liebe Ariadne, lieber Jupiter! Heute nacht findet im ›Whist-Club‹ eine Versammlung der Politischen Abenteurer statt. Hoffe, daß ihr Zeit habt. Küßchen, Harry.«

Toll. Endlich die langerwartete Nachricht von Truman.

»Ich bin schon ganz aufgeregt«, sagte Ariadne.

Sie tranken noch eine Limo gegen den Durst, dann machten sie sich kurz frisch und brachen auf, dem »Whist-Club« einen Besuch abzustatten.

Eine himmlische Debatte. Der Club der Politischen Abenteurer läßt den Wertekanon der westlichen Welt Revue passieren

Unter der angegebenen Adresse befand sich ein altes europäisches Gebäude (Frankreich, achtzehntes Jahrhundert?) mit einem aufwendigen schwarzen Eisentor. Tatsächlich: Auf einer kleinen eleganten Messingtafel standen die Worte »Whist-Club«. Das mußte es sein. Ariadne und Jupiter preßten sich mit ihrem ganzen Körpergewicht gegen die schwere Tür. Schließlich gab sie hoheitsvoll knarrend nach. Sie folgten einem düsteren langen Flur mit großen Spiegeln an der

Wand, bis sie an ein diskretes Schild mit der Aufschrift »Nur für Mitglieder« kamen. Durch eine massive Holztür gelangten sie in ein Treppenhaus, das in einen unwahrscheinlich geräumigen Salon führte. Er hatte deutlich Ähnlichkeiten mit einem Cecil-B.-DeMille-Technicolor-Film mit dem Titel »Die Großen der Geschichte« oder so ähnlich.

In der Mitte des Raumes befanden sich parallel zueinander aufgestellt zwei lange Konferenztische aus Eichenholz, hochglanzpoliert. Daran saßen in verschiedenfarbigen bequemen alten Samtsesselchen vorwiegend Männer. Das mußten sie sein: die großen Politischen Abenteurer der Weltgeschichte. Alle trugen topaktuelle gediegene Garderobe, Klassiker aus verschiedenen Zeitaltern, und einer sah bedeutender aus als der andere. Ariadne blickte sich um, ob sie vielleicht Kleopatra irgendwo erspähen konnte. Sie brannte darauf, ihrer Freundin alles über Friedrich zu erzählen und ihr bei dieser Gelegenheit auch den gelben Nagellack zu geben, den sie ihr versprochen hatte. Doch sie bemerkte bei näherem Hinsehen zwar die eine oder andere Frau, Kleopatra indes schien nicht da zu sein. Bestimmt hatte sie wieder irgendein Rendezvous.

Die Debatte war bereits in vollem Gange. Es ging offenbar in freier Aussprache um die Erde. Keiner der Anwesenden nahm von Ariadne und Jupiter, die sich in eine Ecke verzogen, Notiz. Man ließ sich nicht stören. Im Verlauf der Erörterungen ging immer wieder die Tür, man nahm es mit der Pünktlichkeit nicht so genau wie auf der Erde.

Die beste aller möglichen Welten – oder: Ist die Demokratie langweilig?

Der erste Redebeitrag, den sie mitbekamen, wurde von einem Mann in einem eleganten Morgenmantel, mit schulterlangen Haaren und einer elfenbeinfarbenen Seidenkrawatte gehalten. »Die Demokratie ist eine hübsche, wenn Sie so wollen, sogar erhabene Idee, aber funktionieren kann sie nie und nimmer nicht. Ich habe dies bereits in meinen Büchern zum Ausdruck gebracht, und allmählich stellt sich heraus, daß ich vollkommen recht hatte.«

Jupiter reckte den Hals, um das Namensschildchen auf dem Tisch vor dem Redner entziffern zu können. »Das ist ein gewisser Alexis de Tocqueville«, raunte er Ariadne zu.

Mit einer Geste, die die ganze Weltgeschichte umfaßt, fährt de Tocqueville in seinen Ausführungen fort: »Man muß sich nur die irdischen Fernsehprogramme ansehen, um beurteilen zu können, was für ein fürchterliches Durcheinander die Menschen inzwischen angerichtet haben. Ich persönlich weigere mich strikt, mir das anzutun, ich kann es einfach nicht ertragen. Na ja, abgesehen vielleicht von einer Wiederholung von ›Denver‹ hin und wieder.« Bei der Erinnerung an vergnügte Serienstunden nehmen seine Augen einen verträumten Glanz an. Doch gleich besinnt er sich wieder darauf, was er seinem Namen schuldig ist. »Genau wie ich gesagt habe! Die Theorie, daß sich die Massen selbst regieren können und man die Welt von unten her zum Besseren verändern kann, ist idealistischer Nonsens. Triefnasiger Utopismus! Den meisten ist doch sowieso alles gleichgültig. Das einzige, was sie sich wünschen, ist ein guter Führer, der dafür sorgt, daß alles reibungslos läuft. Zu schade nur, daß sie keinen haben ... Denken wir nur an die Politiker jenes Landes, über das ich seinerzeit berichtet habe. Die Vereinigten Staaten von Amerika! Was für eine Bagage dort heutzutage! Sie registrieren das Haushaltsdefizit, sehen, daß sich ihre Weltherrschaft verflüchtigt, daß sich die Menschen auf den Straßen wegen Drogen gegenseitig umbringen – und schauen tatenlos zu. Untergehen werden sie wie das Römische Reich.

Das Mittelmaß regiert. Die Verantwortlichen sind nicht befähigt, es mit den neuen Problemen der Erde aufzunehmen. Es ist genau so, wie ich seinerzeit geschrieben habe: Demokratie allein kann nur ins Chaos führen, in Mittelmäßigkeit und in die Tyrannei der Majorität.«

Wie auf Verabredung springen zwei Männer gleichzeitig aus ihren Sesselchen. Ariadne und Jupiter erkennen sie sofort. Es sind Marx und Lenin. Unisono rufen sie aus: »Sie haben sich auch damals schon getäuscht! Wie kann man bloß so arrogant sein? Die Ereignisse des Jahres 1989 im sogenannten Ostblock haben gerade eben wieder bewiesen, daß auf die Massen Verlaß ist.« Lenin setzt sich wieder und Marx spricht allein weiter: »Das, was die da vorher hatten, war doch gar kein richtiger Marxismus. Das war nichts anderes als Totalitarismus!«

Ariadne und Jupiter sehen sich vielsagend an. Jetzt könnte es spannend werden. Marx spricht weiter. »Wenn ich nur an meine Kritik der – nicht nur deutschen Ideologie erinnern darf... Auch heute liegt der Fehler wieder in erster Linie bei diesen neumodischen multimedialen sozialistisch-kapitalistischen Meisterdenkern. Die manipulieren die Massen durch die Medien. Daran liegt der ganze Kuddelmuddel.«

»Unsinn!« De Tocqueville blickt abschätzig auf Lenin herab. »Als wüßtet ihr nicht selbst, daß im Fernsehen nur das gezeigt wird, was die Leute sehen wollen. Den Machern könnt ihr das nicht in die Schuhe schieben!«

Lenin traut seinen Ohren nicht. »Es ist nicht das Volk, das darüber bestimmt, was im Fernsehen läuft. Nicht das Volk ist mittelmäßig oder dumm, sondern die Bosse, die die Medien kontrollieren. *Das* sind die Schweinehunde!«

De Tocqueville lacht selbstgefällig. »Sie romantischer Narr!« Mit einer imposanten Geste, die er sich bei einem gewissen Mr. Buckley im Fernsehen abgeguckt hat, stopft er sich das Taschentuch in seine Brusttasche und fährt verbindlicher fort: »Wenn Sie darauf bestehen, meinetwegen, dann ist das Volk eben ›gut‹. Aber es werden ja nicht die gewählt, die sich durch hervorragende Leistungen auszeichnen. Das Volk läßt sich viel zu leicht von hergelaufenen Demagogen beeinflussen. Es ist zu keinem eigenständigen Denken fähig.«

Marx rollte die Augen zum Himmel (was unter den gegebenen Umständen schwerlich möglich ist) und seufzt: »Alex, Sie sind hoffnungslos altmodisch. Sie erinnern mich an die naiven Leutchen, die nur den einen Wunsch hegen, daß ein Märchenprinz sich herabläßt und alles richtet. Eine Rückkehr zur Diktatur ist doch keine Antwort. Analysieren Sie bloß einmal die Geschichte. Sie ist voller machthungriger Potentaten. Glauben Sie mir, die Demokratie ist immer noch die beste Idee! Eine großartige Idee, die sich übrigens – was ich nur ungern zugebe – aus dem Christentum entwickelt hat. Und der Kommunismus ist die höchste Form der Demokratie – mithin auch die höchste Form des Christentums. In Rußland hat man das nie richtig versucht, unabhängig davon, wie oft die Sowjetunion den Kommunismus ausgerufen hat!«

»Nun übertreibst du aber, Karl.« Lenin schien ernstlich verletzt. »Mag ja sein, daß das, was wir da gemacht haben, für deinen Geschmack nicht vollkommen genug war, aber vergiß bitte nicht, daß ich mir ein paar Jahre lang alle Mühe gegeben habe.« Mit beleidigter Miene lehnt er sich im Sessel zurück. Man kann es nicht allen recht machen.

Marx nickt in seine Richtung. »Ich hab's dir schon hundertmal gesagt: Als du diese Schnapsidee mit der Elitepartei hattest, die die Massen anführen sollte, seid ihr aufs falsche Gleis geraten. Da habt ihr den Weg eingeschlagen, der schließlich in die stalinistische Diktatur führte. Und da hört die Freundschaft auf, dafür gebe ich meinen Namen nicht her!«

Ein Geschäftsmann steht auf, die Hände in den Hosentaschen: »Worum geht's hier eigentlich? Natürlich ist die Demokratie die beste Idee, auf die bislang jemand gekommen ist. Und alle auf der Erde wissen das. Genauso, wie alle wissen, daß der Kommunismus gescheitert ist. Tot! Mausetot ist er.«

»Ja«, rief einer seiner japanischen Kollegen aus. »Ihr habt hier oben einfach den Anschluß verpaßt. Habt ihr nicht gesehen, was 1989 passiert ist? Der ganze Ostblock hat für die Demokratie optiert. Selbstverständlich ist die Demokratie das optimale Gesellschaftssystem.« Er lächelt gewinnend und fährt fort: »Denkt doch mal. Rußland wird eine kapitalistische Demokratie, ein wunderschöner neuer Markt.«

»Genau«, stimmte de Tocqueville zu, »dann ist es schon besser, wenn die Geschäftsleute die Sache in die Hand nehmen. Bloß nicht die Massen ...«

»Ist das also die eigentliche Bedeutung der Demokratie?« flüstert Ariadne Jupiter ins Ohr.

Der schaut völlig perplex drein. »Ich weiß es auch nicht so genau. Bisher dachte ich immer, Demokratie bedeute Freiheit.« Wie gebannt beobachten sie den Fortgang der Debatte.

In der Zwischenzeit haben die beiden Geschäftsleute immer wieder »Er ist tot, er ist tot« wiederholt. Jetzt lassen sie dikke Zigarren herumgehen und singen ihr Verschen zur Melodie von »Ding, dong, The Witch is Dead«.

Marx, dem das offenbar reichlich auf die Nerven geht, brüllt gequält: »Hören Sie endlich auf, mich für tot zu erklären. Meine Theorien waren doch nie wirklich auf dem Prüfstand. Vielleicht waren sie nicht hundertprozentig perfekt, aber ich habe es immer gutgemeint. Ist Idealismus denn gar nichts mehr wert? Der Markt, der Markt, ich höre nichts mehr als ›der Markt‹. Natürlich jubelt der Westen. Aber doch nicht, weil ich tot bin, sondern weil ihnen ein großer neuer Markt zugefallen ist, den sie ausbeuten dürfen. Die können sich gar nicht mehr halten vor Freude. Der Kapitalismus hat den Sieg davongetragen. Der Kapitalismus ist perfekt. Meine Güte. Ich für mein Teil glaube jedenfalls immer noch fest daran, daß eine Gesellschaft möglich ist, die mehr Gerechtigkeit bietet als nur das Recht des Stärkeren und die freie Marktwirtschaft.«

Lenin stimmt ihm zu. »Die Verhältnisse im Osten sind momentan tatsächlich sehr aufregend. Ach, wie ich mir wünschte, jetzt da zu sein. – Will auch mal gucken, ob sich das nicht irgendwie arrangieren läßt. Aber es macht mich völlig verrückt, wenn ich mir vorstelle, daß man da ohne mit der Wimper zu zucken das ganze System für null und nichtig erklärt. Allein schon diese Reklametafeln, die alles verkleistern. Werbung für Fast-food-Restaurants! Toilettenreiniger! Tankstellenketten! Pfui bah.«

Ariadne kann nicht länger an sich halten. Obwohl sie zum erstenmal bei einer solchen Versammlung ist, hat sie keine Angst, die Stimme zu erheben. Sie platzt mitten in die Debatte: »Das ist hier alles so abstrakt. Fällt Ihnen denn gar nichts anderes ein? Nichts Produktiveres? Etwas Moderneres? Die Verhältnisse haben sich doch verändert. Gibt es denn nichts, was wir jetzt tun können, um den aktuellen Zustand auf der Erde zu verbessern?«

Alle Köpfe drehen sich zur Urheberin dieses bizarren Vorschlages um.

»Na ja, es ist ja nur ein junges Mädchen ... mit ihrem Hund ...«

»Sprechen Sie ruhig weiter«, heißt es nachsichtig. »Trauen Sie sich ruhig. Sagen Sie uns, was Sie auf dem Herzen haben.« Als Ariadne aufsteht, bemerkt man ihre fuchsienroten Reithosen, und den einen oder anderen der Versammelten mögen Zweifel ereilen, ob es sich hier tatsächlich bloß um ein »junges Mädchen« handelt.

Jupiter an ihrer Seite wissend, beginnt Ariadne von ihrer Reise zur Erde zu erzählen. Bewegt schließt sie ihren Bericht mit den Worten: »Ich möchte so gerne glauben, daß die Demokratie funktioniert ... echte Demokratie, die Gleichheit aller Menschen ... nicht allein, daß alle hinter dem Geld herjagen, mit mehr oder weniger Vorsprung noch dazu, aber ich weiß einfach nicht, manche Dinge geben mir doch zu denken ... Sicherlich, das Volk *muß* im Grunde gut sein. Wenn es irgendwo eine Ungerechtigkeit gibt, wie zum Beispiel Rassismus, wünschen sich die meisten bestimmt, daß sie irgendwie behoben wird, oder? Wenn sie sehen, daß etwas nicht mit rechten Dingen zugeht, hätten sie gern, daß sich daran etwas ändert. Aber wenn es sich alle wünschen, warum tun dann so wenige etwas?«

An dieser Stelle fühlt sich der Geschäftsmann aufgefordert, mit staatsbürgerlichem Stolz einzuwerfen: »Also, bei uns in Cincinnati herrscht eine blühende Demokratie. Die Geschäfte laufen fabelhaft. Im Moment verkaufen wir Steckdosen an die Russen und die Brasilianer. Die Welt ist doch großartig! Ich gebe gern zu, ein bißchen Ungerechtigkeit wird immer dabeisein, das Leben ist eben nicht perfekt. Ein paar werden immer durch den Rost fallen, aber das ist doch nicht so schlimm. Diese Welt ist jedenfalls die beste aller möglichen.«

Ariadne ist bitter enttäuscht, daß niemand richtig auf sie eingeht. Mit welchen Hoffnungen war sie doch zu dieser Versammlung gekommen! Ein bißchen tröstet es sie, als sie kurz nach ihrer Stegreifrede ein Zettelchen zugesteckt bekommt, das den ganzen Tisch entlang von Hand zu Hand weitergereicht worden ist. »Ich stimme Ihnen vollinhaltlich zu«, stand in krakeliger Handschrift darauf. »Demokratie heißt tatsächlich mehr als freier Weltmarkt. Demokratie bedeutet, daß jeder das Recht hat auf Selbstbestimmung, auf Bildung, freie Meinungsäußerung sowie das Recht, seine Regierung zu wählen. Zugang zu kulturellen Einrichtungen gehört ebenso zur Demokratie wie das Recht darauf, objektiv und umfassend informiert zu werden. Im Grunde bedeutet Demokratie, daß die Interessen des ganzen Volkes repräsentiert werden. Jedenfalls eines größtmöglichen Spektrums.«

»Juppi, kannst du lesen, von wem das Zettelchen stammt?«

»Liest sich wie Thomas Jefferson.«

»Der frühere Präsident der USA? Und da ist auch noch ein

PS: ›Und daß man jede Frage stellen darf, egal, wie unbequem sie auch sein mag, gehört auch zur wahren Demokratie.‹«

De Tocqueville streitet sich weiter mit Marx, Lenin ... und jetzt auch noch mit zwei Hunden

Fala hat sich verspätet. Im Auftrag des Himmlischen Hundeclubs soll er eine Grußadresse an die Anwesenden richten, doch zu allem Überfluß hat er auch noch sein Redemanuskript im Wagen liegenlassen. Also improvisiert er frei Schnauze: »Ich hab' vielleicht was verpaßt, und was ich sagen möchte, ist vielleicht völlig daneben, aber ich würde halt schon gern wissen, wie es mit der Gleichheit der Tiere dort unten aussieht. Die Luft wird immer schlimmer. Die Hälfte aller Arten ist vom Aussterben bedroht oder schon beinahe ausgerottet. Viele fallen der industrialisierten Landwirtschaft zum Opfer ... Erst gestern habe ich mit jemandem gesprochen, der mir erzählt hat, daß die Farmer der Vereinigten Staaten ihre Ernte und sogar ihr Zuhause verlieren, weil der Mutterboden im Getreidegürtel kaputtgegangen ist. Wegen der Bodenerosion. Und dann habe ich noch gehört, daß 1988 die USA zum erstenmal in ihrer Geschichte mehr Lebensmittel importieren mußten, als sie ausführten. Man stelle sich das mal vor: die Vereinigten Staaten mit ihrem fruchtbaren Mittelwesten, der früher einmal der Brotkorb der Welt war!«

»Genau«, pflichtete Jupiter ihm bei. »Und wenn es das nur wäre. Nicht allein, daß sie den Boden zerstören. Die vergiften doch den ganzen Planeten. Sie töten ... Ich will ja nicht den Teufel an die Wand malen, aber ich mache mir doch Sorgen ...«

»Das kann ich bestätigen. Ein Schwarzmaler ist der nicht«, wirft Fala ein.

»... manche Nationen machen Atomwaffenversuche«, fährt Jupiter fort, »zum Beispiel im Pazifik, weil sie denken, das ist weit genug weg.«

»Tiere, Pflanzen und ganze Wälder sind in Gefahr«, ergänzt Fala. »Es bleiben nur noch zwanzig Jahre, um den Treibhauseffekt rückgängig zu machen. Wenn das nicht gelingt, ist die Erde aller Wahrscheinlichkeit nach dem Untergang geweiht. Die Wissenschaft weiß das, Leute, die man dort unten die ›Grünen‹ nennt, wissen das, alle möglichen Menschen und Tiere wissen das, aber nichts geschieht! Die Fabrikbesitzer behaupten, daß sie sich ein Umdenken nicht leisten können, daß ihre Arbeiter sonst den Job verlieren, daß sie untergehen würden, und so weiter, und so weiter. Blah-blah. In der Zwischenzeit fallen Unmengen alten Waldes dem sauren Regen zum Opfer, dessen ausgetrocknete Nadeln verbrennen in unvorstellbaren Waldbränden, bei denen Tausende und aber Tausende von Tieren bei lebendigem Leib verrecken. – Wenn die Menschen Bambi im Kino sehen, heulen sie vor Rührung. Können die denn nicht begreifen, was da passiert? Heute. Unmittelbar vor ihren Augen. Und dann soll ich noch einen schönen Gruß vom Himmlischen Hundeclub ausrichten. Alles klar?«

Sobald de Tocqueville seinen Schock darüber, daß er sich unversehens in eine Debatte mit zwei Tieren verwickelt sieht, einigermaßen verkraftet hat – schließlich will er nicht elitärer wirken als unbedingt nötig –, tritt ein weicher Schimmer in seine Augen. Triumphierend verkündet er: »Da habt ihr's. Das beweist doch, daß ich recht habe. Die Massen dürfen sich nicht selbst überlassen werden. Nicht einmal zwei Jahrhunderte haben sie gebraucht, um die Natur ihres ursprünglichen Reichtums zu berauben.«

»Warum bloß immer die Massen beschuldigen?« Marx wurde der Engstirnigkeit und Selbstgerechtigkeit de Tocquevilles allmählich überdrüssig. »Schuld ist doch das kapitalistische System, das die Massen in einem brutalen Existenzkampf gegeneinander aufhetzt und ihnen immer wieder eintrichtert, daß sie um so bessere Menschen würden, je mehr Knete sie machen. Alex, Sie sehen immer nur die eine Seite der Medaille. Das ist unglaublich borniert.«

»Gegen einen solchen Idealismus kommt man argumentativ nicht an«, sagt de Tocqueville resigniert. »Ihr Utopisten seid alle gleich. Seht ihr denn nicht, daß utopistische Revolutionen regelmäßig im Blutbad enden?«

»Na ja, ich mußte meine Leute schon mal davon abhalten, alle Zahnärzte umzubringen«, gibt Lenin zu. Er hält sich die Backe.

Das mit dem Blutbad berührt auch bei Diderot einen wunden Punkt. Er meldet sich zum erstenmal zu Wort. »Also eines müssen Sie mir glauben: Als wir mit unseren revolutionären Ideen angefangen haben, wollten wir wirklich nur das beste. Unsere Philosophie der Aufklärung ist schließlich die Grundlage für Demokratie und Gleichheit. Mich wird nie jemand davon überzeugen können, daß es falsch war, zu erklären, jeder Mensch hätte das Recht auf Gleichheit und dürfe nicht von einem König regiert werden, der sich auf sein ›göttliches Recht‹ zu herrschen beruft, einfach qua Geburt. Ich vermag nicht zu sagen, ob unsere Autorengruppe der Enzyklopädisten tatsächlich für das Blutbad der Französischen Revolution verantwortlich gemacht werden kann, aber man kann gegen die Französische Revolution sagen, was man will: Ein Fortschritt war sie doch.« Er macht eine kleine Pause, bevor er weiterspricht: »Der arme Robespierre ... was muß er sich gequält haben ... die Guillotine, die Säuberungen. Er wird sich wohl immer gefragt haben, ob der Zweck wirklich die Mittel heiligt. Trotzdem, trotz all dieser Exzesse war und ist die Aufklärung dennoch die größte Zivilisationskraft der letzten drei Jahrhunderte.«

Madame de Pompadour, ganz liebreizend anzuschauen in

ihrem blau-rosa Lieblingskleid, reckt ihr porzellanweißes Hälschen und lächelt gewinnend. »Ja, das stimmt. Die Aufklärung hat allerlei wunderbare Dinge in Gang gebracht. Vorher gab es im Grunde keine echten Revolutionen. Vor der Aufklärung glaubte man gemeinhin, daß Ungerechtigkeiten fraglos akzeptiert werden müßten, daß die Entscheidung bei Gott lag: Entweder hatte eine bestimmte Person ihre Armut irgendwie verdient, oder sie war ein Testfall für das Leben nach dem Tode. Leid und Ungerechtigkeit mußten als Schicksal hingenommen werden. Erst mit der Aufklärung kam der Glaube auf, man müsse versuchen, das Leben auf der Erde gerechter zu gestalten, schon im Diesseits ein besseres Gesellschaftssystem errichten.«

In der Zwischenzeit ist ein Zyniker aus dem Bankgewerbe (der eigentliche Herrscher Deutschlands, wie ihn einige früher genannt hatten) auf eine verblüffende Schlußfolgerung verfallen: »Aber, aber. So schlecht war das voraufklärerische Gesellschaftssystem nun auch wieder nicht. Hätten wir das heute noch, wären uns ganz schön gesellschaftliche Unruhen erspart geblieben. Arme oder beladene Menschen würden es mit dem da oben ausmachen, wie sie das verdient hatten. Müßten ihn fragen, worin ihre Sünde bestanden hatte. Bei sich selbst anfangen – und nicht andere mit ihren Sorgen belästigen. – Und meinen Wagen hätten sie auch in Ruhe gelassen. Das wäre mit Sicherheit besser gewesen.«

»Einspruch«, mischt sich Paul Claudel, den Ariadne bislang überhaupt noch nicht bemerkt hat, ein. »Es war nicht allein die Aufklärung, die das Ideal der Demokratie entworfen hat, von wegen, daß jeder Mensch mit rationalem Denkvermögen ausgestattet sei und seine eigenen Entscheidungen treffen solle. Zuerst war es die Kirche, die verkündete, daß jeder Mensch eine einzigartige Seele habe, und daß vor Gott alle Seelen gleich seien. Martin Luther förderte den demokratischen Individualismus. Er war es doch, der sagte, daß jede

Seele das Recht hätte, selbst zu entscheiden, was die Wahrheit sei, statt nur auf den Papst zu hören. Ich sage das mal so, obwohl ich früher eher auf der anderen Seite gestanden habe. Aber man lernt ja dazu.«

Da tritt Marie-Antoinette auf. Sie raschelt in ihren weiten Taftröcken à la Loretta Young an allen vorbei auf die Mitte des Raumes zu und verkündet: »Gott, ist diese Party langweilig. Revolution, Revolution. Man hört ja gar nichts anderes hier. So ein blödes altes Wort, und die Leute hören einfach nicht auf, sich die Köpfe darüber einzuschlagen. Es bedeutet doch nichts anderes als ›sich drehen‹, oder? Jahrhunderte über Jahrhunderte kannte man so etwas gar nicht. Und dann ging im achtzehnten Jahrhundert irgend so ein unkultivierter Naivling hin und wandte dieses Wort auf die schmuddeligen Bauernaufstände an. Und dabei ist es dann geblieben. Und jetzt geht alle Welt her und tut, als wäre das Gott weiß was.« Sie drapiert sich dekorativ in eines der grünen Samtsesselchen, fächelt sich Luft zu und blickt kokett in die Runde.

»In gewisser Weise haben Sie sogar recht.« Marx schaut gedankenverloren vor sich hin. Marie-Antoinette scheint ihn beeindruckt zu haben. »Schon Plato hat festgestellt, daß es im politischen Leben immer fünf Stationen gibt, die sich wieder und wieder ablösen. Ich gebe es ja nicht gern zu, aber bisher hatte keine Revolution Bestand. Auf jede Revolution folgte eine Diktatur, dann wieder eine ›Revolution‹ gegen die Diktatur, dann allmähliche Korruption und Bürokratisierung der Revolution. Und immer so weiter ...« Er scheint selbst verwundert, zu welchen Schlüssen er da gekommen ist. Dies alles wegen Marie-Antoinette?

»Nur daß sie in Amerika die Diktatur ausgelassen haben«, bemerkt jemand zynisch.

»Jedenfalls«, sagt Marie-Antoinette, während sie sich, falls das möglich war, noch aufsehenerregender in den Sessel schmiegte, »ist es völlige Zeitverschwendung zu versuchen, die Welt in Ordnung zu bringen. Louis hat das auch immer gesagt.«

»Na«, grummelte der Zyniker vor sich hin, »in Osteuropa scheinen mir aber doch noch einige Veränderungen erforderlich. Und in China.«

Ariadne trifft Voltaire (der sie des Plagiats bezichtigt)

»Nein! Nein! Nein!« Die Tür wird aufgerissen. Herein stürmt, nach Luft schnappend, Voltaire, der magere französische Philosoph. Er wirkt völlig aufgelöst. »Ich höre gerade, daß hier eine Frau sein soll, die eine Geschichte darüber erzählt, wie sie und ihr Hund wie zwei Unwissende auf die Erde gekommen seien, und was sie da alles erleben. Das ist meine Geschichte: Candide. Diese Frau hat keinerlei Rechte daran. Mir ist sie zuerst eingefallen. Ich werde sie verklagen. Wegen Plagiats!«

Ariadne ist bestürzt. Viele der Anwesenden versuchen Voltaire klarzumachen, daß sein ›Candide‹ über zweihundert Jahre alt sei, und das Copyright mithin erloschen. Außerdem sei es ja gar nicht dieselbe Story. Das, worüber Ariadne berichte, sei ihre eigene Geschichte. Eine wahre Geschichte zudem. Im übrigen wolle man wieder zur Tagesordnung übergehen. Und einen Hund hätte es bei Voltaire auch nicht gegeben. Davon mal abgesehen, wie er es denn mit Leonard Bernstein hielte, der ja schließlich auch dieselbe Geschichte ... Viele Themen ähnelten einander doch so, man müsse bloß an die Hollywood-Remakes der alten Filme denken. Ob er sich nicht lieber geschmeichelt fühlen wolle?

Aber alles das bringt Voltaire nur noch mehr auf. Sein ganzer Körper zuckt vor Erregung. Ariadne und Jupiter versuchen auf Zehenspitzen die Tür zu erreichen und unauffällig zu verschwinden, aber er bemerkt sie doch. »Da ist sie ja. Und ihr Hund auch. Die hat meine Geschichte gestohlen. Es geht dabei gar nicht um den Hund, wie sie immer behauptet.« Sein Gesicht wird immer röter. Es geht überhaupt nicht um die beiden. Es geht um C-a-n-d-i-d-e!«

»Wenn du bloß nicht immer so viel Kaffee trinken würdest«, säuselt ihm Madame du Châtelet, seine Lebensgefährtin, ins Ohr. »Das macht dich immer so mervös, ich meine ... natürlich nervös. Ach, jetzt machst du mich auch schon ganz nervös.« Aufgeregt zupft sie an den blauen Bändchen an ihrem Rock herum.

Am anderen Ohr vernimmt Voltaire eine schwüle, leicht heisere Stimme. Sie gehört Marlene Dietrich, Marie-Antoinettes modernem hyper-femininem Gegenstück, die ihn sardonisch verwarnt: »Hör jetzt mal zu: Dieses Aufklärungstheater ist mause. Wir leben – wenn man das so sagen kann, leben – in einer post-modernen Welt. Mythologie und Demagogie sind grad wieder mords in. Und Macht. Schließlich ist so ein bißchen Stärke ganz schön faszinierend ... Du weißt doch, wie es immer heißt: Wenn nicht der Zweck die Mittel heiligt, wer sollte es sonst tun?« Sie knabbert an seinem Ohr und steckt ihm zu allem Überfluß auch noch die Zunge rein.

Voltaire weiß nicht recht, ob er sich entzückt oder umzingelt fühlen soll, schwankt, ob er Marlene um ein Autogramm bitten oder ihr lieber den Mund verbieten soll. Das führt dazu, daß sein Körper nur noch mehr in Zuckungen verfällt und er sich in die Vorwärtsverteidigung flüchtet: »Was wollt ihr denn eigentlich alle von mir? Es kann doch nicht sein, daß ich hier ganz allein stehe? Wenigstens Respekt kann man doch wohl erwarten.« Er zieht einen Schokoriegel aus einer Falte seines Gewandes und beginnt abwesend darauf herumzukauen.

»Du bist einfach keine weiblichen Schriftsteller und Denker gewöhnt«, fügt Charlotte Corday spitz hinzu. Wo kamen jetzt plötzlich all die Frauen her? Warum hat Ariadne sie vorher nicht bemerkt? »Vielleicht versuchst du einfach mal, sie zu akzeptieren. Wird dir schon Freude machen.«

Für den Moment gibt sich Voltaire geschlagen. Die Debatte kann weitergehen.

Aber Ariadne ist völlig erschöpft. Und frustriert. Alles verschwimmt ihr vor den Augen. Alle diese Männer scheinen Teil eines monumentalen Fünfziger-Jahre-Schinkens. Allerfeinster Hollywood-Technicolor-Kitsch mit Charlton Heston als Gutem und Peter Ustinov als Bösem. Oder war es andersrum? Vielleicht Elizabeth Taylor und Peter Ustinov als ihr Freund?

Ariadne schüttelt den Kopf. »Ihr macht mich alle fix und fertig!« sagt sie laut. »Fast jedem, der hier den Mund aufmacht, stimme ich im ersten Moment zu, bis ich dann merke, daß ich doch anderer Meinung bin. – Natürlich nicht bei allen von euch. Manche interessieren mich ganz und gar nicht. Und doch weiß ich immer noch nicht genau, was auf der Erde los ist, oder warum, und wer den ganzen Ärger verursacht, oder was – und vor allem weiß ich noch nicht, *wie* man irgend etwas verändern kann. Aber mit jeder Faser meines Herzens ist mir klar, daß man etwas verbessern, daß man etwas tun *kann*.«

»Jah, jah, hört ihr nur zu.« Jupiter schlägt Rad auf den Konferenztischen, um seine Zustimmung zum Ausdruck zu bringen.

Da endlich sieht Ariadne Kleopatra in einem limettegrünen Lastexkleid und den längsten roten Kunst-Fingernägeln, die der Himmel je gesehen hat. Sie lümmelt sich auf einer lachsrosa Plüschbank etwas im Hintergrund und hält es eigentlich für unter ihrer Würde, sich mit diesen Diskussionen aufzuhalten – weiß sie die Antworten doch ohnehin. Aber dann besinnt sie sich eines Besseren und ergreift das Wort. Ariadne liegt ihr wirklich am Herzen, und sie möchte sie nicht im Stich lassen. »Jetzt hört mal alle zu: Dieses ganze

Geschwätz, ob das Volk einmal fähig sein wird, sich zu einem höheren Ziel zusammenzuschließen, sich selbst zu helfen, und wenn nein, warum nicht – all das ist doch nur Zeitverschwendung. Wenn ihr wirklich etwas tun wollt, müßt ihr es einfach tun.« Verschwörerisch lächelt sie zu Ariadne hinüber und streichelt Jupiter, der sich sogleich zu ihr gesellt, aber zurückweicht, als er die Natter erblickt. Zwar scheint Jennifer ihn zu mögen, aber man kann ja nie wissen ...

Ein Tohuwabohu bricht los, die einen stimmen ihr lauthals zu – ja, man könne die Gesellschaft ändern, verbessern –, die anderen bestehen nicht weniger vehement darauf, daß die menschliche Natur nun einmal die menschliche Natur sei und damit basta. Jupiter und Fala jaulen so laut sie können, daß wieder keiner auch nur ein Wort über das Schicksal der Tiere verliert! Aber da sie im Wertekanon der westlichen Kultur noch nie eine Rolle gespielt haben (die Kirche behauptet sogar, daß Tiere gar keine Seele hätten!), hört ihnen natürlich auch jetzt keiner zu. Im Gegenteil, ein baumlanger Kerl geht sogar so weit, Jupiter an der Schnauze zu packen, um ihn zum Schweigen zu bringen.

Fala beißt ihn in die Hand, damit er Jupiter losläßt, und bemerkt aufgebracht: »Guck, genau wie auf der Erde!«

»Aber hier sollte so etwas doch nicht vorkommen dürfen.« Erleichtert schüttelt er den Kopf.

Gerade als Lenin mit sich zu Rate geht, ob er Kleopatras Worte aufgreifen oder ihr lieber gestehen solle, wie scharf er ihr Kleidchen und die hochhackigen knallroten Satinpumps findet, die sie trägt, tritt eine Unterbrechung ein.

Eine Tanzpause

»Hörst du das auch?« fragte Jupiter. Tatsächlich, die fröhlichen Klänge eines Walzers kamen immer näher, und zwar aus einem Teewagen, der jetzt auf mysteriöse Weise in den Saal gerollt wurde. Er war voll beladen mit belegten Brötchen und Teegebäck. Es war ein quietschender antiker Silberwagen mit kleinen Lichtern darinnen, die abwechselnd immer einen von sechs verschiedenen Jahrhundertwende-Hits spielte, wenn man sich etwas nahm.

Alle stehen auf und bedienen sich – das heißt, alle außer de Tocqueville, der sich lieber zurückzieht, um in einem Nebenraum eine weitere Folge von Denver zu gucken. Während die Versammelten schon mit ihren Häppchen in der Hand um den Wagen herumstehen, kommt ein zweiter herein, gefolgt von einem fröhlichen Kaffeehausorchester mit dem Namen »Rock Czardas Melodies«. Diesmal werden Champagner-und Wodkacocktails in überdimensionalen Pokalen gereicht. Als alle ihre Wahl getroffen haben, begann sich die Versammlung in eine Tanzparty zu verwandeln. Jeder tanzt nach den Rhythmen, die ihm gerade am besten ins Ohr gehen, manche mit Partner, andere allein. Marx fordert Mao auf, der so kleinlaut ist, daß er den ganzen Abend über kein Wort von sich gegeben hat, bei »Night and Day« aber erstaunliche Behendigkeit an den Tag legt. Der Geschäftsmann bittet Marie-Antoinette um den Tanz, und Kleopatra entschließt sich, Lenin eine Chance zu geben.

Kleopatra plaudert mit Lenin

Nicht einmal beim Tanz mit der faszinierendsten Frau der Weltgeschichte mochte Lenin darauf verzichten, von den Massen zu schwärmen. Kleopatra dachte bei sich: Habe ich das nicht schon irgendwo mal gesehen? Vielleicht bin ich jetzt Greta Garbo in Ninotschka . . . aber müßte ich ihm dann jetzt nicht diesen berühmten Satz entgegnen? *Smile, little father.*

Lenin, der bereits seinen fünften Champagnercocktail intus hatte, wurde sentimental. Während sie sich rhythmisch auf der Tanzfläche bewegten, geriet er ins Schwärmen. »Ach Rußland. Ruß-land, mein Heimatland. Dort werde ich wirklich geliebt.« Stumm fügte er hinzu: Ein bißchen steif vielleicht. Kein Mensch – außer vielleicht Mao – kann sich vorstellen, wie das so ist, jahrelang aufgebahrt rumzuliegen. Derartig den Blicken ausgesetzt, ständig! »Und ich hab sie natürlich auch ganz besonders lieb«, fügte er laut hinzu. »Ich glaube fest an das Volk, egal was die anderen sagen. Natürlich bestanden die Massen zu meiner Zeit in Rußland zum größten Teil aus Bauern. Und mein Gott, waren die rückständig. Die hatten immer nur den Zar im Sinn. Und ich mußte mein Leben lang warten, daß sich die Fabrikarbeiter endlich organisierten. Schließlich waren die das eigentliche Proletariat. Aber bevor ich auch nur eine Möglichkeit hatte, herauszufinden, ob das Proletariat in der Lage sein würde, die Volksrevolution weiterzuführen, nachdem wir sie mit einem kleinen Schubs begonnen hatten, kam dieser Stalin daher mit Dekreten, Dekreten und: Schluß der Debatte. Bis zum heutigen Tag frage ich mich, was mit der menschlichen Natur nicht in Ordnung ist. Sind die Menschen denn nicht so vernünftig, daß sie ihre eigenen Interessen ... Bah, was ist das denn. Heiliger ...« Ihm krabbelte offenbar etwas unter dem Hemd entlang. Es war Jennifer, Kleopatras Natter, die sich zu ihm geschlängelt hatte. Kleopatra legte sie sich wieder um den Hals und fragt beiläufig: »Wie meinten Sie, Genosse?«

Lenin war der Angstschweiß ausgebrochen, doch er versuchte sich nichts anmerken zu lassen: »Ich sagte nur, daß vielleicht die meisten Menschen im Grunde ihres Herzens konservativ sind. Vielleicht haben die Massen in der Tat das Bedürfnis, ein Idol zu verehren. Denken Sie nur an die Vereinigten Staaten mit ihrer Armee von Fernsehgurus. Meinen Sie etwa, daß Jelzin das auch importieren wird?«

»Hören Sie jetzt mal zu, Volodja, tun Sie mir bitte einen Gefallen: wenn Ariadne eine kleine Revolution möchte, vielleicht nur ein klitzekleines ideologisches Revolutiönchen, sagen Sie ihr bitte, daß sie nicht auf das Volk warten soll, sondern einfach anfangen damit.«

Doch in der Zwischenzeit waren die beiden Teewagen restlos abgeräumt und hinter der Kapelle aus dem Saal gerollt. In der Stille, die damit eingetreten war, war Kleopatra für jeden ganz deutlich zu verstehen.

Auch Ariadne, die mit Jupiter getanzt und alles um sich herum vergessen hatte, hielt inne, als ihr Name fiel. »Auf ein Wort, Herr Lenin.« Der schaute sie überrascht an. »Ich habe die Antwort auf Ihre Frage: Sie haben sich doch gefragt, warum die Menschen nicht rational agieren, wenn sie doch in der Lage sind, eigenständig zu denken. Warum sie so ›konservativ‹ reagierten, als Sie ihnen die Freiheit und Macht, Selbstherrschaft geboten haben? Warum sie sich Ihnen nicht angeschlossen haben. Nun, ich glaube, die sogenannte Neigung des Volkes zum Konservatismus rührt von der Struktur der Kleinfamilie her. Da die Kinder von ihren Eltern als Privateigentum betrachtet werden und keine Alternative haben – wie etwa ein anderes Zuhause, vielleicht Internate oder Kinderkommunen, in die sie ziehen können, wenn sie körperlich oder seelisch von ihren Eltern mißbraucht werden oder sonst alles schiefläuft – da sie also keine Alternativen haben, da sie von Rechts wegen Privatbesitz sind, lernen sie früh, wie man sich psychisch auf Macht einstellt. Es wird ihnen zur zweiten Natur, sich anzupassen.«

Da niemand etwas entgegnet, ist sich Ariadne gar nicht sicher, ob sie irgend jemand versteht außer Jupiter. »Ich meine, ihr Essen und das Dach über dem Kopf kommt von ihren Eltern, und deshalb lernen sie sogar in funktionierenden Familien, nicht offen zu sagen, was sie über ihr Eltern denken. Im Laufe der Zeit überträgt sich dieses Verhalten auf andere

Autoritätspersonen wie zum Beispiel die Regierung. Die Menschen lernen von klein auf, auf Nummer Sicher zu gehen. Dieser Prozeß läßt für den Rest ihres Lebens jegliches unabhängige Denken verkümmern und ist für Nationen und Jahrhunderte von Konformisten verantwortlich, Massen von Menschen, die heimlich die Macht verehren, auch wenn sie sie zugleich fürchten.« Im Saal wurde es sehr still.

Thomas Paine, rechtzeitig zur Kaffeepause eingetroffen, steht eine Weile gedankenverloren, bis er von *Jenseits von Eden* erzählt, einem Film, den er kürzlich noch einmal gesehen habe und den man in dieselbe Richtung interpretieren könne. Er nimmt die typische James-Dean-Pose ein und improvisiert aus dem Stand: »Wir versuchen unseren Eltern klarzumachen, was wir denken, aber sie hören uns nie zu, verstehen uns nicht. Die wollen nur, daß wir sind wie alle anderen, was sollen denn sonst die Nachbarn denken ... Das Problem ist bloß, irgendwann muß sich jeder mit der Welt arrangieren, wie sie ist ...«

Ariadne hat einen Moment lang die Idee, die Frauen auf der Erde hätten vielleicht eher eine Chance, unabhängig zu denken, weil sie weniger zu verlieren hatten.

Inzwischen hat Lenin den Kopf wieder klar bekommen und zu seiner alten Form zurückgefunden. »Was den Ursprung des Konservatismus betrifft, glaube ich nicht, daß Sie recht haben. Wenn wir uns die jüngsten Entwicklungen anschauen, wird doch deutlich, daß der Idealismus immer noch am Leben ist. Das Volk *ist* gut. Schließlich haben sich die Völker erhoben und dem stalinistischen System den Garaus gemacht. Sie werden etwas Neues schaffen, und das wird gut sein. Diese neuen Aufstände, diese Welle von Revolutionen bedeutet doch nichts anderes, als daß eine ganz neue Welt möglich ist ...«

»Nun«, fällt ihm der Zyniker ins Wort, »der KGB ist immer noch an der Macht.«

»Aber«, wendet sich Ariadne an Marx, »nehmen wir doch mal an, nur theoretisch, wenn der Konservatismus tatsächlich etwas in den Familien Gelerntes wäre, hervorgebracht also von der gesellschaftlich auferlegten Form der Familie, und keine ›natürliche‹ Tendenz der Menschen, andere für sie denken zu lassen, dann wäre das doch sehr positiv. Dann könnte man für die Zukunft doch Hoffnung schöpfen.« Ariadne wünscht sich sehr, daß er ihren Standpunkt endlich begreifen würde.

Jetzt konnte sich de Tocqueville, von Denver noch ganz beeindruckt, nicht länger zurückhalten. »Was soll denn bloß stets diese sklavische romantische Fixierung auf die Idee einer utopischen Revolution? Habt ihr denn immer noch nicht begriffen, daß alle diese Begriffe wie Revolution, Fortschritt, eine bessere Welt – und nicht zuletzt die demokratische Größe-des-Volkes alles Hirngespinste der Aufklärung sind? Thomas Paine und die Philosophen, gefolgt einige Jahre später von ihren Jüngern, die die Französische Revolution angezettelt haben, haben doch nichts anderes getan, als den Pöbel begrifflich zu erhöhen, indem sie ihn als ›Volk‹ bezeichneten.«

In einer Ecke des Saals bricht tosender Applaus aus. An diese Fraktion gerichtet, fragt Ariadne naiv: »Sie mögen wohl das Volk nicht?« Plötzlich fühlt sie sich sehr allein. Und vermißt auch Friedrich ganz erbärmlich. Um sich ihm verbunden zu fühlen, spielt sie an dem schmalen Goldarmband mit dem Medaillon, das er ihr einmal geschenkt hatte.

»Meine Liebe«, antwortet de Tocqueville, »um ›mögen‹ geht es gar nicht. Sie verstehen das nicht.« Ein Strahlen geht über sein Gesicht ... »Ich sage nur: Maggie Thatcher. *Die* weiß, daß es im wirklichen Leben keine Revolution und keine Demokratie geben kann, und daß es sich dabei nur um romantische Fiktionen zur Beruhigung der Massen handeln kann. Man läßt sie eben denken, sie hätten was zu sagen. Was

Gott sei Dank nicht so ist und auch nie so war. Und Sie, Karl, verherrlichen immer noch die Massen.«

»Hört! Hört! Der Traum der Aufklärung ist bankrott!« skandieren manche, und: »Lange lebe der Mystizismus! Was brauchen wir den Rationalismus? Jetzt sind *wir* wieder am Ruder.«

In einer anderen Ecke ertönen laute Buhrufe. »Faschisten!« »Jetzt gehen sie sich gleich an die Wäsche«, raunt Jupiter Ariadne zu. »Außerdem glaube ich, langweilt sich Fala. Ich gehe mit ihm schwimmen. Ciao.«

Während die beiden den Saal verlassen, bemerkt Fala anzüglich: »Na, jetzt sprichst du ja schon italienisch. Warst in letzter Zeit wohl viel mit Rughetta zusammen, wie?«

Ariadne setzte sich neben Kleopatra auf ein kleines rosa Sofa. Ihre fuchsienroten Reithosen bildeten einen spektakulären Gegensatz zur lindgrünen Aufmachung der königlichen Ägypterin.

»Schau mal, was ich dir mitgebracht habe.« Sie gab ihr ein kleines Fläschchen mit hellgelbem Nagellack.

»Ist ja eine tolle Farbe. Nur schade, daß ich heute die Sonnenbrille nicht dabei habe, die du mir geschenkt hast.«

Derweil sprechen sich die meisten dafür aus, lieber über Realpolitik zu sprechen, aber man kommt bald wieder davon ab. »Jetzt, nach der Perestroika, geht es nicht mehr um den Ost-West-Gegensatz. Internationale Konzerne werden viel mächtiger sein als die Nationalstaaten.« De Tocqueville, noch ganz im Banne von Denver, möchte gern unter Beweis stellen, wie up to date er ist. »Und das kommende Jahrhundert wird die Epoche des Materialismus sein. Kriege werden über materialistische Fragen ausbrechen und nicht über Ideologien. Solche Fernsehserien wie Dallas, die um die ganze Welt gehen, zeigen allen einen Lebensstandard, über den der Rest der Welt nicht verfügt. Der Slogan ›Gleichheit für alle Völker‹ wird im kommenden Jahrhundert bei weitem nicht die Kraft haben wie die Parole ›Wir müssen auch kriegen, was die anderen schon haben‹. Die Frage ist nur, ob der Westen früh genug bereit sein wird, von seinem Reichtum etwas abzugeben – ein bißchen würde schon genügen, um den Ausbruch von Gewalt zu verhindern.«

»Nein, der Westen wird höchstens Waffen an den Mittleren Osten und nach Afrika verkaufen – in der Hoffnung, daß sie sich da gegenseitig abschlachten«, läßt sich die Stimme eines Zynikers vernehmen. »Die Grenzen der Nationalstaaten mögen vielleicht ein emotional wichtiger Sammelpunkt für die Massen bleiben, aber die eigentlichen Mächte sind heutzutage die internationalen Konzerne, die keine nationalstaatliche Heimat haben ... All die großen Brüder haben Informationen über jeden einzelnen Menschen gespeichert, die Völker zahlen auch noch dafür ... die Multis werden künftig die neuen ›Nationalstaaten‹ sein, diejenigen Instanzen, denen die Menschen den Gehorsam zu leisten lernen und an die sie sich zunehmend um Hilfe wenden, weil sie auf sie angewiesen sind im Hinblick auf Geld und Arbeit.«

Der Zyniker wiederum: »Die Konzerne sind ganz verrückt vor Freude über den neuerlichen Aufstieg der fundamentalistischen, autoritätsfixierten Religionen. Mit deren Hilfe hoffen sie die Massen von selbständigem Denken und höherer Bildung abhalten zu können und versprechen sich, sie auf ein höheres Wesen auszurichten, eine Art religiösen Nationalstaat, dem die Massen Gehorsam und leidenschaftliche Unterwerfung schwören. Auf diese Weise können sie dem Nonkonformismus die Spitze brechen.«

Ariadne schaut bestürzt und deprimiert zugleich drein. Als Kleopatra das bemerkt, stößt sie sie mit dem Fuß an und schüttelt den Kopf: »Ariadne und ihr alle! Sie, Lenin! Das alles ist doch nicht unausweichlich! Die Kerle hier sind doch alles Angeber. Speziell die Zyniker. Ich lasse mich von ihren düsteren, fatalistischen Schwarzmalereien nicht ins Bockshorn jagen – selbst wenn der Schnitt ihrer Anzüge recht überzeugend wirkt. Vergeßt jetzt mal eure Sorgen. Es *gibt* so etwas wie einen aufgeklärten Despotismus, wie oft soll ich euch das noch sagen! Aber die Lage ist nicht hoffnungslos, und das wissen sie auch ganz genau. Wenn man einen gerechten Staat errichten will, muß man eine eigene Armee aufbauen. Die Macht ergreifen. Ariadne, du weißt doch im Grunde genau, wie man zum Beispiel die Gleichheit für Frauen durchsetzt. Du kannst dir eine entsprechende Landwirtschaftspolitik ausdenken und Vertreter des Rates der Tiere in die Regierung aufnehmen, kannst Maßnahmen ergreifen, daß Auto- und Fabrikabgase *sofort* gestoppt und nicht auf den Sanktnimmerleinstag verschoben werden . . .«

Kleopatra steht auf, legt die Hände in die Hüften, ganz Königin, die Schlange zischelt die Versammelten ebenso entschlossen an. »Los Ariadne, jetzt tu's einfach. Warte nicht auf eine unentschiedene, amorphe Masse. Halt dich nicht damit auf, wie du die überzeugen kannst, und laß dich auch nicht auf irgendwelche Diskussionen mit irgendwelchen irrational denkenden Kerlen ein. Die lassen sowieso nicht zu, daß so ein junges Mädchen wie du – so nennen sie dich doch immer, nicht wahr? – in einer gesellschaftlichen Bewegung eine Vorreiterrolle einnimmt. Wie oft soll ich es dir denn noch sagen. Besorg dir eine Armee. – Das ist der einzige Weg, im Kampf eine Chance zu kriegen.«

Das war Clausewitz wie aus dem Herzen gesprochen. Er beginnt sich mit der Frage zu beschäftigen, ob er Kleopatra vielleicht um ein Rendezvous bitten soll.

Ariadnes Manifest: Eine neue Weltsicht und die Ursachen der Aggression

Es irritiert de Tocqueville, daß Frauen und Tiere die Debatte zu dominieren beginnen. Er richtet einen haßerfüllten Blick auf Ariadne und bemerkt mit beißendem Sarkasmus: »Üüübrigens, Miss Rite ... Was Ihre Ansicht betrifft, daß Frauen irgendwie ein anderes, egalitäreres Wertesystem hätten, das man nur aufhören müsse zu unterdrücken, damit es sich voll entfalten und eine neue Gesellschaft begründen könne – ein Wertesystem, das angeblich auch in bezug auf Umwelt und Finanzen wahre Wunder wirkt – das ist doch reinster Killefitt! Sehr gut gemeint, das möchte ich gar nicht in Abrede stellen, aber trotzdem totaler Blödsinn.«

Voltaire, der sich in eine Ecke verdrückt hat und sich mit Schokoladenriegeln tröstet, murmelt vor sich hin: »Der ist genauso beschränkt wie mein Pangloß. Ein törichter Apologet des Status quo.«

De Tocqueville fährt ungerührt fort, die Arme hinter dem Rücken verschränkt wie ein Staatsanwalt beim Plädoyer: »Und wenn der Planet tatsächlich in Gefahr ist, so ist der Grund dafür klar: Die Führer haben nicht genug Macht. Sie, Ariadne, gehen davon aus, daß ›das Volk‹ oder ›die Frauen‹ sich erheben und dem Mißbrauch ein Ende bereiten, sich selbst verwalten – da kann ich ja nur lachen. Das haben sie noch nie getan. Und sie werden es auch nie tun. Was kommen muß, ist eine große Persönlichkeit – ich würde denken, ein Mann –, die die Verantwortung übernimmt – und je schneller das geschieht, desto besser ist es.«

Ariadne steht es bis zum Hals. Sie läßt diesen Wortschwall über sich ergehen, und plötzlich wird ihr alles sehr, sehr deutlich. Sie stellt sich gerade hin, wirkt mit einemmal sehr überlegen, und richtet sich mit großer Würde, so höflich es ihr unter den Umständen möglich ist, an ihren Vorredner. »Mein lieber

Monsieur de Tocqueville, die feministische Theorie ist kein ›Killefitt‹, wie Sie zu scherzen belieben. Es ist seit Jahrzehnten der erste Fortschritt gegenüber dem klassischen liberalen politischen Denken oder auch gegenüber der marxistischen Theorie. Sie und Lenin mögen vielleicht der Meinung sein, daß Sie von zwei unterschiedlichen Standpunkten aus argumentieren, aber im Kern treffen Sie dieselbe Analyse: Nur daß Sie je verschiedene Klassen bevorzugen, aber das ist auch schon der einzige Unterschied. Sie denken, Sie haben recht, und er hält sich für einen Linken. Sie gehen beide davon aus, der Mensch sei von Natur aus aggressiv. Jedenfalls können Sie nicht erklären, warum die Gesellschaft so aggressiv geworden ist und wie man ein neues, demokratischeres Gemeinwesen errichten könnte, das auf weniger Aggression beruht. Lassen Sie mich bitte«, sie fühlt sich von Minute zu Minute sicherer, »darauf hinweisen, daß weder die Aufklärung noch der Marxismus je eine glaubwürdige historische Erklärung dafür geliefert haben, warum die indo-europäischen Gesellschaften so unermüdlich darauf bedacht waren – und sind –, sich das weibliche Geschlecht sowie die Natur zu unterwerfen. Vergessen wir nicht, daß die Indianer, um nur ein Beispiel zu nennen, dies über Jahrhunderte nicht getan haben. Und was ist es, was uns diese Theorien glauben machen wollen? Das es der ›natürliche Impuls‹ von Männern sei, Frauen zu beherrschen? Das würde ein ziemlich negatives Licht auf unsere Zukunft werfen, würde es doch offenbar bedeuten, daß Männer immer und unter allen Umständen so sein müssen, und daß Frauen nur eine einzige Möglichkeit haben: Kampf! Mit der selben Skrupellosigkeit zurückschlagen, deren die Männer sich bedienen.

Doch warum sollten wir eigentlich zu diesem Schluß kommen? Sollen wir tatsächlich glauben, daß die Männer so sehr Opfer ihrer Hormone sind? Von ›Natur‹ aus aggressiv? Wenn dem aber so wäre, stellt sich doch die Frage: Warum muß man kleinen Jungs extra beibringen, daß sie Krieger werden sollen, sich wie Rambo aufführen? Warum muß man dann zum Beispiel den Buben extra erklären, daß ›richtige‹ Männer nicht weinen? Daß sich ›richtige‹ Männer von Frauen nichts sagen lassen? Nein, es gibt zu viele Hinweise darauf, daß die Gesellschaft – und damit eine bestimmte Ideologie – den Männern dieses Benehmen durch die Erziehung *beibringt*. Wäre es gänzlich natürlich, müßte es nicht gelehrt werden, dann gäbe es diese ganze massive Indoktrination nicht, die unser Leben bestimmt. Folglich ist das Verhältnis zwischen den Geschlechtern nicht biologisch determiniert. Sie beide scheinen tatsächlich zu glauben, daß männliche Dominanz unausweichlich sei. Was Sie damit völlig ignorieren, sind alle Erkenntnisse der Anthropologie.

Nun tun Sie mal nicht so. Monsieur de Tocqueville, Sie wissen doch ganz genau, daß Ihr Royalisten an die männliche Dominanz glaubt ... Und Mister Engels, ach, wo ist er übrigens?, mit seiner merkwürdig weitschweifigen Theorie, der zufolge die Männer gelernt hätten, die Frauen für die Brutpflege zu ›domestizieren‹, indem sie auf die Schafe und Schweine aufpaßten. Was für eine bizarre Idee! Aber sie erklärt doch nicht im geringsten, warum es die Männer *gut* fanden, die Macht über die Frauen zu erringen. Sie nimmt diesen Tatbestand einfach als natürliche Habsucht. Beweist ihn aber nicht. Ich für mein Teil jedenfalls lasse mich nicht so leicht davon überzeugen, daß die Idee von der biologisch bestimmten Dominanz des Mannes unentrinnbares Schicksal ist.«

De Tocqueville bekommt den Mund nicht mehr auf.

»Meine Analyse sieht dagegen so aus: Ich komme immer mehr zu der Überzeugung, daß das Problem in der Existenz einer alten, tiefverwurzelten Denkstruktur liegt, in einer Ideologie, die den Menschen kulturell weiterhin aufgezwungen wird.«

Aber von den Großen Männern der Geschichte hört ihr kaum einer zu. Es macht sich eine gewisse Müdigkeit breit, die Versammelten rücken unruhig ihre Stühlen zurecht. Sie sind es nicht gewohnt, sich von Mädchen Lektionen in Geschichte erteilen zu lassen. Per definitionem gehören Mädchen nicht zu den Großen der Geschichte. Warum sollte man die Gedanken eines Mädchens also ernst nehmen? Ariadne blickt sich vergebens nach einem Zeichen der Zustimmung um, seufzt und setzt sich wieder. Sie wünscht sich nur, daß Jupiter noch nicht gegangen wäre.

Der Große Vorsitzende Mao, der in einer Ecke im Halbdunkel des Saales mit versteinerter Miene völlig unbeweglich in einem Sessel gesessen hatte, hält Ariadnes Beitrag nicht für der Erwiderung wert. Er wendet sich statt dessen an Lenin und fährt ihn an: »Deine Revolution hat nicht geklappt, und meine auch nicht. Das ist mir klar geworden, als ich John Adams Oper ›Nixon in China‹ gesehen habe. Hätte ich bloß meine Frau früher erreichen können. Ich hätte ihr so gern gesagt, sie soll aufhören, denn sie hat unsägliche Qualen gelitten, weil sie sich nicht von meinen Fehlern verabschieden konnte. Und als Frau ist es ihr natürlich viel schlimmer ergangen, als es mir je hätte geschehen können. Die Mächtigen haben sie als Sündenbock für alles benutzt.«

Erschöpft läßt er sich wieder in den Sessel fallen.

Simone de Beauvoir und J. S. Mill nehmen Ariadne in Schutz

Gerade als Ariadne die Hoffnung auf eine fruchtbringende Diskussion aufgeben möchte und Jupiter und Fala zum Schwimmen an den See folgen will, kommt Simone de Beauvoir in ihrem Lieblingskostüm herein. Sie hat gehört, daß ein Wunder geschehen ist: Eine junge Frau hält im Whist-Club eine Rede, und das wollte sie sich natürlich nicht entgehen lassen. Sie ruft Mao zu: »Aus dir bin ich sowieso noch nie schlau geworden.«

Dann blickt sie sich um und beginnt zu sprechen: »Keiner von euch hat ihr auch nur zugehört. Aber hat euch denn nie die Furcht beschlichen, daß die Frauen einmal eine Revolution machen könnten? Ihr fordert das doch geradezu heraus, wenn ihr den Frauen nie zuhört und euch auf keinen Dialog mit ihnen einlaßt. Ich weiß schon, was ihr denkt. Ihr denkt, wir Frauen sind immer so passiv, wir tun euch schon nichts. Aber ich bin extra hergekommen, um euch das eine zu sagen: Verlaßt euch nicht darauf. *Die* Zeiten sind vorbei.«

Hohngelächter.

»Ach ja? Es liegt keineswegs an der weiblichen ›Schwäche‹ oder ›Dummheit‹, daß wir das männliche System noch nicht gestürzt haben – täuscht euch da mal nicht. Was Ariadne auf der Erde beobachtet hat, die Ambivalenz der Frauen gegenüber den Männern, ihre Liebe und zugleich ihre Abwehr gegenüber Männern und deren Theoriegebäude, ist ganz richtig: Die Frauen sind jetzt dabei, über ihre Möglichkeiten neu nachzudenken. Jede für sich. Dieser individuelle Gärungsprozeß, wie ich ihn mal nennen möchte, ist zutiefst politisch. Höchst explosiv. Und die Mächtigen haben das natürlich erkannt. Das ist der Grund, warum Frauen wie Ariadne so angefeindet werden.«

Ariadne schaut die Beauvoir mit glänzenden Augen an: »Sie verstehen mich. Sie glauben auch nicht, daß die Ungleichheit unweigerlich bis in alle Ewigkeit regieren wird.«

»Ich habe oft mit Jean Paul Sartre über diese Fragen diskutiert«, antwortete die Beauvoir. »Ich habe ihm immer gesagt, daß er viel aggressiver sei als ich. Er, verstocktes Mannsbild, das er war, hat das natürlich abgeleugnet. Aber Tatsache ist doch, daß Männer *lernen,* aggressiv zu sein, und Frauen sollen das fraglos akzeptieren.«

Die Farbe kehrt in Ariadnes Wangen zurück. »Genau, und es ist auch nicht notwendig, daß die Menschen die Tiere beherrschen. Das ist genausowenig ›natürlich‹ oder ›unvermeidlich‹.«

Bei dieser Bemerkung räkelt sich Jennifer genüßlich, sodann gleitet sie Kleopatras Arm hinab. Wo will sie hin? Als die großen Jungs sie bemerken, quietschen sie ängstlich. Was, wenn die Natter ihnen Übles wollte? Als alle kurz davor sind, auf ihre Sesselchen zu springen, um sich in Sicherheit zu bringen, sagt Kleopatra mit ihrer tiefen, kehligen Stimme: »Süße sei keine dumme Natter, komm zu Mama.«

Als er seinen neuerlichen Schrecken über Jennifer überwunden hat, wendet sich Lenin an Ariadne: »Aber Ihre vorgeblich neue Theorie unterscheidet sich in nichts von dem, was ich immer postuliert habe. Genau: Wenn es kein industrielles Profitstreben und kein Privateigentum an den Produktionsmitteln gäbe, würde der Himmel auf Erden herrschen.«

»Karl, du hast ja gar nicht zugehört.« Marx wendet blitzschnell den Kopf um. Er ist überrascht, *diesen* Mann im Whist-Club zu treffen. Es ist J. S. Mill. »Die feministische Theorie ist das einzige Gedankengebäude, das ein neues Verständnis der Probleme auf der Erde anbietet – der Probleme, die weder der Marxismus noch der Kapitalismus gelöst haben.« Mill hat noch viel zu sagen. »Der Feminismus stellt eine neue, exakte Analyse der grundlegenden Probleme dar. Speziell der Öko-Feminismus macht nicht die menschliche Natur für alles Leid auf Erden verantwortlich. Da niemand die menschliche Natur kennt, ist alle menschliche Natur, die wir bisher kannten, Ergebnis einer bestimmten gesellschaftlichen Verfaßtheit. Und der Öko-Feminismus verzichtet auch darauf, eine Gruppe von Bösen aufs Korn zu nehmen, die an allem schuld sei – der Marxismus hat sich die Reichen herausgepickt, Hitler die Juden, die Mittelklassen im Westen die Sozialhilfeempfänger. In Deutschland sind im Moment die Ausländer dran. Der Feminismus sucht die Verantwortung für das Problem in der verinnerlichten Ideologie und nur oberflächlich betrachtet bei den Männern. Es handelt sich dabei um die meistversprechende Sozialtheorie seit langem.«

»Seit Lichtjahren«, fügt Ariadne hinzu.

Mill fährt fort: »Der Feminismus zeigt auch auf, warum Revolutionen bis heute nicht funktioniert haben: Wenn man sich nämlich einer herrschenden Klasse entledigt, ändert man damit das ideologische System noch lange nicht. Auch in der Russischen Revolution hat nur eine herrschende Gruppe die andere abgelöst.«

Marx wirkt plötzlich ganz gerührt. Er sieht wahnsinnig glücklich aus. Die Tränen treten ihm in die Augen, als er sagt: »Das heißt also, du bist auch der Meinung, daß meine Ideen nie in der Praxis ausprobiert worden sind. Ich könnte dich umarmen.« So weich wie er gerade gesonnen ist, sagt er zu Ariadne: »Ich glaube schon, daß das stimmt. Engels und ich haben das mit der Unterdrückung der Frau nie recht klar gekriegt«, gab er zu. »Und um die Tiere haben wir uns schon gar nicht gekümmert ... Ich könnte mir schon vorstellen, daß Herrschaft als Lebensstil vielleicht tatsächlich eher ein geschichtliches Ereignis war, Teil eines Zusammenpralls zweier Kulturen ganz früh in der Menschheitsgeschichte, und vielleicht doch keine natürliche Stufe im ›Zivilisations‹prozeß. Deshalb darf man immer noch am utopischen Traum festhalten ...«

»Traum? Was hör ich da von einem Traum?« Martin Luther King läßt sein melodiöses Rednerorgan ertönen: »Vor hundert Jahren wurde die Herrschaft der Weißen über die Schwarzen mit denselben Argumenten gerechtfertigt wie heute die Unterdrückung der Frauen durch die Männer.«

Charles Darwin, der sich gewöhnlich zu politischen Fragen nicht zu Wort meldet, fügt hinzu: »Früher zogen sie die Idee des ›göttlichen Rechts der Könige‹ heran, um dafür zu sorgen, daß sich nichts ändert, heute muß die ›menschliche Natur‹ dafür herhalten ... Trotzdem hat bisher noch niemand den Beweis dafür angetreten, was das eigentlich ist, die ›menschliche Natur‹. Man guckt sich nur an, was ist, und argumentiert von rückwärts, erklärt das, was ist, für unveränderlich, mithin unvermeidlich. Mit Wissenschaft hat das wenig zu tun«, ergänzt er abfällig.

»Hört sich an wie das, was Dr. Pangloß Candide erzählte.« Ariadne lächelt. »Was ist, muß so sein, denn dies ist die beste aller möglichen Welten ...« Sie hofft bloß, daß Voltaire nicht wieder einen Anfall kriegt. Aber er hat den Kopf auf den Konferenztisch gelegt und macht ein Nickerchen. Kein Wunder, bei all der Schokolade.

Doch Darwin ist noch keineswegs am Ende: »Das alte ideologische System ist so tief verwurzelt, daß nach meinem Tod meine Theorien dafür herhalten mußten, den Rassismus und all das zu rechtfertigen. Die Selektionstheorie. Damit wollten sie beweisen, daß die Mächtigen mächtig sind, weil sie überlegen waren. Freud ging im Grunde von denselben Prämissen aus. Er hat den Status quo dadurch zu verteidigen versucht, daß er behauptete, aggressives, wettbewerbsorientertes Verhalten – besonders bei Männern – beruhe auf Instinkten – Männer seien von Natur aus aggressiv und Frauen passiv bis masochistisch.«

Martin Luther King hängt seinen eigenen Gedanken nach. »Ich frage mich oft, wenn ich mir die Erde so angucke, warum heutzutage an den Frauendemonstrationen so viel weniger Männer teilnehmen als früher Weiße an den Manifestationen der Schwarzen. Während der Bürgerrechtsbewegung gab es doch eine ganze Reihe von Weißen, die an unseren Märschen teilgenommen haben und auch Geld spendeten für unsere Ziele ... Aber bei den Frauendemonstrationen sieht man kaum Männer. Und man hat noch nie davon gehört, daß

Männer Gelder für Frauenhäuser, Frauenzentren oder dergleichen spenden.«

Herein stürzt mit einem fröhlichen Winken in die Runde John F. Kennedy. »Darüber habe ich mir auch Gedanken gemacht. Heutzutage fürchten die weißen Männer – ja, mich eingeschlossen – die Rechte der Frau viel mehr als die Rechte der Schwarzen. Dafür gibt es einen finanziellen Grund. Die Schwarzen machen nur elf Prozent der Bevölkerung aus, und von daher wäre es finanziell nicht so verheerend, diesen gleichen Lohn für gleiche Arbeit zu zahlen, als wenn man das gleiche den Frauen zubilligen würde, die immerhin 52 Prozent ausmachen. Doch ich sage: Wir müssen tapfer sein. Wir müssen dieser Gefahr mit Würde und dem Equal Rights Amendment angehen.«

»Seit wann bist du denn in bezug auf Frauen so aufgeschlossen?« Hinter ihm ist auch Marilyn Monroe aufgetaucht, sie starrt ihn völlig ungläubig an.

Ariadne ist ganz fasziniert von dem Pärchen. Was Marilyn für Haare hat.

Ariadne ist tief in Gedanken und einen pflaumenfarbenen Samtsessel versunken. Sie denkt über Marilyn nach. Ob ihr Blond wohl echt war? Gerade als sie nach einem Wasserglas greifen und einen Schluck trinken will, spürt sie, wie jemand sie am Ellbogen berührt. Es ist Gertrude Stein: »Ariadne, warum willst du nicht endlich erwachsen werden?« Ariadne ist perplex. Die Stein flüstert ihr deutlich vernehmbar ins Ohr: »Du scheinst bedeutend mehr zu wissen, als ich gedacht habe. Aber warum fängst du dann nicht endlich an, dich so zu benehmen, daß man dich ernst nimmt – du weißt schon: erwachsen. Hör auf mit diesem Kleines-Mädchen-in-der-großen-Welt-Theater.«

»Nun ...« Im ersten Augenblick will sich Ariadne verteidigen, aber dann entscheidet sie sich für die Wahrheit. »Weil ich dieses selbstgefällige Gehabe satt habe. Jeder hier und auf der Erde tut so, als hätte er die Weisheit mit Löffeln gefressen und hätte ›alles unter Kontrolle‹. Derartige Attitüden gehen mir gegen den Strich. Sie widersprechen allem, wofür ich einstehe. Ich will mich einfach nicht allwissend aufführen, ohne daß was dahinter ist.«

Nach einer Pause spricht sie langsam und deutlich weiter: »Wir bewegen uns alle in einem Universum, von dem wir nur wenig verstehen. Wir kennen nicht einmal die menschliche Natur. Wie Jupiter immer sagt: Die Menschen tun so siebengescheit, dabei wissen sie nicht einmal, wo sie herkommen, wissen nichts über Leben und Geburt, wissen nicht, wo es hingeht, wenn sie sterben, ob ihre Seelen vergehen oder weiterleben – ob diese Welt einem höheren Gedanken entspringt oder ob sie nur Materie ist. Und wenn nur Materie, wer hat sie dann erschaffen?«

Diese Antwort bringt Gertrude Stein zum Verstummen. Sie sitzt ein paar Minuten schweigend da, dann nimmt sie, gänzlich untypisch für sie, Ariadnes Hand und hält sie, ohne ein Wort zu sagen.

Es ist schwer, Freud zu entrinnen

Aber jetzt hat auch Pius IX. Ariadne entdeckt, und er kommt auf sie zu (er kann es nicht leiden, wenn zwei Frauen Händchen halten). »Mein Kind, ich sehe, daß du eine gequälte Kreatur bist. Vertraue dich der allmächtigen Mutter Kirche an. Wenn du nur unserer Großen Religion vertrauen würdest, könntest du auch deinen Frieden mit der Erde machen.«

»Nicht Religion ist, was zählt, sondern die Wissenschaft der Psychologie!« Freud hatte seine Couch gerade rechtzeitig verlassen, um dem Papst zu widersprechen. »Ich habe das vor Jahren bereits erklärt. Der Mensch hat Instinkte, und die des

Mannes unterscheiden sich von denen der Frau. Ich habe nicht beabsichtigt, zu der Schlußfolgerung zu kommen, daß die ›menschliche Natur‹ auch eine dunkle Seite hat, eine feindselige, dem Leben abgewandte Seite, aber ich konnte nichts dagegen tun. Doch Sie werden schon selbst sehen.«

Freud hört sich so selbstgefällig an, daß Kleopatra, die sich in den vergangenen Minuten die Nägel gefeilt hat, aufreizend die Augen verdreht und laut seufzt. Jennifer, die die ganze Zeit über fröhlich gespielt und sich zufrieden um ihre Füße gerollt hatte, zischelt in Freuds Richtung. Er starrt die Natter entsetzt an. Da war doch was ... mit Frauen und Schlangen ...

»Ja, aber Sie dachten bei diesem Teil Ihrer Theorie an Männer«, sagt Ariadne. »Sie haben die Frauen – das heißt die drei Damen aus der Wiener Oberschicht, die Sie studiert haben – mit dem Etikett ›masochistisch‹ versehen, bloß weil sie nicht aggressiv waren. Und weil sie sich dafür ›entschieden‹ hatten, in einem System zu leben, das sie niederhielt. Und den Wunsch der Frauen, über dieselben Rechte zu verfügen wie die Männer, haben Sie als ›Penisneid‹ diffamiert. In Ihrem System haben Frauen keinen Stich ... Tut mir leid, aber auch Sie haben den Einfluß der Kultur und der Ideologie auf die Persönlichkeitsentwicklung total ignoriert. Sie haben Erklärungen und Rechtfertigungen für Ungerechtigkeit erfunden, indem Sie sich diesen Hokuspokus haben einfallen lassen von wegen, daß da unterstellte, aber wohlbemerkt niemals bewiesene ›versteckte Triebe‹ am Werk seien, von denen Sie behaupteten, Sie seien biologisch erklärbar und unentrinnbares Schicksal.«

Auf Argumente wie diese läßt sich Freud nicht ein. Er zupft sich am Bart und sieht Ariadne herablassend an: »Armes Mädchen. Sie müssen unbedingt herausfinden, wo Ihr verborgener Zorn herrührt. Sie müssen in sich hineinhören, meine Liebe.«

Ariadne schlägt zurück: »Sie, Freud! J'accuse! Sie sind ein feiger Apologet der herrschenden Zustände! Wie erklären Sie sich, daß Ihr Gedankengebäude um die Jahrhundertwende die feministische Theorie verdrängt hat? Bilden Sie sich etwa ein, weil Ihres besser war? Nein, sondern einzig und allein, weil der Feminismus eine Bedrohung des Status quo darstellte, während Ihre Psychoanalyse die Schuld an allen Problemen – besonders Frauenproblemen – auf der individuellen Ebene sucht, immer mit dem Hinweis auf irgendwelche obskuren Kindheitsprobleme . . .«

»Allerdings«, stimmt Simone de Beauvoir zu. »Die Psychoanalyse diente als Ablenkung für die Mittelklassen, damit sie sich nicht zu sehr um soziale Belange kümmerten.« Sie sieht ihn vernichtend an. »Für den Massenbedarf stellte sie sich als zu teuer heraus. Das ganze Gerede, wer hatte denn dafür schon Zeit? Und wer konnte Jahr um Jahr das ganze Geld dafür ausgeben? Aber wie angenehm für das System, daß Sie die ganzen Ursachen für die Unzufriedenheit auf das Individuum schoben, das sich entscheiden konnte, wo sein oder ihr Zorn herkam – wobei Sie Zorn a priori als ungesund brandmarkten. Kam er vielleicht aus unerfüllter Liebe gegenüber der Mutter? Gegenüber dem Vater? Gegenüber den Geschwistern? Rührte er noch aus dem Mutterleibe her? Wie ein Spürhund sollte man hinter dem eigenen verborgenen Zorn her sein, und die Welt so akzeptieren, wie sie ist, sich anpassen und unterordnen.«

Da mußte selbst Ariadne wieder lächeln. »Irgendwie kommen wir doch immer auf Voltaire zurück. Dies ist die beste aller möglichen Welten, und man stelle sie bloß nicht in Frage! Oder, wie Proust sagte: Es ist verzeihlicher zu sterben, als zu spät zu einer Essenseinladung zu kommen.«

Nun richtet auch Kleopatra ihre Aufmerksamkeit auf Freud. »Sehen Sie sich bloß vor, alter Junge«, sagte sie mit eiskalter Stimme. »All diese Einschüchterungstaktiken ziehen heutzutage bei immer weniger Frauen. Sie versuchen mit aller Macht, ein System zu rechtfertigen, das behauptet, Frauen könnten keine Führerpersönlichkeiten sein. Aber sehen Sie *mich* an. Man mag zwar versuchen, mich als bloßes Sexobjekt darzustellen, aber zu meiner Zeit war ich eine der wichtigsten politischen Figuren, *die* große Führerin meines Volkes. Und es gab auch andere Frauen, Katharina die Große in Rußland, Kaiserin Theodora von Byzanz, Golda Meir in Israel – und viele mehr. Ihre Mystifizierung, die Rechtfertigung des Status quo mit Männern an der Spitze, ist Bestandteil dessen, was die Frauen niederhält. Sie sind ein ziemlich unangenehmer Vertreter Ihrer Art – und als Denker höchstens drittklassig. Warum sollte Ariadne eigentlich ihre Zeit damit verplempern, sich mit solchen Kleingeistern wie Ihnen auseinanderzusetzen, wenn sie genausogut in die Welt hinausgehen und tatsächlich etwas verändern kann?«

»Wie wahr, wie wahr«, stimmte auch Lenin zu. »Und jetzt kann ich auch dir die Antwort geben, Mao: Auf der ganzen Welt erheben sich heute die Völker – die Palästinenser, die Schwarzen in Südafrika, die Armenier, die Polen, sogar deine chinesischen Studenten. Auch das gehört noch zu dem idealistischen Traum, der in der Aufklärung geboren wurde, mit seinen ›demokratischen‹ Idealen. Die Variante dessen, was sie für den Kommunismus hielten, das Sowjetsystem, war nur eine Facette davon. Ich habe mich getäuscht – na und? Dann muß die Landkarte des Idealismus eben neu gezeichnet werden – das ändert immer noch nichts daran, daß wir bis auf den heutigen Tag Gleichheit und Gerechtigkeit anstreben!«

Thomas Jefferson ist der gleichen Meinung. »Genau! Auf dem ganzen Erdball wenden sich die Völker neuen Gesellschaftsformen zu, um ihren Rechten zum Ausdruck zu verhelfen. Das alles ist Bestandteil des großen idealistischen Glaubens, daß etwas Besseres tatsächlich möglich ist. Wir können diesen Traum jetzt nicht einfach für ausgeträumt erklären.«

»Aber wir hätten ihn gar nicht erst aufkommen lassen dürfen«, grummelt Clausewitz.

De Beauvoir schaut auf. »Genau das fordern heutzutage auch ein paar Zeitungen in bezug auf den Feminismus: Unterbinden wir ihn, bevor er noch weitergeht. Und das tun wir am besten, indem wir diese Person, Ariadne, oder jede andere potentielle weibliche Führungspersönlichkeit der Bewegung isolieren. Wir tun es, indem wir den Charakter der Diskussion verändern, indem wir uns möglichst bizarre Geschichten über sie als Person einfallen lassen, um sie zu neutralisieren und damit zu diskreditieren.«

»Diese Debatte führt ja nun gleich zu gar nichts.« Ungehalten legt Kleopatra ihre Nagelfeile zur Seite. »Auch die Frauen quasseln, quasseln und quasseln nur! Hört ihr denn nie damit auf? Dabei ist es doch wirklich alles ganz einfach. Und, Ariadne, ich würde dir dringend empfehlen, mir zu glauben, daß ich deine Verbündete bin!«

Ariadne lächelt. »Wie kannst du daran zweifeln. Aber da ist trotzdem immer noch etwas, was mich beschäftigt ... Jupiter und ich sind schließlich hergekommen, um uns einen Rat zu holen. Und was du da immer über die Machtergreifung sagst, ist doch ziemlich abstrakt. Ich weiß überhaupt nicht, wo ich eine Armee herbekommen soll.«

»Meine Liebe«, schnurrt Peggy Guggenheim, »nur in der Kunst findet man Vollkommenheit und Harmonie. Der Kunst sollten Sie sich zuwenden, sie wird Ihnen Zufriedenheit geben. Warum besuchen Sie mich nicht einmal in meinem Büro?«

Allmählich bekommt Ariadne das Gefühl, alles um sie herum sei völlig irreal – all die Menschen in diesem Himmlischen Debattierclub könnten nichts anderes sein als ein einziges großes Kartenhaus, das in sich zusammenfiele, wenn sie nur die Augen schlösse. Hatte ihr Gerede auch nur die geringste Bedeutung für die Erde?

Ariadne wird schwindelig. Sie tritt auf den Balkon, um ein wenig Luft zu schnappen, läßt sich auf eine Bank fallen und versucht abzuschalten. Doch eine Unzahl verwirrender Bilder sucht sie heim. Ihr ist, als befände sie sich in einem Stück mit dem Titel »Die Erziehung einer Idealistin. Eine Komödie«. Ihre Rolle besteht darin, alle mit Fragen zu löchern: »Sind die Menschen von Natur aus gut?« »Können sie die Welt verändern?« »Werden sie sich gegen Ungerechtigkeiten auflehnen?« »Kann die wahre Demokratie funktionieren?«

Auch de Tocqueville taucht in ihrem Tagtraum wieder auf. In seinem unnachahmlich schnodderigen Französisch intoniert er immer wieder die Worte »Siehst du, ich hab dir's ja gesagt. Die Demokratie *kann* nicht funktionieren. Die Menschen sind mittelmäßig. Kümmern sich um nichts ... kümmern sich um nichts ... kümmern sich um gar nichts. Hab ich's dir nicht gesagt ... Hab ich's dir nicht gesagt ...« Und Marx schnauzt zurück: »Die Medien sind an allem schuld ... an allem schuld ...« Ariadne hält sich die Hände vor die Ohren. »Hört endlich auf!«

Als sie aus ihrem Halbalp auftaucht, sitzt Kleopatra neben ihr. »Bist du wieder okay? Glaub mir, ich wollte dich wirklich nicht beunruhigen. Bist du mir böse? Ich sehe doch, daß du noch etwas anderes auf dem Herzen hast. Es geht nicht nur um Politik, stimmt's? Hast du dich vielleicht verliebt? Doch wohl nicht in Kennedy ...«

»Das könnte dir so passen. Nein, ich habe mich nicht verliebt ... das heißt doch. Auf dem Kostümfest der Badds in Washington habe ich jemanden kennengelernt ...«

»Du meinst den Großen mit dem mächtigen Brustkorb? Ich habe mir schon so etwas gedacht, als du plötzlich verschwunden warst.«

»Genau den. Ach Kleo, ich bin ja so glücklich mit ihm. Du müßtest ihn kennenlernen, dann könntest du mich verstehen.«

George Orwells neue Prophezeiungen: Das Ministerium für Wahrheit im 21. Jahrhundert

Diesmal versucht es Clausewitz. Er trägt eine gutsitzende Uniform, Erich von Stroheims Traumgarderobe entlehnt, in der er unwiderstehlich elegant und überheblich aussieht. Er tritt zackig auf den Balkon – in der berechtigten Hoffnung, Kleopatra dort anzutreffen.

Er hat sich entschlossen. Er wird sie um ein Rendezvous bitten. Er schlägt die Hacken zusammen und legt eine formvollendet militärische Verbeugung hin. Ohne auch nur die Miene zu verziehen, wirft er Kleo seinen verführerischsten Blick zu. *Seine* Vorstellung eines vielsagenden Annäherungsversuches ...

Während Kleo Clausewitz erhört, nimmt Ariadne die Gelegenheit wahr, sich aus dem Staube zu machen. Sie hat genug von Debattierclubs und zieht es vor, sich das imposante Gebäude etwas näher anzusehen. Mit einem verschwörerischen »Bis gleich« verabschiedet sie sich von Kleopatra. Dieser Mann hat wenigstens Humor.

Als sie eintritt, findet sie sich in einer Kreuzung zwischen einem Wohnzimmer im Stil von Aristoteles Onassis' Privatyacht aus den Fünfzigern und einem Beobachtungsraum der Spionageabwehr aus dem 21. Jahrhundert wieder. Nur daß die Ausrüstung nicht aus Chrom ist, sondern aus mattem schwarzen Plastik.

»Schauen Sie, ich werd' Ihnen jetzt mal sagen, was Sache ist«, kündigt George vollmundig an. »Die Familie ist in. Alle Konservativen auf der ganzen Welt, angefangen von den westlichen Demokratien bis hin zu den arabischen Fundamentalisten, glauben, daß die Familie die Welt zu erlösen vermag, erlösen von all dem großen Übel, als da wäre das Haushaltsdefizit, andere Staaten, AIDS, die schleichende Demoralisierung ›der Arbeiter‹, Wohnungsnot – und all der andere irgendwie vorstellbare dreckige Dreck!

Die Tagesparole lautet: Konformismus. Der Gehorsamsschwur gegenüber der Familie und der Fahne wird zu einer immer gewaltigeren Hysterie. Sie konnten es in einigen arabischen Ländern beobachten, bei den Fundamentalisten in den Staaten in den Achtzigern, und der heute in den amerikanischen Wahlkampagnen seinen Höhepunkt findet, bei denen alle Kandidaten ihre Familien wie Preisvieh präsentieren. Aber ich darf Ihnen verraten: Es wird noch schlimmer werden. Und dann gehen *Sie* her und wollen die Familie aufs Korn nehmen – in diesem Klima! Tst, meine Liebe, was für ein schlechtes Timing. Eine noble Geste, gewiß. Aber zugleich auch eine Selbstmordmission ... Wo war ich stehengeblieben? Ach ja. Und nach dieser ganzen Fernsehhysterie ... Ich meine, man kann ja schon gar nicht mehr unterscheiden, wo die Seifenopern aufhören und die Nachrichten anfangen. Einmal habe ich im Fernsehen gesehen, wie sie ein kleines Mädchen aus einem Loch im Erdboden herausgezogen haben, in dem sie mehrere Stunden lang festgehalten worden war. Waren das nun die Nachrichten oder der Anfang einer Serie? Na ja, jedenfalls war es gutes Fernsehen. Nicht, daß ich etwas gegen Babys hätte, das muß ich dazusagen, aber ... Verstehen Sie, was ich meine?«

Ariadne lacht. »Aber sicher doch. Was den Unterschied zwischen Unterhaltungsserien und Nachrichten angeht: Ich habe eigentlich auch immer gedacht, daß ich etwas wirklich Neues zu berichten hätte, und dann wurde es aufbereitet wie federleichte Unterhaltung, wie ich zum Beispiel einmal morgens aufgewacht bin und mich auf dem Cover des ›Power

Press Wochenmagazins‹ wiedergefunden habe ... Zuerst hat mir das sogar gefallen, aber dann habe ich gemerkt, daß man da über eine Person geschrieben hatte, die mir nur sehr von ferne bekannt ist ...«

»Ich wurde ja von Karen Horney persönlich analysiert«, sagt George. »Und sie hat mir erzählt, wenn die Presse einen attackiere, handele es sich dabei um eine Defensivreaktion, um paranoides Verhalten. Die Menschen stecken den Kopf in den Sand und alle Probleme sind gelöst. Dabei haben sie eine Scheidungsrate von fünfzig Prozent. Sehen Sie, ich halte mich immer auf dem laufenden. Sogar den Feminismus verstehe ich.« Er scheint außerordentlich zufrieden mit sich zu sein. In der Zwischenzeit nimmt er eine Wiederholung von »Bonanza« auf.

Da sich Ariadne nicht übertrieben für das Fernsehprogramm der Sechziger interessiert, nimmt sie lieber die Gelegenheit wahr, George zu fragen, weshalb, seiner Meinung nach, die Verhältnisse auf der Erde so merkwürdig seien.

»Hören Sie zu«, antwortet er, »wenn ich die Antwort auf diese Frage in petto hätte, hätte ich schon den zweiten Bestseller gelandet. Das einzige, was ich weiß, ist, daß die Medien aufgrund der technologischen Entwicklung zum mächtigsten Gestalter der Ideologie geworden sind, mächtiger sogar noch als die Religion. Es heißt, die Medien würden die Wirklichkeit widerspiegeln, aber in Wirklichkeit *schaffen* sie zugleich die Wirklichkeit, indem sie bestimmen, welche Themen diskutiert, welche ignoriert werden, und wie, das heißt, wie Menschen und Ereignisse beschrieben werden, positiv oder negativ. Die Medien können der Industrie und den Konzernen gewaltige Mengen Geld einbringen, indem sie Life-style schaffen und Verhaltensmuster prägen. Die Menschen lernen, wie sie sich verhalten müssen, anhand von Sitcoms, Seifenopern und den Nachrichten, die natürlich bei den Sendern auch in der Abteilung Unterhaltung angesiedelt sind. Der moderne Götterhimmel archetypischer Mythologie setzt sich aus eindimensionalen Fernsehhelden zusammen, die den Menschen wirklicher vorkommen als ihre eigenen Nachbarn. So sind die großen Medienunternehmen quasi zu neuen Beherrschern der Welt geworden. Sie sind das neue Ministerium für Wahrheit.

Meine Vorhersage ist, daß in den 1990er Jahren eine große Schlacht der Medientycoone um die Neuverteilung der Welt ausbrechen wird. Und das Ergebnis: Das Ganze wird noch konservativer werden.«

Ariadne macht George Orwell mit Kleopatra bekannt

Gerade als Orwell sich in der Brillanz seiner Analyse zu sonnen beginnt, kommen Jupiter, Fala und Rughetta ins Haus zurückgestürmt, ganz aufgeregt und noch naß vom Schwimmen. Sie springen George und Ariadne an, schütteln sich das Wasser aus dem Pelz, völlig unbekümmert um die Spuren, die sie auf den Plüschteppichen des Medien-Raums hinterlassen. In ihrer Ausgelassenheit beginnen sie mit einem Baseball zu spielen, den sie unterwegs gefunden hatten. Es ist nicht zu übersehen, daß Rughetta und Jupiter besonders eng sind miteinander.

Ariadne und George versuchen, trotz der Unterbrechung, ihr Gespräch wiederaufzunehmen. »Glauben Sie eigentlich, daß die in den Medien Beschäftigten wissen, daß sie die Menschen manipulieren?« möchte Ariadne wissen. Schließlich ist George eine Kanone in Politik. »Wissen sie, was sie tun, oder ist es eher so, daß die Mehrzahl der Journalisten derartig in der westlichen Tradition befangen ist, daß sie die Geschichten, die nicht in ihr Weltbild passen, gar nicht ›sehen‹? Ich habe den Eindruck, daß die meisten nur in der Begrifflichkeit von prototypischen westlichen Märchen mit stereotypen Charakteren über Menschen und Ereignisse schreiben können. Sie sehen offenbar alles durch die Brille dieser Mythologie beziehungsweise des Wertekanons dieser Tradition. Alle und alles wird auf ein paar Grundstorys, Szenarien, Plots reduziert.

Und wenn das Leben einer Person da nicht reinpaßt, wenn sie etwas anderes zu sagen hat, nun, dann stutzt man es eben so zurecht, daß es doch wieder in das Muster der Vorurteile hineinpaßt. Auf diese Weise ›beweisen‹ sie immer und immer wieder, daß ihre vorgeformten Standpunkte die einzige ›Wahrheit‹ sind. Aber das stimmt doch nicht: Dadurch, daß man es so sagt, wird es noch lange nicht wahr ...«

Jupiter und Rughetta spielen zwischen ihren Beinen mit einem Ball Nachlauf. Trotzdem versucht sich Orwell auf eine Antwort zu konzentrieren: »William Rusher hat darüber geschrieben, aber er sieht es genau umgekehrt. Er meint, die Medien würden den Status quo immer von links in Frage stellen. Aber ich bin Ihrer Meinung. Im Grunde wollen die Unternehmen, in deren Besitz sich die Zeitschriften, Fernsehkanäle und so weiter befinden, nur den Status quo erhalten. Deswegen kann ihnen natürlich an neuen Themen und neuen Charakteren nicht allzuviel gelegen sein. Sie verfügen nicht über die Phantasie, sich vorzustellen, daß man die Verhältnisse verbessern kann, ohne daß es ihnen an den Kragen geht.«

Immer unmöglicher wird ein Gespräch, denn jetzt saust der Ball in mörderischem Tempo zwischen Jupiter und Fala hin und her. »Aber das weltweite Programm, den Planeten mit Quatsch zu überfluten, ist natürlich noch etwas komplizierter ...«

In der Zwischenzeit ist es Kleopatra gelungen, Clausewitz loszuwerden, und plötzlich steht sie in der Tür des Medien-Raums – wie immer eine majestätische Erscheinung in ihrem schillernden grünen Kleid, mit ihrem schimmernden goldbraunen Teint, der von dem goldenen Schlangendiadem noch betont wird. Falas Baseball saust an ihrem Kopf vorbei, und sie kann ihn gerade noch abfangen, bevor er sie am Kopf trifft und wirft ihn zurück. Eine starke Rechte. George ist tief beeindruckt.

Die beiden kennen sich offenbar noch nicht. »George, darf ich Ihnen Kleopatra, die Königin des Nils, vorstellen«, sagt Ariadne ohne Rücksicht auf die Etikette, die verlangt hätte, zunächst den Herrn der Dame vorzustellen. »Kleo, das ist George Orwell. Er hat einige ziemlich bemerkenswerte Bücher über das Leben auf der Erde am Ende des 20. Jahrhunderts geschrieben. Er gilt als erstklassiger politischer Analytiker und Wahrsager.« Kleopatra reicht ihm die Hand. Orwell hat keinerlei Erfahrungen mit Handküssen, aber er versucht es – und es gelingt, gar nicht mal schlecht sogar. Kleopatra betrachtet ihn jetzt bereits mit entschieden mehr Interesse.

Sie zieht sich auf eine der Onassis-Couchen zurück, die Hunde legen sich ihr zu Füßen, ruhen aus, Jupiter hat den Baseball zwischen den Pfoten. Die Natter liegt daneben, friedlich eingerollt. Ein Foto fürs Familienalbum.

Kleopatras rührender Anblick macht Orwell ganz verlegen. Er stammelt: »Also ... was ich gerade sagen wollte: Ein großer Teil des Problems liegt heutzutage in den computerisierten Datenbanken. Das heißt also, die Methode, mit der die Journalisten ihre Artikel schreiben, wie sie ›recherchieren‹, indem sie alte Aufsätze und Zeitungsausschnitte aus dem Computer abrufen. Ja, genau so funktioniert das: Sie drücken das Knöpfchen, und dann spuckt der Computer der Firma alle alten Artikel aus dem Archiv aus. Sie kriegen also ein bewährtes Profil und schreiben das als Fakt auf. Hinreichend oft wiederholt, wird das zur Neuen Wahrheit. Was einmal drin ist im Computer, kriegt man nicht wieder raus. Das also ist das Neue Ministerium für Wahrheit.«

»Rainer Maria Rilke«, witzelt Kleopatra, »hat mir gegenüber mal sinngemäß geäußert: Ruhm ist die Summe aller

Mißverständnisse, die sich um einen Namen ranken.« Orwell lacht lauter als unbedingt erforderlich, aber schließlich kommt der Witz von Kleopatra. Einmal vergißt er die Politik, vergißt alles, außer Kleopatras Charme, und setzt sich neben sie auf die Couch. Er ist fasziniert von ihr, und auch sie findet Gefallen an ihm, hat sich aber entschlossen, ihn noch ein bißchen zappeln zu lassen.

Wochenende im Paradies

Als im Himmlischen Earth-watch-Fernsehraum alle zu Abend essen, schleicht sich Ariadne auf Zehenspitzen vor den großen Satellitenbildschirm (»Made im Himmel«), dessen Schüssel auf dem Dach des Whist-Clubs befestigt ist, und sucht mit der Fernbedienung den Sender, auf dem sie Friedrich zu sehen hofft.

Friedrich! Tatsächlich, da ist er. In seiner Wohnung. Er sieht schlecht aus, scheint sich nicht konzentrieren zu können. Zuerst spielt er Rachmaninoffs Drittes Klavierkonzert, aber mittendrin unterbricht er, geht zu seinem Schreibtisch hinüber und betrachtet Ariadnes Foto. Dann spielt er weiter, doch nach fünf Minuten steht er wieder auf und durchquert unruhig sein Zimmer.

Während sie das beobachtet, spürt Ariadne, wie eine Woge des Begehrens ihren Körper durchströmt. Sie fühlt sich unwiderstehlich zu Friedrich hingezogen, sehnt sich nach seiner Berührung. Ihr ganzer Körper wird von Lust durchdrungen. »Ich will ihn«, flüstert sie und umklammert unwillkürlich die Fernbedienung, als käme sie mit deren Hilfe ihrem Geliebten näher. Wenn ich bloß die Zauberhandschuhe aus meinem Lieblingsfilm von Cocteau hätte, denkt sie, das würde völlig reichen, dann würde mein Wunsch allein genügen, mich zu Friedrich zu bringen.

Doch es geht auch anders. Jupiter, der Wunderbare, hat so viel Mitleid mit Ariadne, daß es ihm fast das Herz bricht. Wie der Blitz befördert er Ariadne und sich auf die Erde zurück, so schnell, daß ...

... Ariadne erst bemerkt, wie ihr geschieht, als sie sich vor Friedrichs Tür befindet. Als sie eintritt, schaut er auf. Sie eilt auf ihn zu, er nimmt sie in den Arm, hält sie ganz fest, flüstert immer und immer wieder: »Du bist wirklich da. Du bist ja wirklich da. Ich kann dich sehen, kann dich riechen. Dabei habe ich geträumt, du wärest weit, weit weg. Ich konnte dich nicht finden. O Ariadne, laß uns ein Leben lang zusammenbleiben. Sag, daß du mich nie verlassen wirst. Versprich es mir.« Er küßt sie, bedeckt ihren Mund mit seinen Lippen, seiner Zunge, und Jupiter trottet diskret ins Nebenzimmer.

Sie küssen sich, berühren sich, erleben ihre Körper, als wäre es das erste Mal. Sie sind mit sich und der Welt im reinen. Plötzlich fährt Friedrich erschreckt im Bett zusammen. »Mein Konzert! Gleich ist Generalprobe. Ich muß in den Saal und den Flügel ausprobieren. Das hätt' ich beinahe völlig verschwitzt. Begleite mich, mein Liebling.«

»Meinst du das im Ernst? Mir würde es großen Spaß machen.« Und als sie Jupiter sieht, der seine Diskretion in der Zwischenzeit wieder aufgegeben und sich in ein gelbes Bettlaken am Fußende eingerollt hat, fügt sie hinzu: »Darf Jupiter auch mitkommen?«

»Warum nicht. Ich bin der Star. Jedenfalls bis zum Konzert. Man kann mir derzeit keinen Wunsch abschlagen.«

Während Friedrich ein Bad nimmt, sitzt Ariadne neben ihm auf dem Rand der großen altmodischen Wanne und lackiert sich die Fußnägel in einem herrlich satten Rot. Es geht ihr richtig gut, zum erstenmal seit Ewigkeiten, wie ihr scheint.

Als der Lack trocken ist, seift sie Friedrich den Rücken ein. Wie er so dasitzt, erinnert er sie an die Götter in den Wasserspielen von Fontainebleau. Überlebensgroß, perfekt proportioniert, majestätisch. Sie massiert seinen ganzen Körper, seinen Penis, der im Wasser gewaltig wirkt, und als er kommt, spritzt sein Samen wie eine Fontäne. Sie ist in diesem Moment so glücklich wie an jenen fernen Tagen ihrer Kindheit, als alle Springbrunnen vor Vergnügen lachten.

Nachdem Friedrich wieder ganz zu sich gekommen ist, steigt er aus der Badewanne und Ariadne trocknet ihn mit einem rosa Handtuch ab. Jupiter, der seit jeher an die gegenseitige Fellpflege als eine der höchsten sozialen Vergnügungen des Lebens glaubt, hilft, indem er Friedrichs Beine trockenreibt, wie er es bei sich selbst nach einem Bad auch immer tut.

Friedrich muß lachen, so sehr kitzelt ihn Jupiters rauhe Zunge. Er flieht und zieht sich im Nebenraum an. Ariadne stellt sich vor den alten venezianischen Spiegel mit rosa und blauen Glasblumen, löst ihr Haar und betrachtet sich. Sie mag ihren Teint und ihre Locken. Sie mag ihr Gesicht, ihre Brüste, die sanften Kurven und die Tönung ihrer Warzen. Auch Friedrich versichert ihr immer wieder, daß sie ihm gefallen. Hat einen guten Geschmack, der Mann. Sie cremt sich mit einer wohlriechenden Körperlotion ein und gibt Jupiter einen Kuß auf die Stirn. »O Jupiter, wie ich dich liebhabe. Du bist doch mein Allerliebster, nicht wahr?«

Friedrich, der durch die Tür lugt, während er sein Hemd zuknöpft, möchte auch geküßt werden . . . Und dann führt eines zum anderen . . . als sie auf die Uhr gucken – mein Gott –, ist es schon Viertel nach zehn. Sie kommen zu dem Ergebnis, daß Friedrich doch lieber allein zur Generalprobe geht. Bloß keine weiteren Ablenkungen!

Am Nachmittag zerbrach sich Ariadne den Kopf darüber, was sie zum Konzert anziehen sollte. Als erstes fiel ihr das Kleid mit dem Leopardenmuster ein – sehr eng, sehr kurz, und sie empfand sich darin als sehr aufregend. Es war ein sehr auffälliges, tief ausgeschnittenes Kleid aus weichem Material mit langen, schmal geschnittenen Ärmeln.

Eigentlich komisch, dachte sie, daß ich mich gleich ganz anders fühle, wenn ich so etwas anhabe. So zuversichtlich und stark. Woran das wohl liegt?

Doch sie probierte auch noch einen wunderbaren braunen Samtrock aus den Zwanzigern an mit einer leichten viktorianischen Bluse. Sie gefiel sich. Während sie in bordeauxrote Schuhe schlüpfte, mußte sie daran denken, daß ihre feministischen Freundinnen immer auf ihre hohen Hacken schimpften. Trotzdem würde sie nicht darauf verzichten. Sie besaß Berge von Schuhen, vor allem aus Wildleder (dessen Weichheit sie so mochte), in allen Farben, magentarot, olivgrün, schwarz, noch mal schwarz, braun, lila, rot.

Zum Teil hing ihre Vorliebe für alte Materialien mit ihrer Leidenschaft für Geschichte zusammen. Die weichen Stoffe vergangener Zeiten waren ihr einfach sympathisch. In ihren Augen verkörperten sie die letzten Stadien der westlichen Zivilisation, in denen die Industrialisierung die Umwelt noch nicht unwiderruflich bedroht hatte. Damals galt es noch als selbstverständlich, daß die natürlichen Ressourcen der Erde unerschöpflich seien. Und trotzdem, hier und jetzt, auf der Erde, waren es diese Naturprodukte, die sie am meisten liebte. Raupen hatten diese Seide produziert, Frauenhände die zierlichsten Stiche angebracht, bis spät in die Nacht ... vielleicht für eine Schwester oder Tochter. Und auch die Baumwolle. Sicher, sie mochte von Sklaven gepflückt worden sein, und dieser Gedanke war ihr nicht angenehm, und dennoch, trotz alledem war sie nicht wie diese modernen Kunstfasern, deren Produktion die Ökologie stark belastete.

Zippy, ihr Agent, war nie mit ihrer Kleidung zufrieden. »Süße, warum ziehst du dich bloß so an?« So oder so ähnlich lag er ihr ständig in den Ohren. »Du müßtest ganz schlichte schwarze Kostüme tragen, ohne jeden Schnickschnack. Warum kaufst du dir zum Beispiel nicht mal was Hübsches von Calvin Klein? Und noch was: Dein Schmuck ist zu auffällig, *viel* zu auffällig. Und dann erst die Haare! Warum kämmst du sie dir nicht ganz streng aus der Stirn? *Das* wäre chic!«

Ob Ariadne mit ihrer Kleidung den Feminismus verrät?

Ihr schwirrte der Kopf. Was sie auch tat, irgend etwas war immer falsch daran. Entweder war sie nicht sexy genug (Kleopatra) oder nicht genügend feministisch (Gertrude Stein). Zu wenig professionell (Zippy) oder nicht realistisch genug (de Tocqueville). Und so weiter, und so fort.

Hol's der Teufel, dachte sie. Das sind doch keine Widersprüche: gutes Aussehen und Feminismus. Warum kann die Politik nicht ein wenig lustvoller sein? Schließt denn der Feminismus wirklich ein attraktives Äußeres aus? Läßt sich das nicht verbinden?

Dabei fiel ihr wieder ein Gespräch ein, das sie mit Gertrude Stein geführt hatte. »Du kannst doch nicht erwarten, daß man dich als Philosophin und Theoretikerin – oder gar als Strategin des Feminismus – ernst nimmt, solange du *dieses* Kleid anhast. Und *die* Frisur! Wenn du auf mich hörst, kann ich dir helfen, deine Position zu verbessern, und dafür sorgen, daß du dir als Historikerin einen Namen machst. Anderenfalls ...«

Ariadne fühlte sich wie ein kleines Dummchen. »Was schlägst du vor?«

»Schau, wenn du eine gewisse Zeitlang einer Lehrtätigkeit an einer Universität nachgehen würdest, könnte das deinem Ruf bestimmt nur guttun.«

»Du warst auch nie Dozentin und weißt trotzdem ganz genau, wie langweilig das sein kann. Davon mal ganz abgesehen habe ich schon in zahlreichen Unis und vor verschiedenen kulturellen Einrichtungen Vorträge gehalten. Reicht das denn nicht? Was muß ich denn *noch* tun, um anerkannt zu werden und als ›respektabel‹ durchzugehen?«

»Dir die Haare schneiden lassen und Pumps und Schminke wegwerfen.«

Doch die Presse machte aus all dem Nebenschauplätze im Kampf gegen sie. Statt sich mit dem Thema der emotionalen Gewalt gegen Frauen auseinanderzusetzen, schlagzeilten sie: »Lackierte Fingernägel!« Die Lösung wäre ein Fassonschnitt und Männerklamotten, dachte Ariadne. Wie stumpfsinnig!

Wenn sie Secondhandklamotten trug, machte man sie in den Magazinen zur Schlampe ohne Geschmack, zog sie Haute Couture an, wurde sie als Luxusweibchen diffamiert.

Aber vielleicht war ja doch was dran? Vielleicht waren feminine Accessoires tatsächlich Ausdruck des Fraternisierens mit den Männern? Ausdruck der Konkurrenz mit ihren Geschlechtsgenossinnen? Und trotzdem: Es tat einfach gut, sich im eigenen Körper wohl zu fühlen, in der eigenen Haut.

Und wie sie es mochte, mit Farben zu spielen, mit Farbtönen und verschiedenen Materialien zu experimentieren. Und Frisuren auszuprobieren. Sie liebte es, sich das Haar zu bürsten und den Kontrast zwischen dem lebendigen Rot ihrer lackierten Fingernägel und ihren hellen Haaren auszukosten.

Da bekam sie einen Schrecken und blickte auf die Uhr. »Himmel!« Nun entschied sie sich doch für das Leopardenkleid, trotz allem. Sie streifte es sich über den Kopf, machte den Reißverschluß zu und tupfte sich ein wenig von dem exotischen Parfümöl hinter die Ohren, das Kleopatra ihr einst geschenkt hatte. Dazu große, schwere Goldohrringe. Sie entschied sich für eine Handtasche aus schwarzem Samt, die das Fuchsienrot ihrer langen Fingernägel herrlich betonte, und stürmte aus dem Zimmer.

Da kam auch schon Friedrich, fertig angezogen, in einem neuen nachtblauen Frack.

»Du hast doch hoffentlich nicht schon auf mich gewartet?« sagte Ariadne besorgt. »Dein Frack! Er sieht ja phantastisch aus.« Jupiter kam im Laufschritt heran (er fragte sich, was nun bloß ein Frack wieder sein mochte), und zu dritt verließen sie das Haus.

Sie wurden von einer Limousine abgeholt, die sie zum Konzertsaal bringen sollte. Glücklich und voller Aufregung ließ sich Friedrich in die dunkelblauen Samtpolster fallen.

»Zugegeben, die Kutsche des Orchesters von Philadelphia ist es nicht. Die hat mehr drumrum. Groß ist diese hier auch, aber nicht mit so viel Chrom. Jahrelang hatten sie in Philadelphia ein und dieselbe Limousine. Und ein und denselben Chauffeur. Das gibt dir das Gefühl, in einem historischen Theaterstück zu fahren.« Vor dem Konzert war Friedrich immer sehr gesprächig und hyperaktiv. Jupiter tat es ihm nach. Er sprang vom Sitz auf die Fußmatte, von der Fußmatte auf den Sitz. Immer wieder.

»Apropos«, fuhr Friedrich fort, »mir gefällt es, wie Isaak Stern den Saal gemacht hat. Und ich finde auch nicht, daß die Akustik gelitten hat. Obwohl ich, ehrlich gesagt, vorher nicht dort gespielt habe. Aber jetzt gefällt es mir gut. Man hat den Eindruck, als würde einen die Bühne umarmen. Sie hat tatsächlich so etwas wie Persönlichkeit. Man fühlt sich wohl dort.«

Jupiter war geradezu vernarrt in Taxis, Limousinen und Autos ganz allgemein. Am Anfang fand er fliegen besser, aber bei dem Verkehr in den Städten konnte man ein bißchen Karosserie um sich herum ganz gut gebrauchen. (In großen Höhen war es natürlich bedeutend angenehmer, sich den Wind um die Ohren wehen zu lassen.) Jupiter mochte die Farben der Taxen. Und eines anzuhalten machte ihm auch Spaß. Die Dreißiger-Jahre-Eleganz der schwarzen Großraumlimousinen war natürlich etwas ganz Besonderes. Toll! Und heute abend also, alle drei in Galagarderobe, bei den ganzen Emotionen, die in der Luft lagen (vom Parfüm ganz zu schweigen), eine Limousine mit Chauffeur! Super! Er freute sich, daß es ihm gelungen war, Ariadne zu überzeugen, daß sie ihn mitnahm. Es war der Mühe wert gewesen. Wenn er das den Hunden im Himmel erzählen würde ...

Sie schmuggelten Jupiter durch den Bühneneingang und ließen ihn bei Clarence, dem Wächter, einem Freund von Friedrich. Ariadne nahm ihren Platz im Parkett ein. Durch einen Spalt im Vorhang konnte Jupiter sie sehen. »So viele Menschen!« »Aber warum tragen bloß alle Schwarz?«

Die Lampen gehen aus, und das Konzert beginnt. Voller Zufriedenheit legte Jupiter sich hin, er schloß die Augen und lauschte. Die Musik inspirierte ihn ... und Friedrich war sehr gut in seinem stark emotionalen Spiel und seiner brillanten Technik. Im Kontrast zu den wilden Tempi wirkte die Melancholie der lyrischen Passagen anderer Stücke noch tiefgründiger. Er spielte Rachmaninoff und Prokofieff und danach Liebesleid und Liebesfreud, wiederum in der Transkription von Rachmaninoff.

Jupiter erfreute sich an den bewegten Emotionen und der Begeisterung in den Augen des Publikums.

Das Konzert war viel zu kurz, und schon bald stand Friedrich wieder neben ihm hinter dem Vorhang, schweißgebadet. Klavierspiel bedeutet große körperliche Anstrengungen. Er ging noch einmal auf die Bühne und verbeugte sich mit jener vollendeten europäischen Eleganz, die einem immer den Eindruck vermittelt, man befände sich auf einer vornehmen Abendgesellschaft des 19. Jahrhunderts.

Bravorufe. Stehender Applaus. Also gut, dachte sich Jupiter, wenn er das nächstemal wieder Dirigent mit mir spielen will, werde ich ihn gewähren lassen.

Jupiter hatte die Klänge von Tschaikowski, Skrjabin und

Prokofieff lieben gelernt, die die ganze Wohnung erfüllten, sowie sich Friedrich an den Flügel setzte, und er fand auch viel Freude an Friedrichs umfangreicher Schellackplattensammlung. Nicht zuletzt waren ihm die Musiker, die oft zu Besuch kamen, sehr sympathisch. Vor allem Alexander. Ihm brachte er besondere Zuneigung entgegen, weil seiner Mutter ein indisches Spezialitätenrestaurant gehörte, aus dessen hervorragender Küche er ihm gelegentlich eine Auswahl landestypischer Gerichte mitbrachte. Curry fand Jupiter einfach wunderbar!

Ariadne trat hinter die Bühne und fand Friedrich von Fans umringt. Sie ging auf ihn zu und flüsterte ihm ins Ohr: »Mein Liebster, du bist ein Genie. Wenn ich deinem Spiel zuhöre, fühle ich mich in eine ganz andere Welt versetzt, die viel mehr Tiefe besitzt als unser Alltag. Es ist wie ein Epos, das mir den Sinn des Lebens enthüllt, mir verrät, wer ich bin und was ich hier soll. Liebes, deine Kunst bringt die Menschen zum Nachdenken, sie macht ihnen bewußt, was das ist: Schönheit, und hilft ihnen, sich auf das Wesentliche zu besinnen.«

Friedrich strahlte.

Andere Freunde von Friedrich, sein Agent und zwei Tänzer, die er aus Rußland kannte, gesellten sich zu ihnen.

Gediminas Taranda, in einem silberfarbenen Overall und einem weiten lila Cape, war in der Welt des Tanzes bekannt dafür, daß er stets aufs Ganze ging, sich nie schonte und kein Risiko scheute, nicht einmal bei den Proben. »Und was machst du, wenn du dreißig bist und zerschundene Knochen hast?« wurde er häufig gefragt, worauf er unweigerlich antwortete: »Ich weiß es nicht. Das einzige, was ich weiß, ist, daß ich bei jeder Gelegenheit mein Bestes geben muß. Ich darf mir nichts ersparen. Alles andere wäre unehrenhaft.« Er und Friedrich waren vom ersten Moment an Freunde.

Gediminas zog sich mit einer behenden Bewegung das Cape aus und warf es Friedrich zu. Dann verbeugte er sich tief, wobei er mit dem Gesicht beinahe die Knie berührte, und umarmte ihn.

»Er schenkt dir sein Cape?« fragte Nikolai, Friedrichs Agent, eifersüchtig.

»Nur das eine«, antwortete Juri Tertscheskans, Gediminas' Freund, mit sonorer Baßstimme. »Er hat ja so viele. Mindestens vierzehn. Zur Sicherheit. Man schwitzt sie ja so leicht durch.« Er schnitt eine Grimasse und faßte sich theatralisch an die Nase.

Friedrich, Gediminas und Juri bildeten ein famoses, harmonisches Trio. Alle drei waren größer als ein Meter neunzig, Gardemaß, ein Bild vollendeter Männlichkeit.

Auf der Straße mimte Friedrich, noch ganz euphorisch vom Triumph seines Auftritts, in seinem lila Seidencape den Musketier und gab eine Parodie à la Demosthenes: »Und ich, in diesem Gewande, trat auf die Bühne, bereit, zu verscheuchen der Kritiker Hohn . . .«

Friedrichs Spiel war elegant, sensibel, leidenschaftlich und zugleich technisch perfekt. Aber es war nicht leicht, in der Welt der Musik Fuß zu fassen.

»Wenn es nach meinem Agenten ginge, könnte ich in meinem Stübchen versauern, bis er in der Hölle verschmort ist. Wenn ich mich nicht selbst um alles kümmere . . .« Mit gespielter Verzweiflung barg er das Gesicht in seinem Cape.

In der nahegelegenen Ritzy Bar – kunstvolle blau-goldene Arabesken an der Decke, Jupiter unter dem Tisch – tranken sie abwechselnd Champagner und Wodka. Friedrich erzählte Witze und lächelte unaufhörlich. Zu fortgeschrittener Stunde griff Ariadne unter dem Tisch nach seiner Hand. Ihr Höschen war im Schritt offen, und ihr Blick verriet, daß das etwas zu bedeuten hatte.

Im Taxi dann, auf dem Nachhauseweg, taten sie, was ihnen möglich war. Friedrich streifte Ariadne den Rock hoch und beugte sich über ihren Schoß. Er küßte sie. »Wie himmlisch du duftest.«

»Liebling, findest du nicht, daß du heute abend ruhig auch das Medtner-Klavierkonzert hättest spielen können?«

»Pst. Ich will jetzt an nichts anderes denken. Ich will dich nur schmecken. Wie süß du bist.« Er streichelt sie.

»Was denn! Jetzt doch nicht. Wir müssen ins Bett. Schlafen. Es ist drei Uhr früh, und wenn wir jetzt noch anfangen ...«

»Na und?«

Ariadnes Kindheitserinnerungen

Im Verlaufe dieses faulen Wochenendes entschließt sich Ariadne, ein wenig mehr von sich preiszugeben. Spät in der Nacht, im Bett, in jener Stimmung, in der man mit geschlossenen Augen alles ganz klar sieht, erzählt sie Friedrich von ihrer Kindheit.

In der vertrauenswarmen Atmosphäre, die zwischen ihnen herrscht, erinnert sie sich sogar an ihre Geburt. »Ich weiß noch, daß wir flogen, über einen ganzen riesigen Kontinent hinwegflogen, immer nach Osten. Es war ein langer, sehr langer Weg. Und plötzlich war ich da, geboren mitten auf der Reise. Ich fand mich an einem Ort wieder, der so weit von allem entfernt war, ein Ort, der mir ganz fremd war ...

Es gab dort sehr schöne Büsche voller Frühlingsblumen. Überall grünes, saftiges Gras, der Duft von Lilien, viele Vögel. Die Vögel sangen, und alles um mich herum war in Bewegung – die Büsche und das Gras voller Leben, voller Käfer, Grashüpfer und Glühwürmchen. Unzählige Geißblattgewächse – alles so üppig. Im Garten der Nachbarn standen zwei orientalische Tulpenbäume, und die Zweige der großen Ulmen trafen sich in der Mitte der Straße. Eine ganze Allee lang. Es war eine Wonne, das Rascheln der Blätter im Wind zu hören, zu lauschen, wie die Vögel sangen, all das Summen, von ferne das Bellen eines Hundes. Und hinter all dem eine glückliche friedvolle Stille, ohne Autos oder Züge oder Flugzeuge. Keinerlei Zivilisationslärm.

Im Sommer gab es Wassermelonen satt, und Honig, direkt aus den Bienenstöcken. Es hat mir immer großen Spaß gemacht, die Waben auszulutschen, den Honig um die Lippen zu verschmieren und zu spüren, wie die schwere Süße im Mund schmolz. Oder an den Stand zu gehen, wo der große Bottich mit Eiswasser stand, so groß wie ein Kanu, bis zum Rande gefüllt mit großen Wassermelonen. Dann durfte man sich eine aussuchen. Der Händler schnitt einem ein kleines Stück heraus, das man probieren konnte, bevor man die Melone bezahlte.

Im Sommer wurde dann das Korn reif, und an heißen Tagen gab es gebackenes Hühnchen mit Kartoffelbrei und toller Bratensoße. Es war der Himmel ... auf Erden«, fügte sie hastig hinzu.

»Aber ich war nicht nur glücklich an diesem Ort. Die Natur war so schön, aber ich habe mich immer sehr allein gefühlt. Einmal, viele Jahre später, habe ich von der damaligen Zeit geträumt: Genau in der Mitte der Spiräe im Hof fand ich ein sehr großes, blütenweißes Ei. Ich mußte den Busch mit den Händen teilen und sehr lange suchen, bis ich es fand. Dann öffnete sich das Ei, und da war ich. Geschlüpft aus diesem Ei.«

Ariadne legt ihren Arm um Friedrich und sagt: »Und, Liebster, es gibt da noch etwas, was ich dir gern erzählen möchte, etwas ganz Persönliches ... Weißt du, als wir beide zum erstenmal miteinander geschlafen haben, war das so zauberhaft, fast wie damals, als ich meine Sexualität entdeckt habe, vor langer Zeit in einem kleinen Schlafzimmer mit weißen Vorhängen, die sich im warmen Frühlingswind bauschten ...

Ich erinnere mich noch sehr deutlich an dieses Zimmer. Es war ein kleiner, sehr einfacher, gleichwohl schöner Raum; so einfach, daß man ihn fast spartanisch nennen muß. Aber darin herrschte eine ganz eigene Atmosphäre. Der Raum war quadratisch geschnitten, sehr hoch und tapeziert mit einer weichen, gemusterten Tapete. Die Möbel waren aus hellem Holz: ein kleines Tischchen, an dem ich meine Handarbeiten machte, ein Frisiertisch, eine kleine Kommode und ein Bettchen mit einem Kopfteil aus Naturholz. Bezogen war das Bettchen mit einer weißen Chenilledecke. Direkt neben dem Bett das Fenster mit diesen weißen Vorhängen, von denen ich dir schon erzählt habe.

An den Frühling in diesem Zimmerchen erinnere ich mich besonders deutlich. Als ich noch auf der Grundschule war, ging ich gewöhnlich ziemlich früh ins Bett und hörte dem Gesang der letzten Vögel zu oder den Grillen, und gelegentlich bellte auch der Hund irgendwo in der Nachbarschaft. Das Fensterbrett neben dem Bett hatte genau die richtige Höhe. Wenn ich mich hinkniete, konnte ich mich mit dem Ellbogen aufstützen. Dann saß ich so da, blickte in das frische Gras vor dem Fenster und gab mich meinen Träumen hin. Unter dem Fenster war ein großes, üppiges Beet mit grünen Pflanzen, die jeden Frühling hervorkamen. Ein paar wunderbare Wochen lang blühten dort die hübschesten Blumen, die es überhaupt gibt – Maiglöckchen. Der Boden war dunkel, fruchtbar und feucht. Hunderte dieser winzigen weißen Blütchen strömten den intensivsten, luxuriösesten Duft aus, den du dir vorstellen kannst. Er drang in mein Zimmer, herrlich vermischt mit dem frühen Aroma der einbrechenden Nacht. Dann saß ich allein am Fenster und ließ diese wunderbaren Düfte auf mich einwirken in der Dunkelheit. Es war schwindelerregend.

Ich erinnere mich an Abende, an denen der Mond direkt auf dieses kleine Fleckchen Garten unter meinem Fenster schien – und ich hätte mit der Hand danach greifen können –, und kniete ganz ruhig da und konnte kaum fassen, wie schön das Leben sein konnte – wie göttlich schön. Ich weiß nicht, wie lange ich so dasaß, Stunden vielleicht, vielleicht Jahre, Ewigkeiten. Auf den feuchten grünen Blättern glitzerte das Mondlicht, irgendwie ganz persönlich für mich. Ein Lichtstrahl fiel durch die jungen Bäume und malte verspielte Muster auf die seitliche Hauswand.

An einem dieser Abende machte ich Bekanntschaft mit einem merkwürdigen Verlangen, einer ganz unbekannten Sehnsucht. Erst diffus, aber immer mehr wurde ich gewahr, daß sie ganz tief aus meinem Inneren kam, aus einer Stelle meines Körpers, die ich nie kennengelernt hatte und die ich nicht erreichen konnte. Das Gefühl wurde intensiver, fand ich bald heraus, wenn ich die Beine bewegte und den Körper ganz aufs Bett preßte. Nahm ich ein Kissen, war es am schönsten. Mit meinen Bewegungen wurde das Verlangen immer stärker. Und einmal dann platzte die Lust förmlich zwischen meinen Beinen. Ich wurde von einer Woge der Lust hinweggetragen. Danach machte ich es immer wieder. Ich konnte nicht genug davon kriegen.

Es war ein magisches Gefühl an einem magischen Ort. Der opulente Duft der Maiglöckchen vor dem offenen Fenster im Mondschein, die hellen Voilevorhänge, die im Wind leise flatterten, all das schien wie verzaubert. Die Welt war eine einzige Verlockung. Meine ersten ekstatischen Wollustgefühle in diesem weißen Zimmer mit der schwülen, wohlriechenden Luft, ich im Bettchen bei offenem Fenster, und die sanften Geräusche des Frühlings, die zu mir drangen. Die freundliche Beleuchtung meines Zimmerchens, zusammen mit dem saftigen Grün der Blätter und des Grases draußen – all das ist in meiner Erinnerung wunderschön. Und ich bin so glücklich, daß ich meine Sexualität in derartigem Frieden entdekken durfte. In meiner gewohnten Umgebung, ganz mit mir allein.«

Nach einer Weile sagte Friedrich: »Ich erzähle dir jetzt auch etwas. Es war einmal ein Mann, der eine Frau sehr, sehr lieb hatte. Schon als er neun Jahre alt war, ging er an dem Haus vorbei, in dem sie wohnte, doch er wußte es nicht. Und obwohl er sie noch nie gesehen hatte, vermißte er sie schon damals sehr. Später traf er sie, durch puren Zufall. Sie war für ihn das Kostbarste der Welt. Er wußte gar nichts über sie ...«

Die Erde: Dritter Akt

Derart gestärkt, voller Selbstvertrauen und Liebe zu Friedrich und Jupiter, dachte Ariadne, daß sie jetzt vielleicht genügend Kraft hätte, einen weiteren Versuch zu starten, ihre Botschaft an die Öffentlichkeit zu bringen. »Es muß doch«, sagte sie zu Friedrich, »es *muß* einfach eine Möglichkeit geben, daß ich sagen kann, was ich auf dem Herzen habe, ohne falsch interpretiert zu werden. Ich habe mich zu entscheiden: kämpfen oder ein für allemal aufgeben. Und da es nicht schlimmer werden kann, wird es vielleicht besser. Ich weiß doch: Wenn ich etwas wirklich will, schaffe ich es auch.«

Wie frei ist die Redefreiheit?

Gleich am nächsten Morgen rief sie Robert, ihren vertrauten Lektor an, um von ihm zu erfahren, was er von einem neuerlichen Versuch halten würde.

Robert war skeptisch. »Bislang haben dir die Medien keinerlei Chance gegeben, dich frei zu äußern. Warum sollte sich das jetzt plötzlich geändert haben? Wenn du statt dessen jetzt Ferien machen, ans Meer fahren und den lieben Gott einen guten Mann sein lassen würdest, könnte ich mir kaum vorstellen, daß dir irgend jemand einen Vorwurf daraus machen würde.«

»Tja ...« Ariadne schaute zu Jupiter hinüber, der voller Vorfreude mit dem Schwanz wedelte. Seine Augen sagten: Ich bin mit von der Partie. Auf zum Strand!

»Was ich damit sagen will, ist«, fuhr Robert fort, »wann immer du bislang ein Interview gegeben hast, haben sie es irgendwie vermocht, deine Äußerungen aus dem Zusammenhang zu reißen ...«

»Ich weiß, ich weiß«, sagte Ariadne langsam. »Aber ich kann die Dinge doch nicht einfach so lassen, wie sie gegenwärtig sind. Ich bin wirklich davon überzeugt, daß es viele Menschen gibt, die gern erfahren würden, was meine Gesprächspartnerinnen gesagt haben ... Was meinst du, ich könnte doch in einer Live-Sendung auftreten. Da könnten die Leute wenigstens miterleben, was ich genau sage.«

»Erinnere dich doch nur an ›Unsere Sicht der Dinge‹.«

»Das war etwas ganz anderes. Ich meine jetzt eine Live-Sendung, eine Gesprächsrunde. Da kann man nicht manipulieren. Und völlig egal, was der Moderator sagt, ich kann mich immer direkt an die Zuschauer wenden.«

»Ich wäre da nicht so optimistisch«, sagte Robert, den Ariadne keineswegs überzeugt hatte. »Aber wie dem auch sei, wenn du es tatsächlich noch einmal versuchen möchtest, kannst du auf meine Unterstützung natürlich rechnen.«

Ariadne ließ den Gerüchten freien Lauf und bekam tatsächlich gleich am nächsten Tag einen Anruf von Zippy.

»Hallo, Süße. Ich hab' ein ganz tolles Angebot! Die beste Quasselbude im Fernsehen! Merkst du endlich, wie gut ich mich um dich kümmere? Du bist zur Talk-Show ›Gespräche mit Frank Ehrlich‹ eingeladen!«

Jupiter schüttelte vehement den Kopf: Nein, nein, nein!

»Ja, also ...«

»Sag was, sag doch was! Was ist los! Nun glaub's doch endlich. Sie wollen dich wirklich. In zwei Stunden.«

In diesem Moment kam Friedrich ins Zimmer. Er sah die Mienen von Ariadne und Jupiter und fragte: »Was ist passiert?«

»Mhhm ...«

»Ariadne, machst du Atemübungen?«

Keine Antwort.

»Bist du schwanger?«

Totenstille.

»Liebes, nun sag doch was.«

Zippy brüllte ins Telefon: »Ja, mit mir könntest du ruhig auch sprechen, Süße. Bist du tatsächlich schwanger? Das wär' echt ein Hammer! Stell dir vor, was man damit machen könnte!«

»Zippy, ich rufe gleich zurück.«

»Friedrich, ich soll bei ›Gespräche mit Frank Ehrlich‹ auftreten.«

»Das verbiete ich dir. Diesen bösen Streich darfst du dir nicht spielen lassen.«

Jupiter sah mit einem Fragezeichen über der Stirn von einem zum anderen.

»Ich weiß ja, daß ich ein Risiko eingehe. Vielleicht ist es auch nur eine winzige Chance, aber die Sendung ist live, also ohne Schnitte und ohne Manipulationen. Egal, was sie mich fragen, ich kann sagen, was ich will. So, wie es im Moment aussieht, müssen die Leute doch eine völlig falsche Vorstellung von mir und meinen Ideen haben. Findest du nicht auch, daß ich es wenigstens versuchen sollte?«

Friedrich sah sie wortlos an. Zweifel lagen in seinem Blick. »Ich hole dich nach der Sendung ab.«

An der Talk-Show nahm außer Ariadne eine emeritierte Philosophieprofessorin teil, die ›Was hat das alles zu bedeuten‹ gelesen hatte.

Auf die Minute pünktlich saßen sie zwei Stunden später auf schwarzen Plastikstühlen im Studio und bekamen die Mikrophone verpaßt. Sie waren ein Bild des Optimismus. Schließlich genossen die »Gespräche mit Frank Ehrlich« den

Ruf größter Objektivität, und der Mann selbst zeigte sich im Moment von seiner sympathischsten Seite.

Die Musik begann, ein peppiges Ist-die-Welt-nicht-wunderbar-Melodiechen. Ariadne stellte sich vor, wie Jupiter zu Hause vor dem Fernseher lag, die Pfoten vor den Ohren, den Blick starr ins Leere gerichtet, und mußte lächeln.

Während die Kamera die erste Nahaufnahme von ihr einfing, strahlte Frank Ehrlich Ariadne an. »Miß Rite«, begann er mit merkwürdiger Betonung, »Sie sind durch unser ganzes Land gereist. Und ...« Er blickte verstohlen auf seinen Notizblock. »Sie haben mit zahlreichen Menschen gesprochen. Warum?«

»Weil mich interessiert, was die Menschen denken.«

»Wie kamen Sie auf die Idee, qualifiziert genug zu sein, um derartige Forschungen durchzuführen? Wer hat Sie damit eigentlich beauftragt?«

»Ich hatte gehört, dies sei eine Demokratie, und man nehme ernst, was die Leute denken.«

»Wer hat Ihnen denn *das* erzählt?« Doch Ehrlich faßte sich schnell wieder und fuhr fort: »Nun, dann erzählen Sie unseren Zuschauern doch mal, warum Sie das, was Sie tun, für so bedeutend erachten.«

»Ich habe hier eine von zwanzig Universitätsprofessoren unterzeichnete Erklärung, aus der dies im einzelnen hervorgeht.« Ariadne war überrascht, daß sie sich so schnell verteidigen mußte, und zog den Brief aus der Tasche.

Frank überflog das Schreiben. »*... ein Dokument von großer gesellschaftlicher Bedeutung, Zeugnis von Tausenden von Frauen ...*« Er warf den Brief unter den Tisch. »Schön und gut, das habe ich mir schon so gedacht. Was soll man von solchen Eierköpfen auch anderes erwarten. Kommen wir zu den konkreten Fragen. Ich glaube, Miß Rite, Sie müssen uns und unseren Zuschauern eine ganze Menge erklären. Sie behaupten zum Beispiel, daß siebzig Prozent aller verheirateten Frauen nach fünf Jahren Ehe einen Seitensprung hatten. Ich sage Ihnen: Das stimmt nicht!«

Welche Laus ist ihm jetzt bloß über die Leber gelaufen, fragte sich Ariadne. Ob ihm seine Frau untreu ist? Aber ihre gute Erziehung verbietet es ihr, dies laut zu sagen. Ehrlich ahnte nicht, was für ein Glück er hatte. Statt dessen fragt sie zurück: »Woher haben denn Sie Ihre Informationen? Haben Sie auch viertausendfünfhundert Frauen interviewt?«

»Ist ja schon gut, beweisen kann ich es nicht ...« grummelte Ehrlich. »Machen wir weiter.« Er blätterte wieder in seinem Notizblock. »Es heißt, Sie würden gern Fernsehshows zum Platzen bringen.« Er richtete den Zeigefinger seiner rechten Hand auf Ariadne. »Fürchterlich sollen Sie sich aufführen!«

Ariadne schaute auf den Zeigefinger und erinnerte sich an ihren allerersten Fernsehauftritt. Wie viele Zeigefinger sind seither schon auf sie gerichtet worden! (»Sieh dich bloß vor, sonst kriegste echt Ärger, Kleine.«) Nein, dachte sie, ich darf mich nicht ablenken lassen, nicht den Kopf verlieren. Bloß *das* nicht.

»Ja?« wurde sie von Ehrlich bedrängt, »was wollten Sie gerade sagen?«

»Stehe ich hier etwa vor einem Tribunal?« Sie zählte bis zehn, atmete einmal tief durch und wendete sich ans Publikum. »Ich bin heute hierher gekommen, um über wichtige Probleme zu sprechen, Frauenthemen und ökologische Fragen. Die emotionale Gewalt gegenüber Frauen, die in dieser Kultur ausgeübt wird, hat nämlich dieselben Ursachen wie die Gewalt, die der Umwelt angetan wird. Im Kern ist dieselbe Selbstbezogenheit, die von den Frauen emotionale Unterstützung fordert (ohne daß ihnen Vergleichbares zurückgegeben wird), auch dafür verantwortlich, daß ganze Tierarten ausgerottet werden ...«

»Mein Gott«, stöhnte Ehrlich und rollte theatralisch die Augen, »was sind Sie für'n guter Mensch!«

»Und, was ist so falsch daran?«

»Und intolerant! Total intolerant gegenüber jeglicher Art von Kritik.«

»Wie können Sie so etwas behaupten?«

»Jeden, der Sie kritisiert, bezeichnen Sie als Sexisten.«

»Das stimmt doch überhaupt nicht.«

»Wissen Sie, was mich am meisten aufregt«, sagte Ehrlich, »ist Ihre Gewalt gegen Männer.«

Ariadne machte große Augen. Dieser Mann ist tatsächlich sonderbar.

»Darauf würde ich Ihnen gerne antworten.« Die emeritierte Professorin gab sich alle Mühe, auch einmal zu Wort zu kommen. Als Akademikerin war sie an dieses ganze aggressive Hickhack nicht recht gewöhnt. »Wenn Ariadne Rite über die Psychologie der Frau spricht, so darf ich sagen, das ist meine Spezialität. An der Hochschule, an der ich unterrichte, habe ich oft Gelegenheit, mit jungen Frauen zu sprechen, mit *verliebten* jungen Frauen. Und ich kann Ihnen sagen, wenn Frauen über die Liebe sprechen, und damit meine ich ausdrücklich alle Arten von Liebe, so ist das wie Poesie. Doch viele Reporter reißen das aus dem Zusammenhang. Sie waren auch bei uns auf dem Campus und haben uns interviewt. Und Sie können uns einfach nicht richtig verstanden haben. Sie scheinen es für eine Bedrohung zu halten.

Diese Ängste sind nur Ausdruck der generellen Nervosität, mit der unsere Kultur diese Themen zu behandeln pflegt. Denn Liebe, davon gehen wir alle aus, muß perfekt sein, Kompensation für alles, was im Leben nicht perfekt ist. Aber für manche impliziert Liebe auch Gewalt gegen Frauen, und zwar sowohl emotionale als auch körperliche Gewalt. Und deshalb lehnen es viele Frauen ab, in der Familie zu bleiben. Die Mehrzahl der Scheidungen geht nämlich auf die Initiative der Frauen zurück. Und in dem Maße, in dem unsere Gesellschaft zunehmend von wirtschaftlichen und Rassenproblemen heimgesucht wird, wird die Liebe immer mehr aufgewertet. Es bricht geradezu eine Hysterie aus, daß die Familie das Nonplusultra sei und daß Frauen endlich aufhören sollten, sich zu beklagen ...«

»Mögen Sie denn die Familie nicht, Frau Professor?« Ehrlich fiel ihr ins Wort, obwohl sie Professorin war, wenn auch emeritiert.

»Sicher doch, aber was spielt das für eine Rolle? Ich mag auch die Liebe, wie übrigens die meisten Frauen – aber was ist, wenn sie nicht so läuft, wie man sie sich vorstellt? Und in der Hälfte aller Fälle tut sie's schließlich nicht. Ich glaube, Frau Rite versucht zu erklären, warum ...«

»Das hört sich vernünftig an.«

»Und warum können Sie es dann nicht akzeptieren, wenn es aus dem Munde von Frau Rite kommt?«

Ehrlich schaute verdutzt drein. »Nun, dann wollen wir mal hören, was unsere Zuschauer an den Bildschirmen zu sagen haben. Die Leitungen sind frei.«

Erste Anruferin (mit großer Begeisterung): »Ariadne Rite hat völlig recht. Ich erlebe das, worüber sie schreibt. Ich bin unglücklich mit meiner Beziehung. Meine Freundinnen sind alle auch unglücklich mit ihren Beziehungen. Sogar meine Mutter ist unglücklich mit ihrer Beziehung.«

Lachen im Zuschauerraum. »Ich meine, wenn sie doch recht hat, warum setzen Sie ihr dann so zu?«

Ehrlich: »Sie wollen also sagen, Männer sind ...«

Erste Anruferin: »Genau, Männer üben Gewalt gegen Frauen aus. Ich meine, sie sagen so Sachen wie ›Du bist ja hysterisch. Wir können mal wieder miteinander reden, wenn du dich wieder beruhigt hast, Süße‹, oder ›Was ist denn mit dir los, hast wohl deine Tage, wie?‹ So reden sie, wenn man auch nur das kleinste bißchen Kritik an ihnen vorbringt. Genau wie Sie jetzt mit Ariadne.«

Frank Ehrlich (ganz Charmeur): »So können Sie das doch

nicht sagen. Sie glauben bestimmt nicht, daß alle Männer so sind, oder?«

Erste Anruferin: »Doch. Aber klar!«

Lachen im Publikum.

Frank beginnt es zuviel zu werden, aber der Aufnahmeleiter signalisiert ihm, dranzubleiben. Schließlich ging es in dieser »kontroversen« Sendung um die Einschaltquoten. Das Schönste wäre, Ariadne so zu provozieren, daß sie eine Show abzieht und wütend das Studio verläßt. So ein unvermittelter Abgang würde die Einschaltquoten richtig in die Höhe treiben, könnte sogar in die Abendnachrichten kommen!

Die zweite Anruferin riß Ehrlich aus seinen Träumen. »Hören Sie, Rite hat doch eine Studie verfaßt, nicht wahr? Die sollte sie eigentlich heute hier vorstellen, nicht wahr? Warum bezweifeln Sie ihre Ergebnisse, bloß weil sie Ihnen nicht in den Kram passen? Die Menschen haben ihre Meinungen, so oder so, ob die Ihnen nun gefallen oder nicht. Warum können Sie das nicht einfach akzeptieren, wie es ist?«

Ehrlich war sich bewußt, daß er etwas tun mußte, um sich die Sympathie des Publikums nicht zu verscherzen. »Nun, wollen wir mal bei der Sache bleiben. Miß Rite behauptet, daß unzählige mehr als fünf Jahre verheiratete Frauen eine außereheliche Affäre haben. Würden Sie das etwa akzeptieren?«

Zweite Anruferin: »Ich halte das durchaus für möglich. Vergessen Sie nicht: die Frauen, die von ihr befragt wurden, *mußten* ja nicht antworten. Von zehn meiner Freundinnen haben bestimmt sieben eine Liebschaft nebenbei. Und das übrigens nicht allein wegen der Sexualität, sondern weil die ganze Beziehung zu ihren Männern emotional nicht befriedigend ist.«

Frank Ehrlich: »Sie meinen, weil ihre Männer nicht mit ihnen sprechen, suchen sie sich einen Liebhaber? Hört sich ja toll an, echt toll!«

Nun schaltet sich die Professorin wieder ein. »Herr Ehrlich, gestatten Sie, daß ich Ihnen eine Frage stelle. Diese Statistik über Seitensprünge von Ehefrauen scheint Sie ja sehr zu verunsichern. Sie behaupten, sie sei gefälscht. Aber was wäre, wenn sie doch stimmen würde? Nehmen wir einmal an, eine andere Studie würde zu dem Ergebnis kommen, es wären nur *sechzig* Prozent. Würde das wirklich einen Unterschied machen? Die Tendenz ist doch immer noch eindeutig. Und was hat sie zu bedeuten? Könnte sie vielleicht bedeuten, daß die westliche Zivilisation in der Auflösung begriffen ist? Und wenn Sie dem zustimmen, so ist das doch sicher ein Tatbestand, über den man diskutieren müßte. Nicht aber ein Grund, den Kopf in den Sand zu stecken...«

»Danke. Aber nun wollen wir doch hören, ob wir noch einen anderen Zuschauer an der Strippe haben. Ja?«

Männlicher Anrufer: »Warum wird hier immer nur über diese Statistik gesprochen? Ich habe das Buch gelesen, und da steht doch noch viel mehr drin. Ich behaupte, daß die Leute, die sich jetzt alle über Miß Rite hermachen und sie in den Dreck ziehen, das Buch gar nicht gelesen haben. Oder höchstens zehn Prozent davon.«

»Danke. Die nächste Zuschauerin?«

Dritte Anruferin: »Ich möchte Miß Rite danken. Bevor ich ihr Buch gelesen habe, habe ich mich richtig allein gefühlt. Es hat mir sehr geholfen zu erfahren, daß es anderen Frauen genauso geht wir mir. Ich habe alle Ratgeber gelesen, wie man eine Ehe verbessern kann, aber mein Mann weigert sich, auch nur einen anzufassen. Statt herumzunörgeln, sollten die Männer das Buch lieber lesen, nach Hause gehen und sich mit ihren Frauen darüber unterhalten.«

Frank Ehrlich: »Nun haben wir es also. Ariadne Rite hat die Ursache aller Übel in diesem Lande gefunden: die Männer. Die machen alles falsch.«

Freut mich, das zu hören, dachte Jupiter zu Hause vor dem

Fernseher. Aber warum hast du das eigentlich nicht schon früher gesagt, statt Ariadne während der ganzen Sendung anzugreifen und fertigzumachen?

Aber seine Gedanken gingen in der Dudelmusik unter, die das Ende der Talk-Show ankündigte. Frank Ehrlich lächelte mit leuchtenden Äuglein sein breitestes super-perfektes Lächeln (Belladonna?). »Tschüssi, meine lieben Zuschauer, bis zum nächsten Mal.« Erleichtert warf er seinen Notizblock in den Papierkorb und winkte voller Enthusiasmus ins Publikum. Über seinem Kopf erscheint ein Schild mit der Aufschrift »Jetzt Applaus«, und auf den Bildschirmen die Reklame für einen WC-Reiniger.

Von der emeritierten Professorin hört man später, sie sei so verwirrt abgegangen, daß ihr Kugelschreiber in die eine und ihr Notizblock in die andere Richtung flog. »Das war's. So was tu' ich mir nie wieder an«, soll sie gesagt haben. »Fernsehstudios werde ich in Zukunft meiden wie der Teufel das Weihwasser. Dann geh' ich doch lieber auf den Campus zurück. Da kann mir wenigstens nichts passieren.«

Als Ariadne das Studio verließ, wartete Friedrich bereits auf sie. Sie ließen sich ein Taxi rufen und fuhren zu Ariadne nach Hause. Unterwegs begann sie zu zittern. Während der Talk-Show hatte sie sich tapfer geschlagen, doch jetzt kam die Reaktion. Obwohl so viele Zuschauerinnen sie in der Sendung unterstützt hatten, fühlte sie sich insgesamt doch gedemüdigt. Friedrich legte ihr den Arm um die Schultern und sprach beruhigend auf sie ein.

»Weißt du«, sagte sie an seine Brust gelehnt, »manchmal möchte ich einfach weglaufen und mich irgendwo vergraben, irgendwo, wo keiner auch nur meinen Namen kennt. Ich weiß ja, daß all diese Unterstellungen nicht der Wahrheit entsprechen, aber man sagt so schlimme Dinge über mich. Und so möchte ich nicht länger durchs Leben gehen. Es tut zu sehr weh. Ich glaube, ich kann diese öffentlichen Demütigungen nicht länger ertragen.«

Kaum waren sie zu Hause, klingelte schon das Telefon. Friedrich ging an den Apparat. »Bei Rite, ja bitte?« Er lauschte einen Moment und ließ Ariadne nicht aus den Augen. Dann legte er die Hand auf den Hörer und flüsterte ihr zu: »Es ist Sally Bright, die Konkurrenz von Ehrlich. Sie will dich für ihre Sendung ›Heute ist morgen‹. Möchtest du selbst mit ihr sprechen?«

Ariadne nahm den Hörer.

Sally Brights helle, energische Stimme drang ihr ins Ohr. »Ich will Sie in meiner Show. Sie nehmen es doch bestimmt mit zweihundert wütenden Männern auf?«

»Zweihundert? Und warum sind sie wütend?«

»Darum brauchen Sie sich nicht zu kümmern.« Ariadne ließ sich von der Stimme einlullen. »Ich werde ja bei Ihnen sein. Und ich verspreche Ihnen: keine Tricks, keine Hahnenkämpfe. Also, werden Sie kommen?« Die Stimme war weich wie Samt. Durfte sie ihr vertrauen?

Mitternächtliche Unterredung mit Jupiter

Ariadne wälzte sich im Bett. Sie sprach im Traum. »Nur Geld will sie machen. Sie haßt die Männer. Sie ist hysterisch. Spinnt. Diskreditiert, völlig diskreditiert.«

»Ariadne, aufwachen! Wach auf.« Sanft berührte Jupiter mit der Schnauze ihr Gesicht. Sie rieb sich den Schlaf aus den Augen und murmelte: »Ach Jupiter, was für ein Alptraum! Ich habe vom Fernsehen geträumt. Es ist so schön, daß es dich gibt... Was meinst du, soll ich der Bright lieber doch noch absagen?«

»Nein, geh ruhig hin. Du darfst das Ganze bloß nicht allzu

ernst nehmen und nie vergessen, daß wir jederzeit hier abhauen können.«

»Stimmt«, sagte Ariadne, beinahe getröstet. »Es ist nur so, daß ich manchmal die Perspektiven aus den Augen verliere. Sei mir nicht böse deshalb, bitte.«

Entgegen allen ärztlichen Ratschlägen machten sie sich mitten in der Nacht noch ein Käsebrot und gingen dann wieder ins Bett.

Am nächsten Morgen war Ariadne zu der Überzeugung gekommen, daß es nur heißen konnte: ganz oder gar nicht. Und wenn sie kämpfen wollte, mußte sie Sally Bright vertrauen.

Die Himmelsgazette nimmt es von der komischen Seite

An einem der nächsten Tage verfaßte Dorothy Parker, als Sonderkorrespondentin kurzfristig auf die Erde entsandt, folgenden Artikel, der auf Seite drei der »Himmelsgazette«, der Zeitung für irdische Belange, erschien:

»Zwischen zwei Telefoninterviews für die Baseball-Seite dieses Blattes spiele ich mit der Fernbedienung, um ein bißchen irdische Wirklichkeit zu tanken. Die Sendung ›Heute ist morgen‹ ist schon halb zu Ende, und wen sehe ich auf dem Bildschirm? Ariadne Rite. Umgeben, besser gesagt: umzingelt, eingekreist von Männern. Männer zu ihrer Rechten, Männer zu ihrer Linken. Männer ganz dicht hinter ihr. Spindeldürre Männer, superschlanke Männer, riesengroße Männer, dicke Männer, kleine Männer, weiße Männer, schwarze Männer. Manche von ihnen drängeln sich vor den Mikrophonen, die in den Gängen aufgestellt sind, offenbar bereit, Gift und Galle zu spucken.

In Himmels Namen! Schreiben wir 1972? Wo ist denn der

›neue Mann‹ geblieben? Seine angebliche Zärtlichkeit? Sein Mitgefühl? Seine Fürsorglichkeit? Die Szene, die ich auf dem Fernsehschirm sehe, verleiht dem Ausdruck ›von Haß umgeben‹ eine ganz neue Bedeutung. Ariadne Rite wird nicht nur für die gesamte Frauenbewegung persönlich haftbar gemacht, sondern offenbar auch für das Benehmen der Ehefrauen und Freundinnen aller dieser Männer – für ihre Ausdrucksweise, ihre Gedanken, ihr Verhalten – und für die Unterlassungen, deren sich die Mütter dieser Männer schuldig gemacht haben, sowie für einfach alles, was ihnen sonst noch einfällt.

›Immer machen Sie die Männer madig.‹ ›Ihr Problem ist bloß, daß Sie nicht selbst ein Kerl sind!‹ ›Ein Vater kriegt noch nicht einmal das Sorgerecht für sein Kind zugesprochen.‹ Ich kann es schon nicht mehr hören. Und nach jedem einzelnen dieser selbstgefälligen Anwürfe seitens der Männer: Applaus, zustimmendes Gejohle, begeisterte Pfiffe, Bravorufe. Das Ganze gleicht einer Zirkusveranstaltung aus dem alten Rom, und es sieht ganz so aus, als sei Sally Bright nur engagiert, um das Allerschlimmste zu verhindern.«

An dieser Stelle stehen in Dorothy Parkers Originalmanuskript die Worte: »Schade, daß man sich seine Kollegen und Kolleginnen nicht aussuchen kann.« Sie werden jedoch von der Himmlischen Zentralredaktion gestrichen.

»Nun will ich nicht muffig werden«, schreibt sie weiter. »Was ich sagen will, ist folgendes: Die Sprengkraft von Ariadne Rites Buch ›Was hat das alles zu bedeuten‹ liegt genau darin, daß es ein winziges Löchlein in die Hauptader der gestiegenen Erwartungen gebohrt hat. Es hieß lange, zwischen Männern und Frauen wäre ein Waffenstillstand erklärt worden: Die Männer hätten sich verändert, die Rolle, die die Vaterschaft in ihrem Leben spielt, hätte sich verändert. Das kommt Ihnen vertraut vor, nicht wahr? Genau, über all das wurde auf der Erde doch schon in den Siebzigern diskutiert. Wir haben euch doch reden lassen, sagen seither die Männer. Und nun habt ihr alles gesagt. Schluß jetzt.

Und nun hat Ariadne Rite den Nerv, herzugehen und zu sagen: ›Ihr hört uns immer noch nicht zu.‹ Und die Männer gehen hoch: ›Und ob wir zugehört haben, verdammt!‹ Das Maß an Leidenschaft und Verbitterung, das Rites Report ausgelöst hat, sollte uns in der Tat zu denken geben. Es sieht ganz so aus, als würden die Männer in Ariadne Rite die Personifizierung jeder einzelnen Frau in ihrem Leben sehen, die jemals darauf bestanden hat, ›diese‹ Diskussion mit ihm zu führen. Die Diskussionen über das ›Mehr‹: mehr Haushaltsgeld, mehr Lebensqualität, mehr Nähe, mehr Gespräche, mehr Gleichberechtigung, was auch immer.

Und als Rache für all die vielen Male, die die Männer ihren Zorn verdrängt und mit versteinertem Schweigen reagiert haben – als Revanche für dieses ganze Jahrzehnt, in dem sie sich das alles gezwungenermaßen angehört haben, nehmen sie jetzt das Recht heraus, sich wieder selbstherrlich hinzustellen und zurückzuschlagen: ›Über all das *haben* wir doch schon gesprochen, Schlampe!‹«

Zippy führt Ariadne zum Boxkampf aus

Sogar Zippy, ihr »Agent«, machte sich allmählich Sorgen um Ariadne. Deshalb beschloß er, sie auszuführen, damit »sie sich ein bißchen erholt«.

Er rief sie an und fragte: »Süße, bist du gerade sehr beschäftigt? Komm, zieh dir was Hübsches an. Ich habe mir etwas ganz Besonderes ausgedacht.« Ein Treffen mit Zippy war für Ariadne fast wie ein Stelldichein mit Erich von Stroheim.

Er holte sie in einer Limousine ab, die von einem Koreaner chauffiert wurde, und feilschte die ganze Zeit mit ihm über den Fahrpreis. Ihr Ziel war Madison Square Garden.

»Gehen wir hier essen?« fragte Ariadne neugierig.

»Du wirst schon sehen«, sagte Zippy beim Aussteigen.

Ein Fahrstuhl bringt sie in die Privatgemächer des Besitzers des Madison Square Garden, Sonny Socko, der im Penthouse wohnt. Sie platzen mitten in eine Männerparty hinein. Unter den Gästen tummelt sich auch ein Zeitungskolumnist, der aufgrund seiner verleumderischen Artikel über sie zu einem von Ariadnes Lieblingsfeinden avanciert war, ein älterer Ire. Ariadne versucht sich von ihm fernzuhalten, aber er und seine Kumpel sind wild entschlossen, gerade dies nicht zuzulassen. Er kommt, im Schlepptau seine Kumpels, direkt auf sie zu, um ihr, nur für den Fall, daß sie das noch nicht wüßte, zu sagen, daß er nicht gerade viel von ihr hält. Ariadne versucht, Zippy mit sich zu ziehen, um von der Gesellschaft dieser Herren loszukommen, aber der kapiert nicht, um was es geht, so daß sich Ariadne hinter den Obern und hinter der Cocktailbar versteckt, um sich wenigstens die ausfälligsten Verbalinjurien zu ersparen. Aber wer legt sich schon gern mit einem betrunkenen Iren an.

Nach dem Essen – kaltes und warmes Büfett mit allen Schikanen –, das Ariadne beinahe im Laufen einnimmt, immer auf der Flucht vor dem Iren, kündigt Zippy vollmundig den Höhepunkt des Abends an: den Großen Kampf der Arena. So eine Freude! Er findet zwischen einem armen jungen Kerl und »Killer« Sugar Ray statt, dem unbestrittenen Champion.

Nie im Leben hat Ariadne einen Boxkampf gesehen, hält diesen Sport im Grunde ihres Herzens auch für ein ziemlich merkwürdiges Männerritual, aber sie denkt bei sich: Sei's drum. Einmal ist keinmal. Vielleicht wird es ja auch gar nicht so übel. Ich schau's mir mal an. Jedenfalls will ich keine Spielverderberin sein.

So sitzt sie denn nun in ihrem schwarzen Satin-Mini im grellen Scheinwerferlicht vor dem Ring. Der Kampf hat noch nicht begonnen, und der Zeremonienmeister kommt gerade heraus. Er fordert alle Anwesenden auf, sich von ihren Sitzen zu erheben und die Nationalhymne anzustimmen. Die Menschenmenge erhebt sich, die Scheinwerfer werden etwas gedimmt. Der Gesang wird von einer Bigband begleitet. Zippy kommen die Tränen. »Ich *mag* dieses Lied einfach. Ach was, ich *liebe* es. Ist es nicht erhebend? Es geht mir immer so nah. Ich muß immer weinen, wenn ich es höre«, sagt er strahlend.

Und dann der Kampf. Die Boxer treten in den Ring, und die Masse jubelt, während die beiden ungleichen Männer in der Kampfarena herumtänzeln, Männchen machen und wild mit den Armen gestikulieren. Bis zu diesem Moment wird Ariadne noch nicht gerade von Begeisterung hingerissen. Aber das kann ja noch kommen, denkt sie sich. Die erste Runde beginnt, die sitzt sie aus, die zweite, dann die dritte. Es wird ihr von Minute zu Minute langweiliger. Schließlich hat sie die ganze Zeit über ihren eigenen Kampf ausgetragen und kaum mehr Lust, noch mehr davon auch nur zu sehen. Aber Zippy genießt jede Sekunde. Er fühlt sich im siebten Himmel. Ariadne beginnt gerade zu überlegen, wie sie sich dem Spektakel entziehen kann – da ist es plötzlich Gott sei Dank vorbei. Irgend jemand hat irgend jemanden k.o. geschlagen.

Als sie aufbrechen, ist Zippy selig. Glück gehabt, denkt Ariadne, so bemerkt er wenigstens nicht, daß ich mich im Endstadium tödlicher Langeweile befinde. Zippys Gesichtsausdruck ist für Ariadne noch der Höhepunkt des Abends. Diese Leidenschaft! Aber eines weiß sie genau, sie wird sich nie, nie, nie im Leben mehr einen Boxkampf oder irgend etwas, was einem Boxkampf auch nur im entferntesten nahekommt, ansehen, weder im Madison Square Garden noch sonstwo.

Anschließend führt Zippy sie noch in das eleganteste Restaurant der Stadt – so eines mit übersichtlichen Portionen. Ariadne wundert sich, daß jeder dort Zippy zu kennen scheint.

»Hör zu, Mädchen«, verkündet er großspurig, »ich will dir jetzt mal sagen, was man zu tun hat, wenn man in einem Restaurant von Anfang an ernst genommen werden will. Also, das geht so: Du gibst jedem, der in Sicht kommt, einen Fünfzig-Dollar-Schein, gleich wenn du reinkommst, und dann läßt du hundert Dollar Trinkgeld da. Glaub einem alten Hasen, Kind, das werden die im Leben nie vergessen, und immer wenn du wiederkommst, wird man den roten Teppich für dich ausrollen. Aber so ein hohes Trinkgeld gibt es nur beim erstenmal. Das macht einen so mordsmäßigen Eindruck, daß er sich nie verliert.«

Als Ariadne heimkommt, erzählt sie Friedrich von ihren Erlebnissen, setzt sich neben ihn und legt die Füße auf den Beistelltisch. »Und das Verrückteste ist, die ganze Zeit über hat er dem Fahrer erklärt, daß er nicht bereit ist, ›viel für die Fahrt zu zahlen‹. Die ganze Zeit haben die beiden wie wild mit den Händen in der Gegend herumgefuchtelt, als wollten sie sich gleich an die Gurgel. Bah, ich bin ganz erschöpft.«

»Armer Schatz! Jetzt hast du bestimmt Hunger? Wollen wir was Richtiges essen gehen?« schlug Friedrich vor.

»Das wär' toll. Das Restaurant war ja ziemlich elegant, aber die Portionen hat man kaum gesehen.«

Zu dritt gehen sie Hamburger essen. Seit Jupiter auf der Erde lebt, ist er richtig süchtig auf Hamburger. Ariadne holt ihm immer welche im Coffee-Shop. Dann geht sie schnell rein, während er draußen darauf wartet, daß sie ihm seine Portion rausbringt. Mit Käse, versteht sich! Und die Mixed Pickles, die dazu gereicht werden, findet Juppi auch recht schmackhaft.

Ein Fahrer rastet aus

Ariadne hat die Einladung zu der Fernsehsendung »Alle reden *jetzt*« angenommen. Sie hatte noch reichlich Zeit und das Bedürfnis, sich wieder einmal ausführlich nach Kate zu erkundigen, wozu in der Hektik der letzten Tage kaum Gelegenheit geblieben war.

Kate sah ziemlich fertig aus. »Ach, Ariadne, es ist alles so fürchterlich. Roger und ich haben uns getrennt. Doch, ich weiß ganz sicher, daß jetzt endgültig alles aus ist. Ich bin *so* unglücklich. Glaub mir, es ist so schlimm. Aber ich wußte mir einfach nicht mehr anders zu helfen. Er hängt nur rum und säuft und ist sauer, weil ich zur Arbeit muß. Vielleicht ändert er sich noch, aber ...«

Kate wurde von einem Klingeln an der Tür unterbrochen. Über die Gegensprechanlage meldete sich der Portier. Ariadne schaute auf die Uhr. Es war halb elf. »Ms. Rite, hier ist ein Wagen, um Sie abzuholen.«

»Die Sendung beginnt erst in zweieinhalb Stunden«, entgegnete Ariadne. »Warum müssen wir jetzt schon los? Aber sagen Sie dem Fahrer bitte, daß ich gleich komme. Er soll sich bitte noch einen Moment gedulden.«

Kate zündete sich eine Zigarette an und sprach kleinlaut weiter. »Weißt du, irgendwie verstehe ich Roger ja auch. Aber mir ist einfach der Kragen geplatzt. Ich war so sauer auf ihn, daß ich ihn richtig angebrüllt habe. Ich habe ihm an den Kopf geworfen, daß er nur zum Vögeln zu gebrauchen ist, daß er nichts geregelt kriegt und daß ich es satt habe, mich allein für die Beziehung verantwortlich zu fühlen. Und dann hat er sogar angefangen, mit meiner besten Freundin zu flirten ... Stell dir vor, er hat richtig versucht, sie zu verführen. Glücklicherweise ist sie wirklich meine beste Freundin und hat dafür gesorgt, daß nichts passiert, aber trotzdem ... Ich halt' das nicht mehr aus. Ich weiß nicht, was ich tun soll.«

Ariadne nahm Kate voller Mitgefühl in die Arme. »Kate, Liebe, das hast du wirklich nicht verdient. Schrecklich muß das gewesen sein. Es tut mir richtig weh zu sehen, wie du dich quälst. Was willst du jetzt tun? Eine Weile woanders wohnen? Über die Arbeit von heute nachmittag mach dir mal keine Gedanken. Laß es langsam angehen. Ruf deine Freundinnen an, wenn du magst. Wenn ich zurückkomme, reden wir noch ein bißchen, ja? Vergiß nie, daß du eine ganz tolle Frau bist. Du bist ein wunderbarer Mensch, und das alles hat mit dir persönlich nicht das geringste zu tun.«

Wieder klingelte es an der Tür. »Der Fahrer sagt, daß Sie jetzt aber wirklich kommen müssen.«

Ariadne blätterte noch einmal in ihrem Terminkalender und sagte dann in den Hörer: »Wir brauchen etwa sechzig Minuten, und dann habe ich noch eine halbe Stunde Puffer für eventuelle Staus eingeplant. Wir haben also reichlich Zeit. Außerdem ist es mitten am Tag, die Straßen werden frei sein.«

Wieder die Stimme des Portiers, verzerrt durch die Sprechanlage. »Der Fahrer sagt aber, wenn Sie jetzt nicht kommen, schaffen Sie es nicht ...«

»Wie kommt er denn darauf?«

Als Ariadne sich dann übereilt von Kate verabschiedete und das Haus verlassen wollte, teilte ihr der Portier mit, daß der Fahrer gerade zu einem Münzautomaten auf der anderen Straßenseite gegangen sei, um von dort aus bei seinem Arbeitgeber anzurufen.

Allmählich wurde auch Ariadne unruhig. Sie winkte dem Fahrer zu, er möge doch bitte zurückkommen, aber er ignorierte sie völlig. Ariadne wurde von Minute zu Minute nervöser. Sie kramte in ihrem Telefonbüchlein nach der Nummer des Fernsehsenders und rief in der Redaktion an, um sie zu bitten, den Fahrer in die Gänge zu kriegen.

Am anderen Ende der Leitung trifft sie auf wenig Verständnis. »Nun, tut mir leid, wenn der Fahrer meint, daß Sie es nicht mehr schaffen, ist es wahrscheinlich schon zu spät.«

»Das kann nicht sein. Aber *jetzt* sollten wir wirklich allmählich los.«

»Nun, ich habe allen Grund zur Annahme, daß mein Fahrer genau weiß, wovon er spricht.«

Der hat sich allmählich über die Straße bequemt und blafft Ariadne an: »Sie sind spät dran. Jetzt schaffen wir es bestimmt nicht mehr. Wissen Sie, es ist eine weite Fahrt. Aber ich hätte es mir ja denken können: Frauen! Pah. Immer zu spät.« Er zwinkerte dem Portier zu. »Können sich einfach nicht organisieren.«

Ariadne traute ihren Ohren nicht. »Dann lassen Sie uns jetzt bitte endlich fahren.«

Der Fahrer hatte auf stur geschaltet: »Ich glaube kaum, daß wir es jetzt noch . . .«

»Wenn wir nicht auf der Stelle losfahren, haben Sie allerdings recht . . .«

In aller Seelenruhe wandte sich der Fahrer an den Portier: »Was wären wir bloß ohne die Frauen. In der einen Minute hü, in der anderen hott.«

Ariadne schäumte vor Wut. »Geht's jetzt los oder nicht?« Sie war wirklich stinkesauer.

»Hysterie bringt jetzt auch nichts, Fräulein.« Der paternalistische Ton, den der Fahrer anschlug, brachte sie vollends auf die Palme. »Ich weiß schon, was ich tue. Das braucht mir niemand zu sagen. Und der Mann hier bin ich. Seien Sie jetzt ganz ruhig, Kindchen.«

Da gibt ihm Ariadne eine Ohrfeige. Nach einer Schrecksekunde greift sich der Fahrer an die Nase und murmelt: »Polizei! Einen Anwalt! Ich will Anzeige erstatten.«

Damit war die Sendung tatsächlich gelaufen.

Zippy will Zaster machen

Am nächsten Tag stand es in allen Zeitungen.

»Hört euch das an«, sagte Ariadne zu Kate, Jupiter und Friedrich. »Für ein ›Kindchen‹ schlägt sie Fahrer nieder.«

»Na«, meinte Friedrich nur, »das ist noch harmlos. In anderen Blättern machen sie daraus die Körperverletzung des Jahrhunderts.«

Wie immer, wenn etwas über Ariadne in der Zeitung steht, klingelt auch diesmal sofort das Telefon. Friedrich geht ran. »Liebes, es ist Zippy, er ruft aus Paris an.«

Zippy nimmt sich kaum die Zeit, Ariadne Hallo zu sagen, und schießt gleich los: »Süße, aus aller Welt trudeln hier die Angebote ein. Die Verlage zahlen ein Heidengeld, wenn du ein Buch über die Geschichte mit dem Fahrer schreibst. Na, was sagst du jetzt?«

»Nein. Ein klares, entschiedenes Nein. Die sind ja irre. Kommt überhaupt nicht in Frage.«

Zippy ist eingeschnappt. »Nun, dann willst du es wohl so haben. Ich weiß zwar nicht, was du dir davon versprichst, aber wenn das dein letztes Wort ist . . . Auf Wiederhören.«

Und das, so hoffen alle Beteiligten – Ariadne, Kate und Friedrich, Jupiter nicht zu vergessen –, ist das Ende der Fahrer-Episode. Doch sie täuschen sich.

Und wieder ein Hahnenkampf im Fernsehen

Auf ausdrücklichen Wunsch ihres Lektors Robert fuhr Ariadne am nächsten Tag in die Hauptstadt, um sich dort per Telefon via Satellit interviewen zu lassen.

Als erstes hatte sie einen bekannten Sportreporter am Hörer. Der muß das Spezialgebiet aber schnell gewechselt haben, denkt sie bei sich.

»Grüß Gott in alle Welt. Wir haben hier heute im Studio einen herrlichen Sonnenschein ...«

»Nein, bloß nicht«, flüstert der Aufnahmeleiter entsetzt. »Wir machen keine Sportsendung.«

»Ach, so, ja. Na, denn also: Wir haben heute bei uns Ariadne Rite. Sie glaubt zu wissen, was die Männer über die Frauen denken, und was die Frauen von den Männern halten. Innerhalb und außerhalb des Bettes, haha. Sie ist dieser Tage in die Schlagzeilen gekommen aufgrund der Schlagkraft ihrer Argumente, ha, wenn ich das mal so sagen darf, und wir wüßten doch gern, was sie dazu zu sagen hat.

Wir schalten um nach Washington. Hallo, Miß Rite. Nun, Sie haben, das ist wohl kaum übertrieben, eine sehr bewegte Zeit hinter sich. Da war zunächst diese Umfrage, die so ein ganz anderes Ergebnis zutage brachte als das, was Sie vorgelegt haben. Wie erklären Sie sich das?«

Ariadne hatte keinen Monitor vor sich, so daß sie keinen Blickkontakt mit dem Menschen aufnehmen konnte, der sich anschickte, sie mit Fragen zu bombardieren. Es blieb ihr nichts anderes übrig, sie mußte direkt in die Kamera blicken.

»Was ich in meinem Buch beschreibe, ist die psychisch destruktive Dynamik des Systems, die emotionale Gewalt, die sich überwiegend gegen Frauen richtet, aber nicht nur gegen Frauen, sondern auch gegen andere ›sozial schwache‹ gesellschaftliche Gruppen ...«

»Gut, gut, aber bleiben wir beim Thema. Kommen wir wieder auf das von gestern zurück. Was ist da passiert?«

Ariadne wurde ungeduldig. »Ich habe nichts anderes versucht, als in den Medien zu erklären, was herausgekommen ist, als ich Tausende von Menschen befragt habe. Man hat mir gesagt, daß dies eine großartige Demokratie sei, die größte Demokratie der Welt. Aber das, was ich bei den Medien erlebt habe, erinnert mich mehr an einen Drei-Manegen-Zirkus. Bitte, darf ich jetzt fortfahren ...«

»Nein. Bleiben wir noch etwas bei dem von gestern. Wir alle, und speziell die Zuschauer zu Hause an den Bildschirmen, hatten gehofft, sie im Fernsehen sehen zu können. Aber dann kam es nicht dazu. Was war da mit dem Fahrer?«

»Was spielt denn das für eine Rolle ... Aber gut, das war so: Er hat gewartet, und ich dachte, wir könnten es noch rechtzeitig schaffen, und er war anderer Meinung.«

»Nun, meine Damen und Herren«, wendet sich der Sportreporter an sein Publikum. »Wir haben Glück. Wir begrüßen den Fahrer hier bei uns. Hier ist Mick Micolletti.«

»Wenn er der Grund ist, weshalb Sie mich um ein Interview baten, so muß ich sagen, sie haben sich dieses Gespräch unter Vorspiegelung falscher Tatsachen erschlichen.«

»In allen Zeitungen sind Sie auf der Titelseite, und da werden Sie doch wohl ...«

»Sie haben gelogen, um dieses Interview zu erhalten. Ich kann jetzt nicht weitermachen.«

»Warum regen Sie sich denn so auf«, der Reporter gab sich alle Mühe, wirklich souverän zu erscheinen. »Ich dachte, es würde Ihnen Freude machen, derart im Mittelpunkt des Interesses zu stehen. Ist doch schließlich nichts als Werbung für Sie! ...«

»Ich werde dieses Interview jetzt beenden.« Sie stand schon auf. »Lassen Sie mich durch«, sagte sie zu einem der Studioarbeiter, die ihr den Weg versperrten. »Sie können mich hier nicht festhalten. Ich habe das Recht zu gehen, wann es mir paßt.«

Der Reporter versucht weiterzumachen. »Bitte entschuldigen Sie, meine Damen und Herren, wir haben hier also den Fahrer, der ... Na, wo ist sie denn? Weg? Na, *Tor,* sag ich nur. Also meine Damen und Herren, dann noch eine gute Nacht.«

Auch als sie bereits aus dem Scheinwerferlicht herausgetreten war, wurde Ariadne noch mit Gewalt zurückgehalten.

Man versuchte sie davon abzuhalten, in die Maske zu gehen und sich ihre Handtasche zu holen. Keiner konnte verstehen, daß sie so schnell wie möglich weg wollte.

Zusammenbruch auf dem Flughafen

Auf der Straße beginnt Ariadne unkontrolliert zu schluchzen. Die Qualen der vergangenen Wochen brechen sich in Tränen Bahn. »Ich kann nicht mehr, ich kann einfach nicht mehr«, sagt sie immer und immer wieder. Es ist halb sechs, schon fast dunkel, und sie steht mutterseelenallein mitten auf einem menschenleeren Platz. Die hohen, dunklen Gebäude, die ihn umgeben, so kommt es ihr vor, sind ihr feindlich gesonnen und verstärken das Gefühl totaler Isolation. Nirgends eine Telefonzelle oder ein Coffee-Shop, weit und breit kein Taxi, und die Aktentasche ist ihr zentnerschwer.

Nach und nach gewinnt sie wieder die Kontrolle über sich. Ihr Kopf glüht, und sie fühlt sich sehr schwach. Schließlich entdeckt sie doch ein Telefon und ruft sich ein Taxi. Sie wartet auf der Straße. In diesem Moment empfindet sie sehr stark, daß sie so nicht weitermachen kann.

Sie schleppt sich in ihr Hotel und fällt sofort ins Bett, völlig erschöpft. Im Moment ist ihr alles egal. Vor lauter Erschöpfung ist jedes ihrer Glieder schwer wie Blei. Sie liegt im Bett, reglos. Später, viel später – dreißig Minuten, eine Stunde? – klingelt von fern das Telefon. Ganz langsam greift sie zum Hörer. »Ja?«

»Wie fühlst du dich, meine Liebe?«

Es war Friedrich! Wie sie sich freute, seine Stimme zu hören.

Aber sie fand kaum die Kraft, ihm zu antworten, hatte nicht die Energie, ihm alles, was sie in den letzten Stunden erlebt hatte, im einzelnen zu erzählen. So sagte sie nur: »Weißt du eigentlich, daß ein Flug von New York nach Washington reicht, um Hunderte von Vögeln zu töten? Ich habe das heute erst herausbekommen. Sie verfangen sich in den Triebwerken. Letztes Jahr in Denver waren es so viele, daß sie sogar ein Flugzeugunglück verursacht haben. Dabei sind viele Menschen zu Tode gekommen. Und Tausende und aber Tausende Vögel, auf der Stelle tot.«

»Liebes, ich habe die Sendung gesehen. Es war fürchterlich.«

»Ach Friedrich, ob es das alles wert ist?«

»Du sprichst doch immer über emotionale Gewalt. Erinnere dich doch: Vor zehn Jahren war noch niemand bereit, zur Kenntnis zu nehmen, wie viele Frauen von ihren Männern geschlagen werden. Heute ist es genauso: Man weigert sich, die Dimensionen der emotionalen Gewalt und des subtilen Paternalismus wahrzunehmen. Aber denk doch an die Frauen: wie dankbar sie sind, daß endlich eine von ihnen den Mund aufmacht. Denk doch an die vielen Briefe, die du erhalten hast. Was du tust, ist von großer Bedeutung. Daran darfst du nie zweifeln.«

»Ein Teil von mir stirbt mit diesen Vögeln.«

»Komm heim. Jupiter vermißt dich, und ich auch. Wir beide werden dich schon auf andere Gedanken bringen. Wir gehen im Park spazieren, und dann lassen wir dir eine Badewanne ein. Wir machen die Stadt unsicher und spielen. Außerdem werde ich dich von nun an nie mehr allein zu diesen Sendungen gehen lassen. Nie, nie wieder!«

Sie packt in Windeseile zusammen und schafft gerade noch die letzte Maschine. Sie eilt durch das Flughafengebäude, den Kopf gesenkt und die Augen hinter einer großen Sonnenbrille verdeckt.

Während des abendlichen Spaziergangs im Park, den Friedrich Ariadne versprochen hatte, hält er ihre Hand und sagt versonnen: »Hörst du den Vogel? Eine Amsel. Man nennt sie den Komponisten unter den Vögeln, weil keine Amsel dasselbe Lied zweimal anstimmt ... Das schönste Federkleid haben sie vielleicht nicht, aber dafür singen sie besser als alle anderen.«

Sie bleiben stehen und lauschen dem Gesang der Amsel. Die Schlichtheit der Süße ihrer Melodie läßt sie den Verdruß der vergangenen Tage beinahe vergessen. Wenn ich bloß immer in der Lage wäre, sagt sich Ariadne, mich auf das zu besinnen, was wirklich zählt im Leben, ginge es mir besser.

»Jeder Vogel kann singen, aber nur wenige Menschen können es – oder haben Lust dazu: Oder glaubst du, daß das menschliche Sprechen unsere Art des Gesangs ist – wenigstens ursprünglich?«

Friedrich nimmt Ariadne in den Arm und flüstert ihr ins Ohr: »Oder denk nur an die Bienen, die sich mit Tänzen verständigen. Sie schicken ein paar auf die Wiesen hinaus, um zu erkunden, wo frische Blumen blühen, und wenn sie zurückkommen, führen sie einen Tanz auf. Die verschiedenen Drehungen und Muster teilen den anderen mit, wo sich diese Blüten befinden und um welche Arten es sich handelt. Und erst der Honig: Hast du schon einmal darüber nachgedacht, daß Honig eines der wenigen Nahrungsmittel ist, die ganz natürlich hergestellt werden, ohne daß dabei ein anderes Lebewesen zu Tode kommt? So etwas gibt es auch. Auch das gehört zu unserer Welt.«

»Wenn man sich das alles so überlegt, scheint es nichts anderes zu bedeuten, als daß eine sanftere Welt besser funktionieren würde. Als wolle es uns bedeuten, daß nicht alles so harsch sein muß. Und nichts anderes behaupte doch ich auch. Aber egal was ich sage, sie bringen es fertig, mir die Worte im Mund herumzudrehen. Es ist alles so absurd.«

»Mein Liebes, mein Allerliebstes.« Friedrich ist bewegt von Ariadnes Verzweiflung. Er wünscht sich so sehr, ihr helfen zu können.

Während Jupiter ungeduldig von einer Pfote auf die andere tritt, sagt Ariadne zu Friedrich aufblickend: »Weißt du, was ich mir manchmal wünsche: Ich wäre gern ein Baum, Blätter im Wind. Einfach dasein, für dich und Jupiter, für Kate, für meine Freunde. Genau wie diese Bäume. Keine Schmerzen empfinden. Das müßte schön sein.«

Häuslicher Frieden

Friedrich mußte auswärts zu einem Konzert und war ein paar Tage weg. Ariadne hatte das Bedürfnis, sich ein Weilchen zu Hause zu vergraben, ohne Interviews, ohne Arbeit. Nur mit Jupiter allein zu Hause. Sie ging nicht ans Telefon und verabredete ein Geheimzeichen mit Kate. Hin und wieder hörte sie Mahler und Jascha Heifetz. Sonst lauschte sie bloß der Stille. »Jupiter, hör nur, wie diese Ruhe guttut. Ich liebe es, auf die Klänge zu hören, die auftauchen, wenn alles verstummt. Deine Gedanken, deine Gefühle werden kristallklar, wenn du es nur zuläßt. Wenn du warten kannst. Wenn ich aufhöre zu sprechen oder auch nur bewußt zuzuhören, ist mir so, als würde ich die geheime Tiefe einer ganz anderen Welt empfinden.« Wie sie Jupiter so ansieht, muß sie lächeln. Als könnte sie ihm in dieser Hinsicht etwas Neues erzählen! Er weiß das alles schon.

Die beiden verbringen den Tag in aller Friedlichkeit, machen kleine Hausarbeiten, betrachten gemeinsam die wunderbaren Kunstbände, die Ariadne so liebt, und lassen den Geist in den sanften Farben der Wohnung spazierengehen.

Gegen Abend stellen sie sich ans Fenster und schauen hinaus. In den langen Schatten, die das Dämmerlicht wirft, dösen die Vögel auf den großen, dicht belaubten Bäumen. Der weiche, goldene Schein der untergehenden Sonne fällt durch die

Zweige, bricht sich auf den Blättern in Millionen Lichtfragmenten. In diesem einzigartigen Moment ohne Gegenwart und ohne Vergangenheit hat das Schimmern der Blätter einen ganz eigenen Reiz – letztes hoffnungsfrohes Bangen, bevor der weiche Schleier der Nacht niedergeht.

Der kleine abnehmende Mond taucht auf, während die Vögel ein letztes Mal ihre Federn aufplustern, sich in ihrer Heimstatt auf den Bäumen zusammenkuscheln, die Augen schon halb geschlossen.

Welcher Frieden.

»Jupiter«, sagt Ariadne nach einer Weile, »ich bin so gerne mit dir zusammen. Es ist so schön, im Haus herumzupusseln, mit dir zu spielen oder einfach nur dazusitzen und deine Nähe zu spüren, deinen kräftigen kleinen Leib, in dem sich deine Seele verkörpert. Weißt du eigentlich, was du für niedliche kleine Zähne hast? Und die süßeste rosa Zunge, die ich je gesehen habe. Und die Grazie, mit der du dich bewegst . . .« Jupiter streckt sich und schnurrt. Ariadne sitzt neben ihm, glücklich, daß sie an gar nichts denken muß und nur sein warmes Fell streicheln darf.

Am nächsten Morgen macht sie den Fehler, die Post zu öffnen und den Anrufbeantworter abzuhören. Die erste Nachricht lautet: »Hier ist Stan vom Sender ›SOB‹. Also, wir finden Sie echt stark, richtig heiß. Und hätten Sie gern in unserer kleinen Sendung hier in Wyoming. Ob Sie uns wohl die Ehre geben? Wir haben uns das so gedacht: Wir laden ein paar Jungs ein, die können dann mal so richtig loslegen. Erzählen, wie das mit den Frauen hier so ist und so. Also, wir denken uns das ganz persönlich. Human touch, wenn Sie verstehen. Von Mensch zu Mensch. Ihr sitzt da ganz entspannt zusammen und erzählt euch einfach, wie das so ist beim Rendezvous und dann später . . . Na, Sie wissen schon. Ganz persönlich. Und überhaupt nicht kontrovers. Versprochen. Rufen Sie uns zurück, bitte. Die Nummer . . .«

»Mein Gott, schon wieder!« ruft Ariadne entsetzt aus. Ich muß weg hier. So geht das nicht weiter.

»Jupiter! Ju-pi-ter! Friedrich! Kleopatra! Hilfe!«

An Bord einer Yacht auf smaragdgrüner See

Ein merkwürdiges Gefühl fährt ihr durch die Glieder, eine Art tiefer innerer Frieden und zugleich das unbezwingbare Bedürfnis, die Augen zu schließen. Ariadne kann sich ihren Zustand nicht erklären. Sie stellt sich vor, auf dem Wasser zu treiben, irgendwo, im Nirgendwo, umfangen von einem weichen, schmeichelnden Wind. Ihre Lider sind so schwer, daß sie die Augen nicht öffnen kann.

Dieser merkwürdige Schwebezustand hält eine Weile an, bis sie plötzlich ...

... ganz deutlich hört, wie die Wellen gegen eine Bootswand schwappen. Und ein Duft steigt ihr in die Nase. Das kann doch nicht wahr sein. Der Duft frischer Doughnuts. Wo bin ich hingeraten?

»Nun mach schon endlich die Augen auf, bezauberndes Nüßchen!« *Die* Stimme kennt sie. Sie öffnet die Augen, und vor ihr steht Kleopatra, die Hände in die Hüften gestemmt. »Auf-wa-chen!«

Ariadne macht die Augen einen Spalt weiter auf. Noch leicht schläfrig blickt sie sich um. Sie befindet sich auf Kleos Yacht. Das Meer glitzert verführerisch, die Sonne scheint, und vor ihnen auf dem Kaffeetischchen steht ein ganzer Berg von frischen Doughnuts. Schmalzgebäck vom Feinsten. Plötzlich fällt ihr die Reklame ein: »Chartern Sie ein Boot im Himmlischen Süden!«

»Wahnsinn!« ruft Ariadne aus, die jetzt richtig zu sich kommt. »Wie schön das hier ist!«

»Ich dachte mir, es könnte ganz hübsch sein, den Nachmittag auf Deck zu verbringen«, meint Kleopatra. »Ein bißchen Farbe wird dir guttun.« Kleopatra setzt sich auf einen altmodischen weißlackierten Bordstuhl und legt die Füße auf den Tisch. Was für Beine! »Was ist dir denn jetzt schon wieder zugestoßen auf diesem wildgewordenen Planeten da unten? Du und dein Idealismus!« Sie schüttelt den Kopf. »Nun ruh dich erst mal aus und entspann dich. Nimm einen Doughnut.« Sie nimmt einen dieser herrlichen Kringel und hält ihn Ariadne verführerisch unter die Nase. »Los. Worauf wartest du noch? Greif zu.«

Frischem Schmalzgebäck kann Ariadne nicht widerstehen. Sie nimmt sich einen Doughnut und beißt herzhaft hinein. Bedächtig kauend strahlt sie Kleopatra an und verzieht nicht einmal die Miene, als Kleo weiterbohrt: »Dein irdischer Karren sitzt ganz schön im Dreck, wie? Ich war keineswegs überrascht, als ich dich um Hilfe rufen hörte.«

Statt zu antworten, bewundert Ariadne in aller Stille Kleopatras Nagellack im satten Rot reifer Tomaten. Wie gut er zu ihrem orangefarbenen Sonnenhut und dem karierten Bikini paßt. Und diese wunderbaren tiefbraunen Beine auf der weißen Tischdecke, ein herrlicher Kontrast zu all dem Rot.

Als Ariadne den letzten Bissen hinuntergeschluckt hat, kehren ihre Kräfte wieder zurück. Sie setzt sich im Stuhl gerade, schaut sich um. Ihr türkisblauer Baumwollrock strahlt im Sonnenlicht des weißen Decks, ihr langes rotgoldenes Haar bauscht sich im Wind. »Halt!« Plötzlich fährt sie auf. »Wo ist eigentlich Jupiter?«

Kleopatra schlägt sich mit der Hand gegen die Stirn. »Oh, ich Dummchen. Ich *wußte* doch, daß ich etwas vergessen habe. Der Zauber war nicht stark genug. Ein Momentchen.« Sie schließt die Augen, stimmt einen geheimnisvollen Singsang an und ... Da ist er! Jupiter an Deck. Er schüttelt sich, wie er es immer tut, wenn er aus dem Wasser kommt, und blickt sich verwundert um.

»Wo bin ich?« fragt er verschlafen. »Bin ich etwa eingenickt? Und jetzt ...?« Dann bemerkt er Ariadne. »Ein Glück! Dann sind wir ja wieder vollzählig.« Als Friedrich ihm einfällt, fügt er trocken hinzu: »Fast jedenfalls.« Wen interessiert's noch, wie er hergekommen ist. Hauptsache ... Voller Lust schlägt er einen seiner berühmten Purzelbäume in der Luft, so sehr freut er sich über die plötzliche Wende. Kleopatra und Ariadne lachen ausgelassen. »Das ist das wirkliche Leben!« Darüber sind sich alle drei einig. Sie beginnen ein Spiel. Sie stellen sich vor, unermeßlich reich zu sein – nun, Kleopatra hat Erfahrung mit so etwas –, und dann führen sie Scharaden auf. Jupiter stellt Lassie vor. Kleo und Ariadne erraten es im Nu, wenn er mit einem schrecklich sentimentalen Gesichtsausdruck den Blick in die Ferne richtet und die Titelmelodie der Serie summt. Dann gibt Kleo die Delilah – auch nicht gerade schwer, aber bezaubernd anzusehen. Schließlich versucht sich Ariadne als Greta Garbo in Ninotschka, trunken, wie sie im Puderraum eines vornehmen Nachtclubs die große Lobrede auf die Verdienste des Sozialismus für »die Massen« hält. So vergehen die Stunden, bald sind alle Doughnuts weg, und Jupiter macht sich über die Reste einer Wassermelone her.

Bei Sonnenuntergang machen sie sich ein leichtes Abendessen – Maiskolben als Vorspeise und danach gedünstete Zucchini, etwas anderes hätten sie nach all dem Schmalzgebäck nicht heruntergebracht –– und nehmen es an Deck ein.

»Laß uns für immer hierbleiben, Ariadne!« schlägt Jupiter vor. »Nur im Himmel ist es wie im Himmel!«

»Hund, da sprichst du ein wahres Wort gelassen aus«, bestätigt Kleopatra.

»Ich wünschte mir ja auch, daß wir bleiben könnten«, wendet Ariadne ein, »aber ob wir den ganzen Kuddelmuddel, den wir da unten angerichtet haben, einfach sich selbst überlassen können? Und schließlich dürfen wir nicht vergessen, daß Friedrich auch noch dort ist ...«

»Hast dich wohl schon richtig an die Liebe gewöhnt, wie?« zieht Kleo sie auf.

»Mhm.« Ariadne errötet.

»Wollen mal so sagen«, erklärt Jupiter. »Sie läßt sie über sich ergehen ...« Er ist wieder mal eifersüchtig. Doch, er mochte Friedrich wirklich gern leiden, aber schließlich ... Jetzt braucht er eine Abkühlung. Er legt die Ohren zurecht und springt kopfüber ins Wasser.

»Ach übrigens«, beginnt Kleopatra, während sie sich und Ariadne aus einer Flasche mit einem alten ägyptischen Etikett eine wohlriechende Flüssigkeit ungewisser Herkunft eingießt. »Voltaire hat mich und den Rest der himmlischen Belegschaft die letzte Zeit völlig kirre gemacht. Von wegen, du hättest ihm seine Geschichte gestohlen.«

»Gibt er immer noch keine Ruhe? Das kann nicht wahr sein.«

»Doch, er ist pausenlos am Maulen. Sitzt stundenlang im Whist-Club rum, trinkt Hunderte Tassen Kaffee, ißt unzählige Schokoriegel – kein Mensch weiß, wo er die alle herhat, es geht schon das Gerücht um, daß er ein paar unserer Himmlischen Duftkerzen versetzt hat, um seinen Vorrat aufzufrischen. Kürzlich hat er sich sogar bei Diderot beschwert, ich hab's völlig unfreiwillig mitgehört. ›Wenn jetzt jeder hergehen darf – einfach jeder, sogar eine Frau! eine x-beliebige Frau, von der kein Mensch je gehört hat, und sich unserer Traditionen bedienen kann ... Tja, die Welt ist auch nicht mehr das, was sie mal war.‹

Aber Diderot hat ganz schön zurückgeschossen«, fährt Kleopatra fort. »Hat ihm ordentlich die Meinung gegeigt: ›Und ich habe immer gedacht, du würdest so viel von der Demokratie halten. Außerdem muß ich dich ja wohl auch noch daran erinnern, daß du selbst es warst, der immer behauptet, der einzige Unterschied zwischen Männern und Frauen sei der, daß die letzteren liebenswürdiger seien.‹ Stell dir vor, er hat ihn sich richtig zur Brust genommen. ›Was findest du eigentlich so verwerflich daran, daß Frauen mit Ideen herumspielen?‹ Und dann hat er doch tatsächlich zugegeben, daß Madame de Staël ihn bei den Arbeiten an der Enzyklopädie unterstützt hat. Was sagst du dazu? Ich muß schon zugeben: Ich hätte nicht erwartet, daß er sich dazu bekennt.

Aber richtig auf den Teppich zurück hat unseren Freund Voltaire dann doch eigentlich Madame de Pompadour gebracht. Als sie hörte, wie er sich darüber beklagte, daß ›irgendeine Frau‹ seine Story gestohlen hätte, hat sie ihn äußerst höflich natürlich, aber sehr bestimmt darauf hingewiesen, daß die Idee für Candide letztlich von ihr stammte, aus der Zeit, in der sie noch Madame Poisson hieß. Schließlich, rief sie Voltaire in Erinnerung zurück, war sie selbst ja quasi als Unschuld vom Lande in die aristokratische Gesellschaft eingetreten und mußte sehr hart daran arbeiten, um sich die höfischen Umgangsformen und Reglements einzubleuen. Voltaire hatte sie damals schon gekannt, bevor sie an den Hof kam, und ihre Fortschritte beobachtet. Sie hat ihm in ihren Anfangszeiten bei Hof vieles anvertraut.

Als er das alles noch einmal zu hören bekam, wurde Voltaire ganz still und griff in die Hosentasche nach einem neuen Schokoriegel. Als sie das bemerkte, sagte die Pompadour ganz spitz: ›Ich mache mir wirklich Sorgen um dich, so viel Schokolade ist einfach nicht gesund. Friedrich der Große hat dir das auch schon hundertmal gesagt. Apropos. Stimmt es eigentlich, daß du alle seine Kerzen verkauft hast, nachdem er dir deine Schokoladenration gekürzt hat? Aber egal, in Sachen Candide solltest du dich jedenfalls mit dieser Ariadne Rite verbünden. Die ist ganz in Ordnung, das wirst du auch noch feststellen. Und politisch steht ihr beide auf derselben Seite.‹«

Ariadne und Kleo amüsieren sich köstlich. Jupiter, der gerade vom Schwimmen zurückkommt, freut sich, daß die beiden das Thema gewechselt haben. Alle drei genehmigen sich noch ein Schlückchen aus Kleos altägyptischer Flasche. Dann fällt Kleo noch eine Neuigkeit ein. »Ach ja, ich habe dieser Tage übrigens deine spezielle Freundin Gertrude Stein getroffen. Die macht sich ja richtig Sorgen um dich. Sie findet, ich hätte einen schlechten Einfluß auf dich, und befürchtet, du könntest dich allzusehr deiner Weiblichkeit besinnen und noch mehr zur Sexbombe werden.«

Ariadne mochte Gertrude Stein von Anfang an, bei allen Differenzen, aber das mutet sie so komisch an, daß sie lacht, bis ihr die Tränen kommen. Mittlerweile ist die ganze himmlische Bordbesatzung bereits so angesäuselt von der herrlichen Flüssigkeit ungewisser Herkunft, daß der kleinste Anstoß genügt, um sie zum Lachen zu bringen.

»Aber am komischsten«, fuhr Kleo unter Gegiggel fort, »war doch, wie sie mir vorgemacht hat, was du mit deinem Haar anstellen solltest. Du sollst es dir nämlich, meint Gertrude, braun färben lassen, mit Essig spülen und streng im Nacken zusammenknoten.«

Von dem ganzen Essen, Trinken und der Sonne sind die drei nun so müde geworden, daß sie in die Kajüte gehen.

Kleopatras schwimmendes Schlafzimmer ist in Gold tapeziert und wird nur von Kerzen beleuchtet. Auf dem Himmelbett liegt eine weiße Satindecke. In den grünen Samt des Baldachins sind kleine goldene Sternchen eingewirkt. Am Fußende liegt eine mit mauvefarbenem Taft überzogene Tagesdecke. Zuerst hopst Jupiter ins Bett, dann machten es sich Ariadne und Kleopatra ebenfalls darin bequem. Sie haben Lust, noch einen alten Schwarzweißfilm zu sehen und schalten den Fernseher an. Es gibt eine Ballettaufführung von Prokofiews Romeo und Julia mit Ariadnes Lieblingstänzerin Galina Ulanova. Die drei gucken nur mit halber Aufmerksamkeit zu. Ariadne legt den Kopf schläfrig auf Kleos Schulter, die geistesabwesend beginnt, mit ihren hellen Locken zu spielen.

Wie sie so daliegen, auf den weichen Decken unter dem Baldachin des Himmelbetts, fühlt sich Ariadne wie in einem wunderbaren Zelt, geborgen. Die Wellen, die sanft an die Bordwand schwappen, lullen sie in den Halbschlaf. »Was glaubst du?« fragt sie halblaut, »ob Gertrude nicht vielleicht doch recht haben könnte? Ob man mich ernster nehmen würde, wenn ich mir die Haare färben und in Gesundheitslatschen herumlaufen würde? Ist so etwas auf der Erde erforderlich? Und wärst du persönlich bereit, einen solchen Preis zu zahlen?«

»Wovon sprichst du eigentlich?« sagt Kleopatra schlaftrunken.

»Vielleicht würden mich die Leute in einem solchen Aufzug aber auch für eine verbitterte Jungfer halten.« Doch während sie ihren Gedanken freien Lauf läßt, entrücken ihre irdischen Probleme in weite Ferne. Sie werden irreal, verlieren an Bedeutung. Ariadne sucht Kleopatras Nähe.

Sie genießt es, den weichen Frauenkörper auf der einen und Jupiter auf ihrer anderen Seite zu spüren, diese beiden Leiber, so vertraut mit einemmal, so lebendig. Kleos Haut ist warm und strömt einen wunderbaren Duft aus. Sie hat üppige Brüste, die sich im Rhythmus ihres Atems gleichmäßig heben und senken. Eine Woge wohliger Zufriedenheit schwappt über Ariadne zusammen. Eine Ode an das Leben. Sie fühlt sich sehr von Kleopatras sorglos verführerischer Weiblichkeit angezogen.

»Wie geht es dir eigentlich mit Friedrich?«

»Weißt du, wenn ich mit ihm zusammen bin, fühle ich mich wie im Paradies. Ich glaube, ich liebe ihn wirklich.« Verträumt kuschelt sie sich enger an Kleopatra, die ihren Kopf näher an sich zieht. »Als wir letztens miteinander geschlafen haben, war es ganz verrückt. Die Lust hat mich so mitgerissen, daß ich kaum mehr wußte, was ich tat. Ich habe mich auf ihn gesetzt und hatte nur noch den einen Wunsch, daß ich ihn tiefer in mir spüre, immer, immer tiefer. Und manchmal, wenn er meine Klitoris berührt, komme ich so oft, daß ich meine, ich vergehe. Kennst du so etwas auch? Hast du es je erlebt?«

Kleopatra ließ ihre Hand über Ariadnes Körper gleiten und sah ihr tief in die Augen. Mit der anderen Hand zog sie ihren Kopf zu sich hin und berührte ihre Lippen. Einen atemlosen Moment lang küssen sie sich. Zärtlich und voller Spannung.

»Ob ich das kenne, fragst du? Glaub mir, Ariadne, ich habe alles erlebt. Alles! Du hast mich eben nur so daran erinnert, wie sehr ich meinen Toni vermisse. Am schlimmsten ist es immer beim Zubettgehen. Aber sei mir nicht böse, ich kann im Moment nicht darüber sprechen. Es tut zu sehr weh.« Kleopatra streichelt Ariadne sanft übers Haar. »Aber sag lieber, hast du dich schon entschieden, wie deine Beziehung mit Friedrich weitergehen soll?«

Nun«, sagt Ariadne zögernd, »bislang habe ich ihm noch nicht gesagt, wo ich wirklich herkomme und wie es ist hier bei uns. Aber klar ist mir, daß ich den Himmel nicht ganz aufgeben und für immer auf der Erde leben kann. Demzufolge *muß* ich ihm über kurz oder lang reinen Wein einschenken. Und im Grunde wünsche ich es mir ja auch. Ich mag keine Geheimnisse vor ihm haben. Aber was wird geschehen, wenn er die Wahrheit erfährt? Besteht nicht die Gefahr, daß wir uns dadurch voneinander entfremden? Ich meine, du mußt ja zugeben, daß es nicht gerade ein Kinderspiel ist, seinem Liebhaber beizubringen, daß du im Himmel wohnst und dein Hund fliegen kann.«

Darüber muß jetzt selbst Kleopatra lächeln. »Wenn bloß Toni hier wäre ... Der könnte es ihm gut erklären.«

Ariadne und Jupiter wechseln einen komplizenhaften Blick.

Ob Kleo auch nur die geringste Vorstellung davon hat, wie sehr *das* Friedrich erst in Verwunderung versetzen würde?

»Kleo, wo ist Antonius jetzt eigentlich?«

»Das letzte, was ich gehört habe, war, daß er auf Sirius wohnt. Als er sich hier davongemacht hat, hatte er wieder seinen berühmten ›Ich-muß-das-Universum-erobern-sorry-Mädel‹-Ausdruck auf dem Gesicht. Ich wünschte mir wirklich nichts sehnlicher, als daß er hier wäre, aber ich kann's nicht ändern. So ist er nun mal. Und was er so treibt? Bestimmt zieht er mit irgendeinem königlichen Flittchen herum. Und ich ... vermisse ihn so sehr ... Zum Teil haben die Affären, die ich mir so leiste, auch einfach nur den Grund, daß ich nicht allzu sauer sein möchte, wenn er zurückkommt. Leute, die sich zu kurz gekommen fühlen, neigen dazu, aggressiv zu werden, und das möchte ich unbedingt verhindern.«

Ariadne spürt, wie von Herzen traurig Kleopatra ist, nimmt sie ganz behutsam in den Arm und singt ihr ein Schlaflied. *True love never dies.*

Jupiter summt leise mit.

Am nächsten Morgen machen sie sich einen ganzen Berg Blaubeerpfannkuchen und sitzen auf Deck in der Sonne. Kleopatra erzählt Geschichten. Zum Beispiel die von den Tanzbären in Budapest vor langer, langer Zeit. Ihr Freund Gyula hatte sie ihr einmal erzählt. Und auch davon, wie er einmal während des Großen Krieges sein Leben riskierte, und die berühmteste, wertvollste Zigarettensammlung ganz Europas stahl, nur damit er und seine Freunde im Untergrund etwas zu rauchen hatten. Geschichten über Geschichten ...

Nach den Blaubeerpfannkuchen, den Geschichten und ein paar Gläsern Limonade holt Kleopatra einen Stapel druckfrischer Zeitungen aus der Kajüte. Wenig später sagt sie zu Ariadne: »Schau mal, das wird dir Freude machen. Und dir, Jupiter, bestimmt auch.«

Doch Ariadne schaut sie nur zweifelnd an und schüttelt den Kopf.

»Nein, im Ernst. Nur die allerbesten Kritiken.«

»Aber bei *dem* Sonnenschein? An einem so bildschönen Tag?«

»Selber schuld, wenn du die Besprechungen nicht lesen möchtest. Aber hör nur mal diesen einen Abschnitt: ›Ariadne Rites Buch liest sich wie ein großartiges Theaterstück. Tausende von Stimmen vereinigen sich zu einem poetischen Chor, der durch alle Empfindungen und Lebensformen hindurch plötzlich an einen Ort führt, an dem Verstehen und Erleuchtung möglich sind.‹ Oder hier: › .. eine Studie von großer Bedeutung ...‹ Und da: ›Ms. Rites Buch wird für lange Zeit als Meilenstein in der Literatur über menschliches Verhalten gelten ...‹ Was ist denn nun kaputt?«

Kleopatra blickt von der Zeitung hoch. Ariadne springt mit einem Satz aus ihrem Bordstuhl auf. Vor lauter Fröhlichkeit schlägt sie zwei, drei, vier Purzelbäume in der Luft. Stunden um Stunden hat sie das mit Jupiter geübt. Dann setzt sie sich wieder ruhig hin und richtet den Blick in die Weite des himmlischen Südens. Ich muß es Friedrich endlich sagen, denkt sie bei sich.

Kleopatra scheint Gedanken lesen zu können. »Aha ... dachte ich's mir doch: Die Brust ... Sieh mal einer an, was die Liebe so alles fertigbringt. Also, was hast du vor? Warum holst du ihn nicht einfach her? Wenn du ihn erst noch ein bißchen mehr um den Finger wickeln möchtest, kann ich dir vielleicht helfen.«

»Danke. Aber glaubst du wirklich, daß es ihm hier gefallen würde?«

»Im Ernst: Was wirst du tun? Möchtest du ihn heiraten? Oder dir nur eine schöne Zeit mit ihm machen? Ist er sehr an die Erde gebunden? Habt ihr überhaupt schon mal über die Zukunft gesprochen?«

»Noch nie, das habe ich dir doch gestern abend schon gesagt. Und ich wüßte auch gar nicht, um ehrlich zu sein, wie ich es anfangen sollte. Er behauptet zwar, daß er mich liebt ... aber wer weiß, was er unter Liebe versteht? Und wenn er mich wirklich heiraten wollte – wo sollten wir leben?«

Ein maliziöses Lächeln schlich über Kleopatras schöne Lippen. »Komm, wer hier wirklich heiraten will, bist doch du. Ist dir eigentlich völlig egal, was deine feministischen Freundinnen dazu sagen würden? Oder die Stein? *Die* wird dafür bestimmt kein Verständnis haben.«

Ariadne hält sich die Ohren zu. »O Kleo, hör endlich auf. Ich kann es nicht ausstehen, wenn du dich über mich lustig machst. Ja, natürlich mache ich mir darüber auch meine Gedanken. Warum möchte ich eigentlich heiraten, richtig offiziell? Bin ich schon so ein simples Erdenfrauchen geworden? So angepaßt? Beuge ich mich einfach dem gesellschaftlichen Druck? Oder stimmt es vielleicht doch, was ich mir ständig einrede, daß die Ehe eine tiefe spirituelle Bedeutung hat? Wenn man einander vor aller Welt die Liebe erklärt und schwört, daß man sich treu bleiben wird. Oder sind das alles nur Rationalisierungen? Glaub mir, ich weiß es wirklich nicht. Aber irgendwie habe ich das Gefühl, es ist richtig.«

Kleopatra schaut sie reumütig an. »Sicher, ich verstehe dich schon. Zeremonien hab ich auch schon immer für mein Leben gern gehabt. Na, ega. In jedem Fall solltet ihr einen Ball geben. Aber sag mir rechtzeitig Bescheid. Wir suchen dir dann ein richtig scharfes Hochzeitskleid aus.«

Schwimmen mit den Rheintöchtern

Am Nachmittag schlägt Jupiter ein erfrischendes Bad in der Himmlischen Südsee vor. Da Kleopatra es vorzieht, am zweiten Band ihres Buches über Kosmetik zu arbeiten, springen Ariadne und Jupiter allein ins Wasser und schwimmen, bis sie zu einem Felsen kommen, wo sie drei Fische treffen, Delphine, um genau zu sein, die sich als Wellgunde, Floßhilde und Woglinde vorstellen.

Sie bereiten sich auf die Generalprobe von Rheingold vor, die am morgigen Tag stattfinden soll. Eine von ihnen zeigt sich besorgt über ihr Haar – beziehungsweise dessen Fehlen. »Weil nämlich«, stammelt sie, »dieser Wagner geschrieben hat, daß ihnen das Haar den Rücken runterfließt – das heißt, den Rheintöchtern. Dabei hätte er doch wissen müssen, daß man einfach nicht so langes Haar haben kann, wenn man im Wasser lebt.«

»Aber Floßhilde«, versucht Woglinde sie zu trösten, »Hauptsache, du kannst Leidenschaft ausdrücken. Alles andere ist Nebensache. Da brauchst du dir wegen deiner Haare keinen Kopf zu machen.«

»Aber *die* da hat so schöne Haare«, sagt Floßhilde, und schwimmt näher an Ariadne heran.

Die dritte der Schwestern, Wellgunde, deren Sinn nach Höherem steht, fühlt sich von Floßhilde genervt. »Also ich finde es sehr nobel von diesem Wagner, daß er über die Liebe schreibt und daß er den Frauen so heroische Rollen gibt. Ich denke da besonders an Brunhilde in diesem anderen Musical von ihm, wo sie auf einem Schimmel in einen Ring aus Feuer reitet. Und alles nur der Liebe wegen!«

Woglinde unterbricht sie. »Also echt, ne. Ich find' das total macho. Immer müssen wir Frauen für die Liebe sterben. Ist doch echt ätzend. Immer derselbe alte Scheiß. Ich finde, Frauen sollten echt autonom sein. Ich mach' bei der Show nicht wegen diesem Wagner mit, sondern weil ich mich da künstlerisch verwirklichen kann.«

»Was ist denn eigentlich so schlimm daran, wenn man verliebt ist?« fragt Floßhilde. »Ich finde das ziemlich sexy.« Sie taucht kurz unter und fährt fort, als sie wieder hochkommt: »*Du* hast nur was gegen die Liebe, weil du diese miesen Erfahrungen mit deinem Siegnot gemacht hast.«

»Und wie war das mit dir und Walfried? Ich kann mich noch ganz gut erinnern, wie du dir bald die Augen ausgeheult hast vor lauter Liebeskummer.«

Während sich Floßhilde und Woglinde weiter in den nicht vorhandenen Haaren liegen, fragt sich Ariadne, woher sie sich eigentlich das Recht nimmt, selbst so unverschämt glücklich zu sein. Aber kann ich diesem Glück auch trauen? Oder bricht alles wie ein Kartenhaus zusammen, wenn er erst alles von mir weiß?

Ein heftiger Wasserspritzer bringt sie in die Wirklichkeit zurück – wenn man es Wirklichkeit nennen will, im Himmel mit drei sprechenden Delphininnen und einem fliegenden Hund im Wasser zu spielen. Ariadne und Jupiter schwimmen um die Wette zur Yacht zurück. Natürlich gewinnt der Hund. Alles kann er besser und schneller: laufen, fliegen, springen – natürlich auch schwimmen.

Als sie schließlich bei der Yacht angekommen sind, hat Ariadne ihren Entschluß gefaßt: Ihr ganzes Glück will sie mit Friedrich teilen. Als sie an Bord krabbeln, teilt sie gleich Jupiter ihre Entscheidung mit. Was sollte Friedrich im Moment von ihr denken. Sie waren sich so nah gekommen, hatten fast jede Nacht miteinander verbracht, und jetzt?

Kleopatra steht an Deck, ihr Haar flattert im Wind, als Jupiter und Ariadne auftauchen. Sie plappert drauf los, erzählt von ihren Recherchen. »Alles, was recht ist: Es geht tatsächlich immer noch nichts über Eselsmilch für die Körperpflege. Oder hast du die Kaviarmaske mal probiert, die sie da neuerdings auf der Erde haben? Aber du hast bestimmt was gegen tierische Produkte ...«

Doch Ariadne ist vollauf damit beschäftigt, sich zu überlegen, wie sie Friedrich möglichst schonend die ganze Wahrheit beibringen kann. Sie malt sich verschiedene Szenarien aus, als Kleopatra plötzlich sagt: »Du hörst ja gar nicht zu. Jetzt reicht's, du ziehst jetzt ab und holst Friedrich. Wir sehen uns dann, wenn ihr alle wieder da seid.«

Ariadne will protestieren, doch bevor sie auch nur ein Wort hervorbringen kann, werden ihr und Jupiter schon die Augenlider schwer. Dieselbe merkwürdige Müdigkeit, die sie ursprünglich in die Himmlische Südsee befördert hat, beschleicht sie wieder. Kleopatras Zauberkraft transportiert sie beide zusammen über die Wolken, die Meere und die Inseln, bis sie sicher auf der Erde landen, direkt vor Friedrichs Haustür.

Der Aufprall war nicht ganz sanft.

»Au!« schreien beide. »Na, da wären wir also wieder.«

Spannungen im Paradies

Als Ariadne und Jupiter hereinkommen, sieht sich Friedrich ein Fußballspiel an (ja, sogar Konzertpianisten gucken Fußball). Er ist dabei, sich zu betrinken. Er macht sich Sorgen um Ariadne, weiß nicht, wo sie ist. Als er sie hereinkommen sieht, steht er noch nicht einmal auf, um ihr Hallo zu sagen. Er sieht sie nur düster an.

»Liebling, sei nicht böse!« Ariadne geht auf ihn zu und legt ihm die Arme um den Hals. »Ich habe dich ja so vermißt. Wo ich war? Also ... bei einer Freundin ... Wo genau? Also, das war ... in ... am Meer. Wunderbar dort, übrigens. Bin ich nicht schön braun geworden?«

Er scheint keine Meinung dazu zu haben. Er spricht nicht mit ihr. Gibt ihr nicht einmal ein Schön-daß-du-wieder-da-bist-Küßchen. Und dabei ist Ariadne doch mit so viel Optimismus heimgekommen, fest entschlossen, ihm alles über ihr Leben und ihre große Liebe zu ihm zu erzählen.

»Freust du dich denn gar nicht, daß du mich siehst?« fragt sie mit flehendem Blick. Friedrichs Schweigen kommt ihr endlos vor. Schließlich stellt er sein Glas ab und steht auf.

»Hör mal, seit Ewigkeiten hab' ich keine Zeit mehr zum Üben. Ständig bin ich mit dir beschäftigt. Immer ist irgend etwas – irgendeine Fernsehsendung, ein Solidaritätsmeeting, deine Freundinnen, Tiere, was weiß ich. *Irgend was.* Du bist bestimmt die größte Wohltäterin aller Zeiten. Und was ist mit ...? Warum kannst du nicht ein bißchen von der Liebe, die du für die ganze Welt empfindest, auch einmal mir zuwenden? Für mich hast du nie Zeit. Du und Jupiter, ihr beide führt doch ein Doppelleben. Ich weiß doch, da ist was, was du mir nicht erzählst ... – Für wen hältst du dich eigentlich? Glaubst du wirklich, daß du mit allem allein klarkommen kannst? Du hast doch auch keine überirdischen Kräfte.«

»Laß uns lieber in ein Café gehen und dort in Ruhe weitersprechen.«

Auf dem Weg wechselten sie kein Wort miteinander. Sie setzen sich an einen Tisch nahe beim Fenster und geben ihre Bestellung auf. Immer noch kein Wort. Der Ober brachte das Essen. Gerade als Ariadne das Gespräch eröffnen wollte, kam Zippy ins Lokal gestürmt.

»Süße, ich habe dich schon überall gesucht.« Er überschüttet sie mit Vorwürfen, daß sie nicht bereit ist, einen Bestseller aus ihrer Geschichte mit dem Fahrer zu machen. Jetzt hat Friedrich genug. Er steht auf, rückt seinen Stuhl barsch an den Tisch zurück und läßt etwas in seine Cola fallen. »Ich gehe!«

Ariadne ist wie versteinert. Der Ober kommt an ihren Tisch, nimmt Friedrichs Cola und fragt, ob er abräumen solle. Ariadne nickt abwesend. »Ja, das kann weg.« Sie sieht nur, wie Friedrich die Straße hinuntereilt. Er wird bestimmt gleich zurückkommen, hofft sie. Aber er dreht sich nicht um. Sie versucht die Ruhe zu bewahren und ein Häppchen zu essen. Derweil schlägt Zippy vor, sie solle doch ein Buch über ihre Trennung schreiben. Ariadne zahlt und geht so schnell wie möglich zu Friedrich zurück.

Als sie seine Wohnung betritt, empfängt er sie mit der Frage: »Wo ist mein Ring?«

»Was für ein Ring?«

»Mein Ring. Gib ihn mir.«

Ariadne weiß nicht, wovon er redet.

»Ich hab' ihn in die Cola geworfen.«

»Das kann doch nicht sein! Der Ring, den ich dir geschenkt habe? Der Ober hat das Glas abgeräumt.«

Friedrich läßt sich in einen Sessel fallen, den Kopf in die Hände gestützt.

Ariadne kniet sich neben ihn. Er sieht aus, als würden ihm gleich die Tränen kommen. Er greift nach ihrer Hand, und sie bleiben eine Zeitlang Arm in Arm sitzen.

»Das Wichtigste«, sagt Friedrich genau in dem Tonfall, in den Ariadne sich verliebt hatte, »ist, daß wir uns lieben. Das dürfen wir nie vergessen. Alles andere ist unwichtig. Ich habe dich so vermißt, das ist alles. Wir dürfen uns nie wieder trennen.«

»Meinst du das im Ernst, Liebling? Ich liebe dich auch ... so sehr!«

Paradies – für immer

Bei allen überirdischen Kräften ... der Ring war nicht mehr aufzutreiben. Sie riefen in dem Café an. Natürlich, so wurde ihnen dort versichert, erinnere man sich an sie, und natürlich würde man auch nach dem Ring suchen, aber nein, gesehen hätte man ihn noch nicht. Wahrscheinlich wäre er irgendwo inmitten der Abfallberge, mitten unter Kartoffelpüree, Soße und Gottweißwas ... Nein, es wäre nicht erforderlich, daß sie selbst in den Müllkübeln nachsahen ... Aber wenn sie natürlich darauf bestünden ...

Doch was von diesem Abend blieb, war das Versprechen, sich immerdar zu lieben und sich nie zu trennen.

Es war Dezember, sah nach Schnee aus, und in der Wohnung war es deshalb um so gemütlicher. Im Verlaufe eines langen, wunderbaren Wochenendes, während sie das Haus praktisch nicht verließen und ganz in ihre eigene Welt versanken ... da sprachen Friedrich und Ariadne von Heirat.

So oft schon hatte Friedrich von seiner Liebe zu Ariadne gesprochen, von seinem Wunsch, immer mit ihr zusammenzubleiben, doch an diesem besonderen Abend war etwas anders. Sie blickten sich intensiv in die Augen und sagten wie aus einem Munde: »Heißt das etwa, daß wir heiraten wollen?«

Sie standen ganz nahe voreinander, nicht mehr als zwei Handbreit voneinander entfernt. Manchmal kam es ihnen vor, als seien sie in einem ständigen Tanz vereint, in dem sie unablässig umeinander wirbelten, so glücklich waren sie, wenn sie zusammen waren. Friedrich nahm Ariadne bei der Hand.

Am nächsten Morgen wachte Ariadne davon auf, daß Friedrich ziellos und nervös durch die Wohnung streifte. Doch sie war noch so müde, daß sie gleich wieder einschlief.

Als sie Stunden später die Augen aufschlug, saß Friedrich neben ihr auf der Bettkante und schaute sie an. Kaum nahm sie seine Hand, fragte er: »Na und, möchtest du immer noch?«

So schläfrig sie auch war, wußte sie doch sofort, was er meinte. Nur kurz spielte sie mit dem Gedanken, mit ihm zu kokettieren und »Was denn?« zu fragen – in der Hoffnung, er möge ihr noch einmal versichern, wie sehr er sie liebe. Statt dessen sagte sie nur: »Aber sicher, Liebling.«

»Dann ist ja gut«, antwortete er merkwürdig geschäftig und stand auf. Ariadne blieb noch etwas liegen und malte sich aus, wie sie den ganzen Tag ausführlich über ihre Heiratspläne sprechen würden.

Doch das nächste, was sie hörte, waren die Worte: »Hast du schon mal Rubella gehabt?«

»Wovon sprichst du?«

»Ob du schon mal Röteln gehabt hast?«

»Was ist das denn?«

»Eine Art Masern.«

»Nein, das heißt vielleicht doch. Ich meine, als ich klein war, hatte ich irgendwas in der Art. Aber vielleicht war es auch Ziegenpeter. Oder Windpocken. Nein, wenn ich recht überlege, müssen es doch die Masern gewesen sein, denn ich habe gar keine Narben. Aber warum fragst du eigentlich?«

»Sie wollen halt wissen, ob du schon die Röteln gehabt hast.«

»*Wer* will das wissen?«

»Die Leute vom Standesamt auf Rhode Island.«

Sie saß kerzengerade im Bett. »Wollen wir etwa in Rhode Island ...«

»Nun, hier müßten wir zwei Tage warten, und das ist mir zu lange.«

»Soll das heißen, daß du *heute* heiraten willst?«

Friedrich war wie versteinert vor Enttäuschung.

»Liebling, das ist die tollste Idee, die ich je gehört habe.«

Er strahlte. »Ich habe in Rhode Island angerufen, weil Kate dort eine Anwältin kennt, die das Ganze noch beschleunigen kann. Wir können heute nachmittag noch hinfliegen. Nur, dort verlangen sie eben diesen Röteltest. Aber in Connecticut und New Jersey sind die Formalitäten noch umständlicher ...«

Ariadne griff nach ihrem rosa Lieblingsbademantel und setzte sich auf den Bettrand. Jupiter, der Langschläfer, war inzwischen auch aufgewacht. Ariadne konnte es kaum fassen: »Das heißt also, daß du den ganzen Morgen bei den Standesämtern dieses Landes angerufen hast, während ich hier friedlich geschlafen habe?«

»Genau.« Er berichtete ihr in allen Einzelheiten von den verschiedenen Bedingungen, die in den jeweiligen Bundesstaaten gestellt werden. Doch das einzige, woran Ariadne in diesem Moment denken konnte, war, was für ein wunderbarer Mann er doch ist.

Plötzlich kam Friedrich eine Idee. Nicht nur Washington war mit dem Flugzeug leicht zu erreichen, sondern auch Virginia, auf der anderen Seite des Potomac. Also rief er noch in Virginia an. Und tatsächlich, dort waren keinerlei zeitraubende Formalitäten erforderlich. Das war also abgemachte Sache. Fraglich nur, ob sie es auch noch rechtzeitig schaffen würden. Das Bezirksgericht schloß um fünf. Jetzt war Mittag. Wenn sie die Zwei-Uhr-Maschine erwischten, konnten sie um drei in Washington sein, um vier im Bezirksgericht von Virginia.

»Beeil dich bitte, wir haben nur noch eine Dreiviertelstunde bis zum Abflug.« Er gab ihr einen Kuß.

»Was soll ich bloß anziehen?« Der ganze Schrank voll mit den wunderbarsten, feierlichsten Kleidern ... und keine Zeit, das Passende auszusuchen. Sie entschied sich für einen einfachen schwarzen Rock und eine weiße Bluse.

Auf der Straße halten sie ein Taxi an, und obwohl der Fahrer fährt, was das Zeug hält, verpassen sie die Zwei-Uhr-Maschine. Also nehmen sie die um drei. Trotzdem, denken sie, schaffen sie es noch rechtzeitig zum Friedensrichter. Um vier sind sie in Washington, und Friedrich ruft noch vom Flughafen aus beim Bezirksgericht an. Dort beruhigt man ihn: »Machen Sie sich keine Sorgen. Wir warten auf Sie.« Ins nächste Taxi – und nach fünfundzwanzig langen Minuten kommen sie in Alexandria an.

Im Laufschritt stürmen sie in das Gebäude und finden auch gleich die richtige Etage. Am Ende eines schier endlosen Ganges liegt das Büro. Eine ältere Frau empfängt sie. »Hallo, da sind Sie ja. Sie haben doch vom Flughafen aus angerufen? Wenn Sie bitte die Formulare ausfüllen würden.« Glücklicherweise wurden nur wenige Angaben verlangt. Die Frau bat sie, die rechte Hand zu erheben und zu schwören, daß keiner von ihnen bereits verheiratet sei. Die beiden legen den Eid ab, sehen sich an und lächeln.

Nachdem sie die erste Station hinter sich haben, rennen sie die Treppe wieder hinunter und überqueren den Marktplatz, auf der Suche nach dem Büro des Friedensrichters. Es befindet sich in einem kleineren Haus mit einer hübschen Sandsteinfassade und wirkt richtig anheimelnd, gar nicht wie eine Amtsstube. Als sie eintreten, lächeln alle. Man scheint wirklich auf sie gewartet zu haben. Friedrich und Ariadne fühlen sich wie von einem Mäntelchen der Sympathie umfangen, und das Glück, das die beiden ausstrahlen, scheint auch bei den anderen Zufriedenheit auszulösen.

Es geht eine schmale, mit grünem Teppichboden belegte Treppe hinauf in das Amtszimmer der Person, die die Zeremonie vornehmen wird. Es ist ein freundlicher, große Ruhe ausstrahlender Mann von etwa vierzig Jahren. Eine Art besonnener Lebensfreude geht von ihm aus. Er sprach die Formel vor. In seinen Worten war nicht von Gehorsam die Rede. Es waren Worte, die die Schönheit der Liebe priesen, und daß sie immer währen möge, »bis daß der Tod euch scheide.« So sprach der Friedensrichter, und sie sprachen es ihm nach. Dann waren sie Mann und Frau, Frau und Mann.

Neue Probleme und Komplikationen

Außer Kate wußte niemand etwas von der Eheschließung. Wenigstens eine Weile wollten sie sie noch geheimhalten.

Inzwischen begann sich Friedrichs Familie in Deutschland verstärkt für sein Privatleben zu interessieren. Soviel hatten sie selbst von ferne mitbekommen: Seine Beziehung zu Ariadne wurde immer intensiver. Die Fragen der Familie kamen mit immer mehr Nachdruck. Es war kaum zum Aushalten. »*So* eine Frau« ... »Was weißt du denn schon von ihr« ... »Was man so von ihr hört« ... »Dein ganzes Leben wirst du dir verpfuschen ...«

Friedrich hing sehr an seiner Familie, und bisher hatte es auch noch nie nennenswerten Krach gegeben. Aber solche Äußerungen mußte er einfach übelnehmen. Sie kannten Ariadne noch nicht einmal und machten sie schon schlecht. Alles, was sie in den Zeitungen auftreiben konnten, rieben sie ihm unter die Nase. Sie schienen sich Ariadne als moderne Femme fatale vorzustellen.

»Dann heute wieder dieser Artikel«, sagte seine Mutter eines Tages. »Was glaubst du, wie ich mich gefühlt habe. Alle meine Freundinnen sprechen darüber ... Du wirst darin ja auch erwähnt. Und vor ein paar Wochen da hast du mich extra in den Buchladen geschickt, damit ich mir ihren sogenannten Report kaufen soll. Überraschung! Das ist ja vielleicht ein Machwerk! Das tut einem doch weh als Mutter.«

Nicht auszudenken, wenn die Familie von der Hochzeit erfahren würde!

Natürlich schlug genau in dieser Zeit auch die »Power Press« wieder zu. Das Wochenmagazin brachte eine ganzseitige Story unter der Überschrift »Schlechte Woche für Ariadne Rite«, zusammen mit einem Archivbild, auf dem man sie entsprechend schlecht aussehen ließ. Das Ganze erschien wie Hitchcocks Gaslicht-Thriller aus dem viktorianischen England – voller altmodischer Metaphern für die psychologische »Instabilität« von Frauen. Ein Follow-up zu dem Film Gefährliche Liebschaften.

Umgehend meldete sich auch Friedrichs Mutter wieder. »Ich habe gerade diesen Artikel gelesen. Friedrich, du machst wirklich einen Fehler. Diese Frau ist dein Ruin. Wer ist sie eigentlich? Woher kommt sie? Was hat sie vor? Sie wird deine Karriere zerstören. Paß bloß auf – die nutzt dich nur aus.«

»Ach ja? Wie stellst du dir das denn vor?« brüllte Friedrich ungehalten in den Hörer. »Mutter, mach dich nicht lächerlich. Ariadne ist viel berühmter als ich. Man könnte vielleicht eher sagen, daß ich sie ausnutze. Mama, glaub doch, wir sind verliebt. Versuch mich bitte zu verstehen. Ich möchte für immer mit ihr zusammensein.«

Jetzt war seine Mutter wütend. »Du hältst dich vielleicht für erwachsen, Junge, aber du benimmst dich nicht so. Glaub deiner Mutter. Du wirst schon noch merken, daß ich recht habe. Wenn es dann mal nicht zu spät ist. Es kann nicht alles gelogen sein, was in den Zeitungen steht. Das ist nicht aus der Luft gegriffen. Da ist bestimmt etwas dran. Das ist eine Frau mit Vergangenheit. Es wird dir schon noch leidtun.«

»Mama, lern sie doch erst einmal kennen. Gib ihr eine Chance, bitte. Aus den Zeitungen kannst du nicht wissen, wie wundervoll, wie lieb und charmant Ariadne ist. Sie ist schüchtern, außergewöhnlich talentiert und gebildet. Und höflich. Sie ist so ganz anders. So zurückhaltend. Sie lebt nur für Wahrheit und Schönheit. Und auch Jupiter wirst du mögen, ihren besten Freund. Die beiden sind unzertrennlich. Wir drei werden eine wunderbare kleine Familie sein. Komm doch einfach her und besuch uns. Du bist jederzeit herzlich willkommen. Und … Mama, ich *brauche* sie. Wirklich. Versuche das zu akzeptieren, bitte.«

Wie es immer so ist: Ein Artikel zieht andere nach sich. Diesmal war es nicht anders. Dutzende von Reportern meldeten sich auf Ariadnes Anrufbeantworter, weil sie eine billige Geschichte witterten, die nicht viele Recherchen erforderlich machte. Mit den absurdesten, verquersten Fragen wurde sie belästigt.

Die Aktivitäten der Journaille riefen auch Zippy wieder auf den Plan. »Süße, ich hab das alles gelesen. Sprich mit niemandem, Süße. Sag allen, die dich anrufen, sie sollen sich bei mir melden.« Na bitte.

Die letzte Nachricht auf dem Anrufbeantworter lautete: »Miß Rite, ich sehe gerade, daß Sie als Rednerin auf der nächsten Versammlung des Amerikanischen Vereins für Kulturforschung vorgesehen sind. Haben Sie wirklich die Stirn, dort auftreten zu wollen? Ich erbitte Ihren Rückruf unter der Nummer ...«

»Es hört und hört nicht auf«, sagte Ariadne voller Verzweiflung zu Friedrich. »Und dabei wünsche ich mir nichts mehr, als lange Spaziergänge mit dir und Jupiter zu unternehmen. Oder in aller Ruhe Platten zu hören. Am liebsten würde ich mit euch irgendwohin verschwinden, damit ich endlich aufhören kann, mir so viele Gedanken zu machen.«

Da klingelte schon wieder das Telefon. Friedrichs Mutter. »Komm heim, Junge.«

Nun platzte Friedrich der Kragen. »Wenn du mich sehen möchtest, findest du dich bitte in einer Woche hier ein. Zu unserer Hochzeit.«

Ariadne schaute ihn an, völlig verwirrt, aber sehr glücklich.

»Ariadne, mein Liebling, mein himmlisches Mädchen, laß uns kirchlich heiraten. Laß uns ein Riesenfest geben, auf dem wir offiziell bekanntgeben, daß wir verheiratet sind. Alle unsere Freunde laden wir ein.«

Ariadne fand die Idee himmlisch.

Was ist eigentlich eine Hochzeit? fragte sich Jupiter.

Das Solidaritätskomitee schlägt zurück

Als erstes sollte Kate die Neuigkeit erfahren. »Kate! Wir lassen uns kirchlich trauen!«

Wie von der Tarantel gestochen stand Kate von der Schreibmaschine auf. »Aber . . .«

»Ja, stell dir vor. Aber . . . meine Güte! Daß ich mich bloß nicht verzettele. Friedrichs Mutter kommt, und dann muß ich auch noch die Rede vor den Kulturforschern vorbereiten . . .«

»Mach dir keine Sorgen, ich helfe dir schon. Kopf hoch! Du hast schon ganz andere Sachen geschafft. Ich habe übrigens auch eine tolle Nachricht für dich. Vor wenigen Minuten hat Lola Weinstein angerufen und gesagt, daß sie ein Solidaritätskomitee für dich initiiert hat, dem jetzt bereits ganz viele Frauen angehören. Was sagst du dazu?«

Erst einmal gar nichts. Ariadne mußte sich erst einmal hinsetzen. Sie freute sich unbändig und wollte alles ganz genau wissen. Doch bevor Kate Einzelheiten erzählen konnte, klingelte schon wieder das Telefon.

Kate ging ran. Nach längerem Schweigen sagte sie fröhlich: »Danke, ich werde es ihr ausrichten.«

»Was war?«

»Noch einmal Lola. Das Komitee hat erfahren, daß man dich unter Druck setzt, damit du deine Rede vor den Kulturforschern absagst, und nun haben die Frauen endgültig die Nase voll davon, wie dich die Medien behandeln. Sie sagt, man würde dir stellvertretend für die gesamte Frauenbewegung den publizistischen Prozeß machen, aber damit sei jetzt Schluß. Von nun an stehst du nicht mehr allein. Ist das nicht phantastisch? Das Solidaritätskomitee macht unmittelbar vor der Versammlung des Kulturvereins eine Pressekonferenz. Lola bereitet eine Erklärung vor.«

Ariadne war rundum selig.

Doch zwei Tage vor ihrer Rede und eine knappe halbe Woche vor der kirchlichen Hochzeit wurde Ariadne zunehmend nervös. Friedrich und sie hatten alle Hände voll zu tun. Es sollte ein Fest werden, das niemand je vergessen würde. Mit allem Drum und Dran, Livemusik, Champagner in Strömen. An alle ihre Freunde hatten sie per Kurier die Einladungen verschickt.

Und es kam, wie es kommen mußte: Die Presse bekam Wind davon. Die Redakteuerin der Klatschspalte der »Power Press« rief an und zwitscherte mit zuckersüßer Stimme: »Ariadne, Schätzchen, wir haben uns entschlossen, Ihre Hochzeit zu bringen. Ariadne? Freuen Sie sich denn nicht?«

»Was heißt das: meine Hochzeit bringen?«

»Nun, wenn Sie nicht wollen . . .« Womit sie klarstellen wollte, daß Ariadne keineswegs das Recht hätte, auch nur eine Frage zu stellen. Dankbar sollte sie sein, und damit basta.

»Sie haben es erfaßt. Bei meiner Trauung möchte ich keine Journalisten sehen.« Das war ihr so herausgefahren, ohne daß sie recht über die möglichen Konsequenzen nachgedacht hatte.

Zur Versammlung des Amerikanischen Vereins für Kulturforschung sind etwa dreihundert Personen erschienen, um sich die Vorträge anzuhören, die Ariadne und drei andere Frauen halten sollen. Doch zuvor findet die Pressekonferenz des Solidaritätskomitees für Ariadne Rite statt.

Lola verliest als Sprecherin des Komitees eine Erklärung, die von zahlreichen mehr oder weniger prominenten Frauen unterzeichnet war.

»Durch die Angriffe der Medien auf die Autorin des Rite-Reports werden wahnsinnig wichtige Fragen verschleiert, die das Leben und die Gesundheit von Frauen betreffen, besonders die emotionale, psychische, aber auch körperliche Mißhandlung von Frauen. Dies ist eine Tragödie!

An der Notwendigkeit, die verborgene Dynamik in den Beziehungen zwischen Männern und Frauen näher zu erkunden, kann keinerlei Zweifel bestehen. Die Angriffe gegen die Arbeiten von Miß Rite sind eindeutig Bestandteil einer konservativen Rollbackpolitik. Sie richten sich weniger gegen eine einzelne Frau als vielmehr gegen die Rechte *aller* Frauen.«

In der ersten Reihe saßen zwei Reporter, bullige Typen, Marke »erprobter Straßenkämpfer«. Sie räkelten sich in ihren Stühlen und brüllten: »Warum verteidigen Sie die? Für was hält die sich eigentlich?« »Ihr seid doch alles Männerhasserinnen!« »Frustrierte Schnallen allesamt!« »*Meine* Frau ist jedenfalls durchaus zufrieden mit ihrem Leben!«

Doch Lola ließ sich durch diese Zwischenrufe nicht aus der Ruhe bringen. Frei improvisierend fuhr sie fort: »Meine Herren von der Presse, was Sie hier praktizieren, ist Mystifikation der schlimmsten Sorte mit dem Ziel, Ariadne Rite zu diskreditieren. Miß Rite hat lediglich zum Ausdruck gebracht, was andere Frauen genauso denken und empfinden. Offenbar hat ihr Report einen Nerv getroffen. Und zwar bei *Ihnen.* Alles, was sie schreibt, sind Dinge, die andere Frauen auch zum Ausdruck bringen möchten, Dinge, über die andere Frauen auch sprechen wollen. Und wenn überhaupt eine Kritik angebracht ist, dann allenfalls die, daß die Zahlen, die sie präsentiert, noch zu niedrig sind.«

Eine berühmte Hochschullehrerin rief ironisch ins Publikum: »Ich vermute, wenn Freud plötzlich hier auftauchen würde, würden Sie den auch zur Schnecke machen. Dieses ganze Gewäsch über methodische Fragen, das Sie in Ihren Blättern schreiben, dient doch nur dazu, die Leute davon abzuhalten, das Buch zu lesen.« Große Zustimmung unter den Zuschauerinnen und Zuschauern der Pressekonferenz.

Dann wird Ariadne vorgestellt. Sie steht auf, um ihre Rede zu beginnen, wartet aber, bis die Quälgeister von der Presse den Raum verlassen haben. Als sie zu sprechen anhebt, fühlt sie sich gestärkt und voller Selbstvertrauen, weil sie den größten Teil des Publikums auf ihrer Seite weiß und sich sicher sein kann, daß die Menschen wirklich mit Interesse zuhören.

»Seit langer Zeit definieren westliche und andere patriarchale Kulturen die Frauen über Liebe, und das beinhaltet auch die Fürsorge für andere, körperlich und seelisch. Heutzutage jedoch beginnen sich immer mehr Frauen zu fragen, was das eigentlich ist: Liebe. Ob sie tatsächlich bedeutet, sich aufzuopfern, und ob auch Männer bereit sind, für die Liebe Opfer zu bringen. Und dabei haben die Frauen herausgefunden, daß ihre Beziehungen zu Männern in emotionaler Hinsicht nicht gleichberechtigt sind. Sie geben mehr. Deshalb fragen sie sich, völlig zu recht, ob die Liebe auch weiterhin einen so großen Raum in ihrem Leben beanspruchen soll. Andererseits ist heute die überwiegende Mehrheit der Frauen berufstätig. Abgesehen davon, daß sie immer noch bedeutend weniger verdienen als die Mehrzahl der Männer, kommen sie immer häufiger zu dem Ergebnis, daß sie eine Beziehung abbrechen müssen, die nicht auf Gleichberechtigung beruht. Die Frage ist also: Werden die Frauen auch in Zukunft noch glauben, daß sie sich um die Männer kümmern müssen, während die Männer nicht bereit sind, ihnen dieselbe Zuwendung angedeihen zu lassen.«

Als sie ihre Rede beendet hat, gibt es tosenden Applaus.

Ariadne verläßt das Podium, als eine junge Journalistin auf sie zugestürzt kommt. »Hallo, ich bin Laura. Ich möchte gerne einen Bericht über die Versammlung bringen.«

Nach allen ihren Erfahrungen mit der Presse sagt Ariadne nur trocken: »Freut mich.«

Doch ein kleines Wunder geschieht. Als Kate ihr am nächsten Tag die Zeitungen bringt, traut Ariadne ihren Augen kaum. Endlich hat es jemand gewagt! Laura hat einen objektiven Artikel geschrieben, und das Blatt, für das sie arbeitet, hat ihn veröffentlicht!

Ariadnes Himmel auf Erden hängt voller Geigen. Sie ist verliebt, hat Jupiter und Friedrich sowie Freundinnen und Freunde, die sie beschützen. Frauen aus dem ganzen Land stehen hinter ihr. Was will sie mehr?

Die große Hochzeitsfeier

Als Ariadne am Abend vor der kirchlichen Trauung ihre Garderobe überlegt, was sie anziehen soll, schwatzt sie mit Jupiter. »Morgen ist es soweit. Ob ich wirklich den Schleier anlegen soll, was meinst du? Die Haare offen oder hochgesteckt? Und wie findest du diese Pumps? Ach, ich bin richtig aufgeregt ...« In diesem Fall konnte Jupiter ihr auch nicht helfen. Aber er freute sich auf die Fahrt zur Kirche.

Am nächsten Morgen bestiegen Ariadne, Friedrich und Jupiter eine von zwei Apfelschimmeln gezogene hellblaue Kutsche, die Friedrich mit Bedacht ausgesucht hatte. Ariadne war ganz in Weiß und trug einen langen Schleier über dem Haar, das ihr duftig auf die Schultern fiel. Sie sah wunderschön aus.

Da Brautpaare überall auf der Welt eine magische Anziehungskraft auf die Menschen auszuüben scheinen, fanden sich viele Schaulustige am Eingang zur Kirche. Alle Freunde waren gekommen, viele Frauen vom Solidaritätskomitee, natürlich Kate und ihre Leute, Bekannte von Jupiter, Trauben von Menschen.

Doch was Ariadne als erstes ins Auge fällt, ist eine Gruppe schwarz gekleideter Männer und Frauen unmittelbar vor dem Kirchenschiff. Wer ist das denn? überlegt sie. Demonstranten? Verkleidete Presseleute? Vielleicht eine himmlische Abordnung von Gertrude Stein, die gegen die Hochzeit einer Feministin protestieren will? Eine der Schwarzgekleideten trägt eine große Feder kerzengerade ins Hutband gesteckt.

Nein, das darf doch nicht ... Doch. Es ist Friedrichs Mutter. Alle diese Schwarzen sind: Friedrichs Familie.

Ariadne denkt nur noch an den Raben bei Poe. Nevermore, nevermore. Nein, von nichts und niemandem würde sie sich ihre Hochzeit verderben lassen. Nicht von der »Power Press«. Und auch nicht von teutonischen Raben.

Der Hochzeitsmarsch erklingt.

Ariadne und Friedrich stehen Arm in Arm. Sie lächeln voller Glück. Langsam schreiten sie den Gang entlang auf den Altar zu. Jupiter, der den Ring in einem kleinen Säckchen um den Hals trägt, lächelt stolz. Mal was Neues, denkt er bei sich. Mal gucken, was als nächstes passiert.

Nun, das nächste, was passiert, ist, daß *alle* lächeln, *beinahe* alle, daß Ariadne und Friedrich ein paar sehr bewegende Worte wechseln und daß man den Ring aus dem Säckchen nimmt.

Ariadne und Friedrich geben sich einen Kuß. (*Das* ist jedenfalls nichts Neues!) Dann drehen sich alle um, und es geht zum Eingang zurück.

Ariadne wirft den Brautstrauß unter ihre Freundinnen. Doch dann ...

Plötzlich sieht sie vor ihrem inneren Auge einen der Raben auf sich zustürmen. Er fuchtelt bedrohlich mit einem schwarzen Regenschirm in der Luft herum. »Ich fechte die Ehe an!« Gleichzeitig kommt eine Meute von Geiern hinzu. Sie tragen überdimensionale Mikrophone bei sich und schreien gellend: »Wann ist die Scheidung?« Ein Horror. »Ihr seid gar nicht verheiratet!« »Zweiundfünfzig Prozent aller Ehen ...«

Da laufen sie los, so schnell sie können. Ariadne, Friedrich und Jupiter nehmen sich bei der Hand, und da ...

Friedrich, Ariadne und Jupiter fliegen in den Himmel

... hat Ariadne nur noch einen Gedanken: nichts wie in den Himmel. Als der Wind ihren weiten Rock und den Schleier erfaßt, bekommt sie unbändige Lust, auf und davon zu fliegen. Es wäre eine so schöne Abwechslung ... Außerdem gibt es gar keine andere Alternative.

Sie wirft Friedrich einen Seitenblick zu.

»Liebling, nun, da wir verheiratet sind, *richtig* verheiratet ...« Aber sie vollendet ihren Satz nicht.

Jupiter beginnt Purzelbäume zu schlagen, mit immer größerer Erregung. Er weiß schon genau, was geschehen wird. »Meinst du nicht auch, daß es Friedrich dort auch gefallen wird?«

»Ich wußte ja gar nicht, daß Jupiter sprechen kann. Was hast du gesagt, Juppi?« Ein sprechender Hund schien ihm in diesem feierlichen Moment das Natürlichste der Welt.

Ariadne nimmt Friedrich bei der einen Hand, Jupiter mit der anderen, und plötzlich erheben sich alle drei in die Lüfte. Ariadnes schöner Rock und der Schleier flatterten im Flugwind.

Friedrich fehlen die Worte. Er flog. »Warte nur«, rief Ariadne ihm zu, »es wird dir schon gefallen. Und vor allen Dingen: Hab keine Angst.«

Er ist nervös. Auf der Straße, die sie schon weit unter sich gelassen haben, laufen die Menschen zusammen und starren ungläubig in den Himmel. Nur sekundenlang macht ihn die ungewohnte Schwerelosigkeit nervös, dann siegt sein abenteuerliches Wesen, und er lacht aus vollem Halse. »Ich fliege«, ruft er begeistert aus. »Ich fliege. Schaut nur.« Und dann singt er auch wieder: Vo-la-re, genau wie an jenem Abend auf dem Ball in Washington, als Ariadne ihn kennengelernt hatte. Er probiert beim Navigieren verschiedene Armbewegungen aus. Obwohl es nicht guttut, beim Fliegen zu viel zu sprechen, versuchen Ariadne und Jupiter, Friedrich alles zu erklären, aber Erklärungen interessieren schon längst nicht mehr. »Ist doch egal, Hauptsache, es macht Spaß«, sagt er, und alle drei kichern übermütig. Er hatte ja recht.

»Habe ich so etwas ähnliches nicht schon einmal in einem Cocteau-Film gesehen?« fragt er nach einer Weile. »Aber da war, glaub' ich, kein Hund bei.«

»Hätt' dem Film aber gutgetan«, gibt Jupiter zurück.

Gleich darauf setzen sie zur Landung an.

»Friedrich«, sagt Ariadne stolz, »dies ist mein Zuhause. Ich möchte, daß du alles kennenlernst. Ach, Jupiter, wie ich mich freue! Was meinst du: Wo gehen wir zuerst hin?«

»Wollen wir mit den Pinguinen spielen? Oder zu den Bären?« Auch Jupiter ist ganz aufgeregt. »Wir könnten aber auch Fala und Rughetta besuchen.«

»Also, wenn ich auch mal was sagen darf«, warf Friedrich ein, »ich würde gern bei den Bären anfangen.«

Wie sich vielleicht noch nicht überall herumgesprochen hat, verfügen die Bären im Himmel über einen eigenen Spielplatz. Dort gehen sie also hin, und wie es der Zufall so will, ist gerade auch Ursula da, eine Freundin von Jupiter, die nur auf ihn gewartet zu haben scheint, um ihre akrobatischen Talente endlich nicht mehr allein unter Beweis stellen zu müssen. Sie übt gerade Russische Schule – ein Kunststückchen, das sie den Genossen aus dem Moskauer Zirkus vor einiger Zeit abgeschaut hat. Man weiß schon: Man liegt auf dem Rücken und versucht mit den Pfoten einen großen buntgestreiften Ball in der Luft zu balancieren.

Friedrich ist begeistert von der Nummer. Immer noch im Frack sitzt er da, aufmerksam, den Arm um Ariadne gelegt, und überlegt insgeheim, ob er das wohl auch könnte. Ariadne legt ihren Kopf auf seine Schulter und fragt: »Zufrieden? Gefällt's dir? Bevor er noch antworten kann, fährt sie fort: »Ich bin ganz vernarrt in den Himmel. Und außerdem ist heute ein ganz besonderer Abend. Heute findet nämlich das größte Fest des ganzen Jahres statt. Der große Himmlische Cocktailball. Alle Welt wird da sein. Ich stelle dich allen vor. Und der Erlös der Tombola geht übrigens dieses Jahr an die Baseballmannschaft. Für neue Trikots.«

Friedrich mutet das zwar alles etwas merkwürdig an (Baseball im Himmel? Ob es wohl auch Hot dogs und Bier gab?), aber Partys mag er. Und vor allem mag er Ariadne.

Jupiter kommt vorbei, um sich für eine Weile zu verabschieden. »Wir sehen uns dann auf dem Ball. Ich muß jetzt gleich erst mal bei Fala vorbeischauen, ich hab' nämlich für heute abend eine besondere Idee. Also bis gleich.« Und ab war er wie der Blitz.

Ariadne kann es kaum mehr erwarten, Friedrich endlich mit Kleopatra bekannt zu machen. Vor ihrer Tür fragt er verblüfft: »Sag mal, warum sieht ihr Haus denn aus wie ein Raumschiff? Ich dachte, sie ist Ägypterin?«

»Du wirst dich sowieso noch wundern.«

Doch es ist gar nicht Kleopatra, die ihnen die Tür öffnet, sondern Orwell. »George!« ruft Ariadne überrascht aus.

»Hallo, Ariadne. Komm rein. Kleopatra zieht sich gerade um. Wir wollen auf den Ball heute abend. Aber was hast du denn da an? Sieht ja aus wie ein Hochzeitskleid.«

»Ist auch eins. Darf ich vorstellen: George Orwell – mein Mann.«

»Ach, dann sind Sie also die ›Brust‹, wie Kleo immer sagt.« George gibt Friedrich die Hand. Ariadne errötet. Besonders subtil war das nicht gerade. »Na, nun kommt schon rein.«

George bietet Friedrich einen Drink an (das, was er selbst im Glas hat, erinnerte vage an einen Lava-Cocktail). Friedrich fühlt sich schon beinahe wie zu Hause. Ariadne flüstert ihm ins Ohr: »Bin gleich wieder da, gucke nur mal nach Kleo.«

Friedrich setzt sich auf die limettengrüne Plastikcouch im Salon. Orwell und er beginnen gleich über Politik und Geschichte zu diskutieren. Als Orwell erfährt, daß Friedrich über gute Griechisch- und Lateinkenntnisse verfügt, meint er: »Dann sind Sie hier gerade richtig. Sonst gibt es kaum noch einen Ort, wo Sie damit was anfangen können. Heute abend kommt bestimmt eine ganze Menge dieser komischen Käuze. Die sind alle ganz scharf auf Kleopatras Show, obwohl sie es natürlich nie zugeben würden. Und danach quatschen sie erfahrungsgemäß stundenlang über ihre antiquierten Ideen. Hier gibt es einen alten Club. Stellen Sie sich vor, er heißt auch noch Whist-Club. Ich selbst bin nicht Mitglied und wurde auch nie aufgefordert. Als eingetragenes Mitglied kann man da in Socken und ohne Binder rumhängen ...«

Während sich die beiden Männer unterhalten, folgt Ariadne durch das Labyrinth der Gänge einem warmen Duft von Parfümöl. Die Spur führte sie ins Bad. Leise dringt russische Ballettmusik durch die Tür. »Kleo, ich bin's. Ariadne. Darf ich reinkommen?«

»Ariadne! Hätte nicht gedacht, daß du dich an den Ball erinnerst. Schön!«

Ariadne steckt den Kopf durch die Tür. »Hallo, du scheinst es dir ja gutgehen zu lassen.«

»Sicher.« Tu ich auch. Komm rein und setz dich.« Kleopatra sitzt im wohlriechenden Badewasser, neben sich auf dem Badewannenrand ein Glas Limonade und der lavendelfarbene CD-Spieler. Ein Bild himmlischen Friedens. »Was hast du denn da an, Süße? Nicht schlecht. Aber warum der Schleier?«

»Kannst du es denn nicht erraten? Er ist hier. Friedrich ist hier bei mir. Kleo, wir haben geheiratet.«

»Dann hast du ihm also endlich gesagt, daß du vom Himmel gefallen bist. Und hast die Brust geheiratet.« Ariadne setzt sich lächelnd in die blütenweiße Hollywoodschaukel neben der muschelförmigen Badewanne. »Dann wird heute abend ja ordentlich gefeiert.« Kleo warf Ariadne ein Kußhändchen zu. »Aber zieh was anderes an, ja, Süße? Das ist ein netter Fummel, aber kein bißchen sexy. Ich meine, Jungfräulichkeit mag ja eine Zeitlang ganz reizvoll sein, aber ... Was hältst du von einem hautengen schwarzen Body mit einer Winzigkeit von rotem Bolero darüber? Dazu lange Diamantohrringe und eine passende Kette?«

»Wow, hört sich unwiderstehlich an.« Und schon beginnt Ariadne, ihr Hochzeitskleid abzustreifen. »Sag mal, was ist eigentlich zwischen dir und George? Wir klingeln, und er öffnet die Tür ... Wohnt er bei dir? Ist er verliebt in dich? Und du, wie steht's mit dir? Ich hab' so den Eindruck, daß er hin und weg ist von dir.« »Was soll ich sagen. Ja, er ist ein toller Mann. Ich liebe ihn ...«

»Aber Antonius fehlt dir immer noch?«

»Also ... ich habe da etwas herausgefunden ...« Kleopatra wirkt jetzt unglaublich traurig. »Er lebt jetzt wohl als Politiker in den Vereinigten Staaten. Offenbar verheiratet. Und vorher, habe ich gehört, ist er mit irgend so einer Engländerin rumgezogen ... Es geht mir schon ziemlich nahe.« Sie versucht ein Schluchzen zu unterdrücken.

»Nicht weinen, Kleo. Ich kann es gar nicht mitansehen, wie du so traurig bist. Er wird zu dir zurückkommen. Es gibt keine Frau, die so schön ist wie du. Ich bin mir ganz sicher, daß er dich genauso vermißt.«

Kleopatra nickt gequält. »Vielleicht hast du recht. Es ist bestimmt nur eine Frage der Zeit. Wir werden uns wiedersehen. Es ist nicht für immer aus. Ich werde warten. In der Zwischenzeit bin ich sehr gern mit George zusammen, wirklich. In jeder Hinsicht.« Sie hebt den Kopf und lächelt entschieden. »Ich kann jetzt nicht heulen. Ich habe heute abend einen wichtigen Auftritt. Gibst du mir bitte meinen Bademantel?«

»Den silbernen hier? Paßt toll zu deiner braunen Haut. Ja, es geht doch nichts über ein ausgiebiges Sonnenbad auf einer Yacht in der Himmlischen See.«

Während Kleopatra den Bademantel überstreift, sagt sie: »Ich habe richtig viel geprobt für heute abend. Das wird eine irre Show, laß dich überraschen.« Sie atmet tief durch. Ariadne nimmt sie in den Arm.

»Möchtest du, daß ich dich kämme?« Und so setzt sich Kleopatra vor den Spiegel. Ariadne beugt sich zu ihr hinab und küßt sie auf den Kopf, bevor sie nach dem kostbaren Silberkamm aus dem 18. Jahrhundert greift.

Und wenn sie bei dieser Gelegenheit erfährt, ob das berühmte schwarze Haar eine Perücke ist, so wird sie es nie jemandem verraten.

Nachdem Friedrich mit Hilfe einiger vulkanischer Drinks die erste Überraschung überwunden hat, ist er wieder ganz der alte: lustig, charmant, geistreich. Er und George Orwell sind schon wie alte Kumpel. Sie nehmen einen Lava-Lemon nach dem anderen und machen ihre Witze über Politik und die Welt.

Sie bemerken nicht gleich, daß Ariadne und Kleopatra hereinkommen, fertig zum Ausgehen. Friedrich, überwältigt von Kleopatras Anblick, erhebt sich, um sie zu begrüßen. Natürlich erinnert sie sich noch von Washington her an die »Brust«, läßt es sich aber nicht anmerken. Sie lächelt nur huldvoll, als er ihr die in einen violett changierenden Handschuh gehüllte Rechte mit jener unnachahmlichen Eleganz küßt, die nur irdische Europäer beherrschen.

Friedrich fühlt sich immer wohler im Himmel, mehr noch, als er Ariadnes Outfit bemerkt: die engen schwarzen Hosen, die roten Satinhandschuhe, das rotgoldene Haar offen. Er zieht sie an sich ...

»Jetzt nicht!« mahnt Kleopatra. »Wir müssen los. Es ist schon spät.« Kleo und Orwell stehen schon an der Tür.

Ankunft auf dem Himmlischen Cocktailball

Als die vier im Ballsaal eintreffen, tummeln sich dort bereits Hunderte in den verrücktesten Kostümierungen – im Frack, als Sultan verkleidet, einige in der Garderobe des 18. Jahrhunderts, Menschen als Tiere, einige Tiere als Menschen verkleidet. Alle Stilrichtungen sind vertreten, vom Ausgeflipptesten, was das 20. Jahrhundert zu bieten hat, bis zum minoischen Kreta.

Der ganze Saal ist in zierlichem Rokoko dekoriert, wofür die Himmlische Blockbuster Entertainment GmbH verantwortlich zeichnet (das alte MGM-Team gehört geschlossen dem Festkomitee an). Sie hat ganze Arbeit geleistet: An den Wänden hängen antike venezianische Wandleuchter, in denen echte Kerzen brennen, die Deckenlüster sind aus rosa Kristall. Die Tapeten sind im Blau des Nachmittagshimmels gehalten mit kleinen plustrigen weißen Wölkchen, die gemächlich darüber hinwegziehen. Während die Stunden vergehen, verändert sich die Farbe der Wände wie der Abendhimmel bis hin zum satten Samtblau der Nacht. Goldene Sterne mit rhythmisch aufblinkenden kleinen Lämpchen geben dem ganzen Raum etwas von einem Raumschiff im Rokokostil, kurz vor dem Abheben.

Als sich Ariadne und Friedrich, George und Kleopatra unter die Festgäste mischen wollen, hören sie einen Gong. Kleopatra ruft erschrocken aus: »Meine Güte, ich muß mich umziehen! Meine Nummer ist als erste dran, und jetzt wäre ich beinahe zu spät gekommen.«

Die meisten Festgäste warten schon auf den Beginn der Show. Sie sitzen an kleinen Tischen unter gelb-weiß gestreiften Sonnenschirmen und nippen Drinks aus kleinen goldenen »Königin-des-Nils-«Pokalen, ganz stilecht, inclusive Strohhalm mit königlichem Signet, eine Schlange in Gold. Als Kleopatra sich für dieses Logo entschieden hatte, wollte sie damit die Bedeutung der Tiere an ihrem Königshof zum Ausdruck bringen, und die Wichtigkeit, die ihnen ihrer Meinung nach auch heutzutage noch zukommen sollte. Kleopatras Beitrag zur Ökologiebewegung, inspiriert von Jupiter und Fala.

Kleopatras Strandmodenschau

Zu den Klängen einer heiteren Melodie, wie aus den amerikanischen Zeichentrickfilmen der dreißiger Jahre, betreten siebzehn Freundinnen von Kleopatra in winzigen gelben Strandanzügen die Bühne. Alle haben ein strahlendes Lächeln auf den Lippen und in den Händen große gestreifte Strandbälle in Kleopatras Erkennungsfarben: strahlendes Limettengrün, Sonnengelb und Lachsrosa. Jeder Ball stellt einen Stern dar, wie er in der Galaxis seine Bahnen zieht. Die Sonnenstrahlenmädchen treten nacheinander ins Rampenlicht. Jede trägt einen hübschen Zweizeiler über ihren letzten Urlaub in einem der galaktischen Ferienparadiese vor. Dann wird eine andere Platte aufgelegt, Fred Astaire mit einem Song von Cole Porter, und alle siebzehn Mädchen führen einen Steptanz auf.

Bei »Night and Day« schließlich erscheint Kleopatra persönlich, hoch auf der Bühne über den siebzehn Sonnenstrahlen schwebend. Ganz in Gold stellt sie die »güldene Abendsonne« dar. Busby Berkeley war nichts dagegen. Als sie sich, ganz Königin, von ihren Höhen hinabläßt und der gold-umbrafarbene Vorhang fällt, toben die Massen. Alle siebzehn Sonnenstrahlen treten noch einmal auf die Bühne und verbeugen sich artig, während die Zeichentrickfilmmusik noch einmal erklingt.

Während der Beifall noch tost, stehen Ariadne, Friedrich und George auf und eilen hinter die Bühne, um Kleopatra zu der gelungenen Show zu gratulieren. Kleo ist ganz glücklich, hat ihre Sonnenstrahlen um sich geschart und bringt einen Toast aus: »Frauen – Freundinnen für immer«, diesen alten ägyptischen Trinkspruch, den sie so mag. Dann treten alle zusammen wieder in den Ballsaal.

Die Stimmung ist ausgelassen. Die Gäste unterhalten sich angeregt, die Musik geht in die Beine, eine Mischung aus Straußschen Walzern und lateinamerikanischer Salsamusik. Die Lava fließt in Strömen.

Der Programmzettel informiert über die Geschichte des Balls.

Kurze Geschichte des Himmlischen Jahresballes

»Der Himmlische Jahresball kann auf eine lange, glorreiche Tradition zurückblicken. Begründet wurde er von Aurora de Chaumont und ihrem famosen Bruder Lapin II., langjährigen Vorstandsmitgliedern der Himmlischen High-Society.

Ursprünglich handelte es sich um einen Maskenball venezianischen Typs, bei dem alle Gäste Masken trugen, häufig Tiergesichter. Übrigens ging die Idee zu der Choreographie der Bolschoi-Inszenierung von Romeo und Julia aus dem Jahre 1942 ursprünglich auf eine Anregung des vorangegangenen Jahresballes zurück, und auch die meisten Tierszenen aus dem Ballett Dornröschen wurden von den Kostümen auf früherer Bälle inspiriert. Dies sind nur einige Beispiele für den Einfluß, den dieser jährliche Ball auf das Kulturleben hatte.

Unter Aurora und Lapin stand jeder Ball unter einem besonderen Motto: Ball des Meeres, Ball der Könige und Königinnen und so weiter, und die Eintrittskarten für dieses schillernde Ereignis waren sehr begehrt. Langweiler waren nie gern gesehen – obwohl hinzuzufügen wäre, daß selbst traurige Gestalten durch den magischen Zauber dieser wunderbaren Nächte über sich hinauswuchsen.

Auroras beste Freundin, Valentine Dumas, kam einmal als Karussell: An ihrem üppigen Rücken waren Ausschneidefiguren befestigt, die Kühe, ein Pferd, einen Schlitten und dergleichen darstellten, und vor den Bauch hatte sie sich eine Drehorgel geschnallt.

Manchmal fand der Ball zu Beginn der gesellschaftlichen Saison statt, und manchmal beendete er sie, nur das Feuerwerk am Schluß blieb immer gleich.

Vor einigen Jahren (das genaue Datum ist im Nebel der Zeiten untergegangen) wurde der Ball zu einem fixen Termin, den niemand mehr versäumen wollte. Von Jahr zu Jahr wurde er größer und beliebter, und man darf mit Sicherheit davon ausgehen, daß es sich dabei um eine zukunftssichere Einrichtung handelt, die uns auch in den nächsten Ewigkeiten erhalten bleiben wird.«

Es folgt die Nummer des Spendenkontos.

Ariadne und Friedrich tauchen in den tanzenden Massen des Rokoko-Saales unter und fühlen sich unter den Hunderten von exotisch gekleideten Männern und Frauen, die in den Pausen Lava-Cocktails und Champagner trinken und Sojabuletten essen, ausgesprochen wohl. Wenn sie außer Atem sind, belauschen sie Partygespräche. Unter den ehemaligen Erdenbewohnern ist Politik das Thema des Tages. So auch bei zwei früheren Kongreßabgeordneten. An diesem Ort, an dem sie so frei reden können wie seit Jahren nicht mehr, ergehen sie sich in heftigen Diskussionen über die Einschätzung dessen, was »zu Hause« los ist. Ariadne und Friedrich wüßten zu gern die »ganze Wahrheit«, und so hören sie zu . . .

Zwei Demokraten diskutieren, warum es um die Demokratie so schlecht bestellt ist (und wie sehr sie sich einen großen Führer wünschen)

Die beiden Politiker, ehemalige Abgeordnete der demokratischen Partei übrigens, sind noch nicht lange hier. Sie stehen lässig an die Bar gelehnt und palavern über die Situation zu Hause.

»Die Stewardeß auf dem Flug hierher neulich hatte ganz recht: Was soll aus den Staaten werden, wenn sie nicht mal mehr richtige Eiswürfel hinkriegen ... und das, wo wir doch den Kühlschrank *erfunden* haben ...«, sagt einer der beiden. Er trägt einen zerknitterten dunkelblauen Anzug und schaut angewidert und ausgesprochen demoralisiert drein.

»Tja, die Demokratie ist eben verdammt ineffizient«, stimmt der andere (dessen Anzug braun ist), zu. »Wenn man nur einmal daran denkt, wieviel Zeit und Energie Tausende von Menschen im Laufe der Jahre investieren, um einen Wahlkandidaten auf seinen Stuhl zu hieven ... meine Güte! Und wenn er dann endlich auf seinem Posten sitzt, sind ihm bestimmt die Hände ziemlich gebunden ... aber man muß ja sagen: Wenn er nicht dort sitzen würde, wäre es noch schlimmer.«

Der Demokrat in Blau wirkt nervös. »Also, da ist etwas, was ich mich dort unten nie im Leben zu sagen getraut hätte – jedenfalls ... ich muß zugeben, daß sich tief in mir eine Stimme erhebt, die sich einfach danach sehnt, daß alles endlich wieder richtig funktioniert – selbst um den Preis, daß das weniger Demokratie bedeutet. Richtig erleichtert sah er aus, als er sich diesen Brocken von der Seele geredet hat.

Er ist verblüfft, als sein Kumpan beipflichtet: »Ja, ich denke im Grunde auch, das effizienteste Gesellschaftssystem wäre eine milde Sorte von Diktatur.«

Der Demokrat in Blau freut sich, daß er endlich einen Gleichgesinnten gefunden hat. Nach einem Schlückchen Whisky macht er nicht länger eine Mördergrube aus seinem Herzen. »Wie ich mich nach Verhältnissen wie im 19. Jahrhundert sehne... Was muß das für eine wohlorganisierte, zivilisierte Zeit gewesen sein. Ich meine, da kamen schließlich auch die weißen Oberhemden auf. Andererseits: Was wäre, wenn man noch einmal auf die Welt käme und kein Herr wäre?«

Für Friedrich klingt das alles bedenklich nach heimatlichen Biertischgesprächen.

»Vielleicht hatte dieser Oswald Spengler mit seinem Untergang des Abendlandes ja recht«, fuhr der Blaue fort. »Es könnte doch sein, daß sich die Vereinigten Staaten tatsächlich im letzten Stadium des Spielchens von Aufstieg und Fall befinden, vergleichbar dem Römischen Reich...«

»Nicht notwendigerweise«, wirft Ariadne dazwischen. »Gute Kräfte gibt es doch genug. Frauen zum Beispiel. Wenn man ihnen nur eine Chance gäbe, hätten sie durchaus das Zeug, den Geist der ganzen Nation zu erneuern.«

Der Demokrat in Braun zeigt sich interessiert. »Sie wollen damit also sagen, daß die westliche Demokratie zu hermetisch ist – eine Klassen- und Geschlechtergesellschaft –, und daß sie *deshalb* so viele Probleme hat, und nicht, weil die Demokratie als solche zum Scheitern verurteilt ist? Sie fordern also, wenn ich Sie recht verstehe, mehr Demokratie statt weniger?«

Der Blaue: »Vielleicht besteht das Problem auch einfach darin, daß wir unseren Idealismus verloren haben... Vielleicht hat die ganze Nation die Orientierung verloren, als John F. Kennedy, Martin Luther King und Robert Kennedy erschossen wurden – unsere drei großen Liberalen. Wie kann in Amerika so etwas passieren, haben wir uns damals doch alle gefragt. Wir wußten einfach nicht mehr, woran wir noch glauben sollten.«

Wie auf Stichwort kommt Fala herbei, um die Diskussion mit Erkenntnissen aus außergewöhnlich gut unterrichteten Quellen zu bereichern. Daß hierzuhimmel auch die Hunde sprechen, ist den Demokraten in Braun und Blau einen weiteren Whisky wert. Fala beginnt umständlich, von seinen jüngsten Gesprächen mit Roosevelt zu berichten: »Erst neulich hat mir FDR gesagt, wie entsetzt er darüber ist, mitansehen zu müssen, wie der amerikanische Traum den Bach runtergeht. Anderenfalls nämlich würden die Leute ihre Haltung gegenüber der Natur schleunigst ändern, und dann könnte man die ganzen ökologischen Probleme easy in den Griff kriegen. Wer glaubt denn heutzutage noch daran, daß der amerikanische Traum Würde und Freiheit für alle bedeutet? Und Chancengleichheit. Es ist doch eher so, daß die meisten meinen, jeder Amerikaner hätte Anspruch darauf, so viel Geld zu raffen wie irgend möglich – egal, wer oder was dabei draufgeht.

Schon Jefferson hatte ja immer Angst vor dem Ende der Fahnenstange. Wenn die Prosperität an ihre Grenzen stoßen würde, meinte er, könnte das eine Identitätskrise der gesamten Nation nach sich ziehen. Also steckte man die Ziele immer weiter. Nach Westen, in die sogenannte dritte Welt, man beutete die natürlichen Ressourcen aus, was das Zeug hielt. Und gewann Zeit damit. Doch diese gestundete Zeit ist jetzt vorbei. Was nun?«

»Die Frage ist«, denkt Friedrich laut, »ob nicht die Gefahr besteht, daß die Vereinigten Staaten jetzt, da sie fürchten müssen, ihre Rolle als Vormachtstellung in der Welt endgültig zu verlieren, einen Krieg beginnen könnten – wie damals Deutschland nach dem Ersten Weltkrieg, als es auch keine Weltmacht in dem Sinne mehr war. Es scheint da so ein gewisses geistiges Unbehagen zu geben ...«

»Ja, es sieht ganz so aus, als sei die Demokratie tatsächlich ein besonders zerbrechliches Kulturgut«, bemerkt Ariadne.

»Ich möchte noch einmal auf Deutschland zurückkommen«, sagt Friedrich. »In den Dreißigern war kein Land auf der Welt so offen und demokratisch wie Deutschland. Es herrschte Rede- und Meinungsfreiheit, ein starkes, vielfältiges Kultur- und Kunstleben. Und dann, mit einemmal, drehte sich alles um, und es geschahen die barbarischsten, grausamsten Verbrechen.«

»Idealismus ist eben nie von Dauer«, versichert der Demokrat im blauen Anzug. »Keine der größeren freiheitlichen Bewegungen des zwanzigsten Jahrhunderts hat richtig funktioniert – weder die Bürgerrechtsbewegung noch die Arbeiterbewegung, auch die Frauenbewegung nicht. Die mögen das Denken ein wenig beeinflußt haben, aber im großen ganzen ... Ich meine, was hat zum Beispiel die 68er Bewegung bewirkt? Das waren lustige, euphorische Zeiten, aber konkrete Ergebnisse haben sie doch nicht gezeitigt.«

»Da bist du zu pessimistisch. Einiges hat sich schon verändert. Ich denke nur an die Zeiten der Bürgerrechtsbewegung, als Faulkner diesen berühmten Satz formuliert hat, daß Gewalt die Herzen nicht verändern kann, und sich herausstellte, daß er sich getäuscht hatte. Die erzwungene Integration der Schwarzen funktionierte tatsächlich. Und die Beschlüsse der Regierung waren einzig und allein eine Reaktion auf die Massenproteste.« Der Braune steigert sich mehr und mehr in seine Fortschrittsbegeisterung hinein. »Schau doch: Wir haben den Vietnamkrieg beendet. Gewiß spielten dabei auch die militärischen Verluste eine Rolle, aber die Regierung wäre bereit gewesen, die Völker in die Steinzeit zurückzubomben, hätte es die breite Antikriegsbewegung nicht gegeben. Daran sieht man doch: Wir, das Volk, haben schon einen Einfluß. Wir *können* die Verhältnisse ändern.«

»Aber irgendwann ermüden die Menschen, und sie müssen auch wieder zur Arbeit.« Der Blaue bleibt Pessimist. »Und du weißt genauso gut wie ich, daß man aufgrund von schönen Ideen allein nicht wieder gewählt wird, jedenfalls nicht ein ums andere Mal.«

»Oder wollen tanzen?« Typisch Jupiter!

Aimable und seine Combo spielen Ariadnes Lieblingstangos. Wange an Wange mit Jupiter vollführt sie die kompliziertesten Schrittfolgen, während Friedrich und Fala die Demokraten stehenlassen, zur Tanzfläche gehen, dem spektakulären Paar zuschauen und die Melodien mitsummen.

Ein Ober kommt mit einem Tablett frisch gemixter Lava-Cocktails vorbei – einige mit Pfirsich-, andere mit Bananengeschmack. Man nimmt sich, was man mag. Im Schlepptau des Kellners eine Meute von Männern in eleganten Geschäftsanzügen (maßgeschneidert in Savile Row), die sich beeilen, noch einen Cocktail zu ergattern, bevor das Tablett wieder leer ist.

»Warum geht eigentlich der Dollarkurs so in den Keller?«

»Es scheint offenbar jemand daran interessiert zu sein, daß er möglichst niedrig fällt.«

»Und wer ist dieser Jemand?«

»Er heißt, die Russen würden den Markt mit Gold überschwemmen.«

Geschäftsleute in eleganten Anzügen diskutieren über die Investitionen der Zukunft

Es sind Geschäftsleute, denen in erster Linie die Zukunft der Weltfinanzen am Herzen liegt. Von hier aus wollen sie an der Börse weiterspekulieren, allein schon, um »den Anschluß« nicht zu verlieren, wie sich einer von ihnen ausdrückt.

Mit vorgespiegeltem Interesse beugt sich Friedrich einem

von ihnen über die Schulter. »Möchten Sie einen brandheißen Tip? Wenn Sie an das wirklich große Geld wollen, empfehle ich Ihnen dringend, in Damm-Technologien zu investieren. Wenn nämlich die Pole schmelzen, werden alle großen Städte bald überflutet sein ...«

Die Savile-Row-Typen drehen sich wie ein Mann zu Friedrich um. Mit seinen breiten Schultern und dem tadellos geschnittenen Frack made in Earth muß er einer der Ihren sein, trotz seines etwas merkwürdigen Humors.

»Ach, das mit dem Ozonloch«, seufzt einer der elegant Betuchten. »Also, für meine Begriffe geht das viel zu langsam. Ich will *jetzt* Kohle sehen. Im Moment beschäftige ich mich gerade mit der Neuaufteilung der Welt, das heißt, mit der Frage, welche Konzerne im großen Medienkrieg die Weltherrschaft erringen werden.

»Gut, das ist *dein* Business«, sagt einer in Grau, die Hände in den Hosentaschen. »Meines ist es, die Kriege zu verfolgen. Eine Schande übrigens, daß im Wirtschaftsteil der Zeitungen keine Kriegsindizes veröffentlicht werden, wirklich zu und zu ärgerlich! Mein letzter Hit war ein Do-it-yourself-Kriegs-Set (›Alles, was Sie brauchen können, wenn Ihnen die Argumente ausgehen‹). Eine absolut sichere Sache. Vielleicht nicht sonderlich aufregend. Aber todsicher.« Er lächelte zufrieden.

»Darauf würde ich mich an deiner Stelle nicht verlassen, Sergej. Zieh dein Geld da lieber raus. Im 21. Jahrhundert muß man in ganz andere Dinge investieren. Schließlich gab es da diese Revolution 1989. Kriege werden nicht mehr gebraucht. Sind dabei, aus der Mode zu kommen. In Zukunft geht's um economic warfare. Es gibt nur noch wenige gottverlassene Plätzchen, wie den Mittleren Osten oder Südamerika, den Ostblock eventuell noch, wo die Leute Waffen brauchen könne. Und wohin wir Waffen liefern können, ohne uns weh zu tun, versteht sich. Aber mit den neuen Informations- und

Kommunikationstechnologien ist es zum allerersten Male möglich, die Welt zu beherrschen. Jeder, der auch nur über ein bißchen Fingerspitzengefühl verfügt, kann die Massen steuern, wohin er gerade Lust hat. Nicht auszudenken! Eine einzige Weltkultur, ein einziger Standpunkt in allen Fragen. Mit Hilfe ideologischer Gehirnwäsche durch internationales Massenfernsehen können wir Frieden auf Erden schaffen. Jedenfalls an den Orten, an denen sie nicht sowieso schon Krieg haben. Das ist das Investitionsgebiet der Zukunft! Vergiß das Waffengeschäft!«

Ein anderer stimmt begeistert zu: »Absolut korrekt. So ein wunderschönes Bild. Der größte Gesellschaftsverband, den die Welt je gesehen hat. Natürlich herrscht das große Geld. Na und? Davon, daß die Bauern und armen Landarbeiter in Rußland im 19. Jahrhundert unterdrückt wurden, wurde die Kunst und Kultur jener Zeit doch nicht schlechter. Und die Aufklärung war auch nicht darum weniger bedeutend, weil in Frankreich im 18. Jahrhundert so viele Menschen am Existenzminimum lebten. Und wir, die Herrscher des neuen Weltmedienstaates, werden das kommende Jahrhundert subtil und sorgsam managen, im Weltmaßstab. Und die Welt wird davon nur besser. Denkt nur mal: Nie wieder Krieg!«

»Was hat der da gesagt? Daß auf der ganzen Welt nur noch eine Meinung herrschen wird? Und was ist mit denen, die anderer Meinung sind? Und mit den Hunden?« flüstert Fala Friedrich zu.

»Vielleicht gelingt es Ihnen in einigen Jahren, mich für Ihre neuen Investitionsvorschläge zu gewinnen«, meinte Sergej nachdenklich. »Im Moment finde ich es verfrüht. Nein, ich glaube, im Moment halte ich mich noch ein bißchen an die guten alten Araber und ihre Auseinandersetzungen, denn da sitzen die Petrodollars. Die Afrikaner haben ja keine Knete, da macht es überhaupt keinen Sinn, wenn die sich gegenseitig an den Kragen gehen ...«

»Aber«, fragte Friedrich, und diese Frage war nun ganz aufrichtig gemeint, »ist es für die wirtschaftliche Stabilität nicht von entscheidender Bedeutung, daß ein gerechtes, stabiles demokratisches System in der Welt herrscht? Daß die Umwelt geschützt wird, damit das Leben weiterexistieren kann?«

»Und ist es Ihnen persönlich«, schließt sich Ariadne an, die vom Tanzen zurückkommt, »eigentlich völlig gleichgültig, was mit den Unterprivilegierten geschieht, oder mit den ärmeren Nationen?«

Wie naiv. Typisch Gattin. Die Geschäftsleute werfen ihr vernichtende Blicke zu. »Wir sprechen hier über Geldverdienen ... und nicht über blauäugigen Idealismus ...«

»Wer von uns wirklich naiv ist, wird sich noch herausstellen. Nein, gerade der fehlende Idealismus ist es, der den Kollaps des westlichen Systems verursachen wird ... Wenn es seine Probleme nicht bewältigen kann ... Wenn es keinen kreativen Weg findet, Gleichheit, Demokratie und Gerechtigkeit herzustellen, ist sein Niedergang unvermeidlich. Dann ist es auch mit einem stabilen Wirtschaftsklima Essig.«

»Junge Frau, Sie haben sich offenbar noch nicht von dem liberalen Haufen der Spätaufklärer gelöst. Finden Sie sich damit ab: Gleichheit gibt es nicht, das haben wir neulich erst in Rußland gesehen. Demokratie, die Demokratie à la Jefferson, war nichts als ein utopischer Gedankenfurz – pardon! –, der die Welt in Aufruhr versetzt hat, und bis auf den heutigen Tag immer wieder Revolutionen verursacht, Revolutionen, durch die nie etwas besser geworden ist, übrigens. Kein Mensch kann mit der Demokratie leben, das ist einfach unmöglich, jedenfalls nicht mit echter Demokratie.«

»Aber man kann die Hoffnungen der Leute nicht einfach beschneiden ...«

»Dafür bekommen sie Waren in Hülle und Fülle und in der Glotze hübsche Geschichten. Generationen wird es dauern, wenn überhaupt, bis sie merken, daß sie in eine gottserbärmliche, seelenlose Konformität hineingedrängt worden sind. Doch davon mal ganz abgesehen, macht es den Menschen schließlich auch Freude, uns all die bunten Waren abzukaufen. Vielleicht bekommen sie es überhaupt nie mit ...«

»Seid ihr euch da so sicher? Bedenkt das Wiederaufleben des religiösen Fundamentalismus überall in der Welt, von Moskau über Polen bis zum Iran und sogar in den Vereinigten Staaten. Selbst in Frankreich. Drückt sich darin nicht eine Suche nach neuen Werten aus? Nicht, daß mir diese Werte sonderlich behagen würden, aber ...«

»Ihr Jungen seid immer Idealisten«, flicht ein anderer ein. »Ich war es früher auch. Zum Beispiel: Mein Sohn – für meinen Geschmack etwas zu radikal, aber das ist eine andere Geschichte – sprach in der letzten Zeit viel über El Salvador. Er behauptet immer, daß die offiziellen Medien nur berichteten, was der Regierung genehm war, und daß sie behaupteten, die Wahlen hätten *bewiesen,* daß die Demokratie in El Salvador Einzug gehalten hätte. Was sie aber vernachlässigten, sei, daß die Menschen dort *gezwungen* waren zu wählen, um einen Stempel in ihren Ausweis zu kriegen. Und dann gab es nur einen Kandidaten. Die ganze sogenannte Wahl war eine Farce, meint mein Sohn. Aber es wurde in vollem Ernst darüber berichtet, und so sah es aus, als hätte das Pentagon in Mittelamerika eine neue Demokratie errichtet. Gut, ich stehe dem Ganzen etwas ambivalent gegenüber ... Aber sei's drum, mit dem Niedergang des Kommunismus hat sich der Westen nebst seinen Medien schließlich doch behaupten können. Warum sollte ich mir also den Kopf zerbrechen. Warum sollte ich die Medien also nicht unterstützen und mein Geld reinstecken?«

Ein anderer Geschäftsmann dreht sich geringschätzig ab und wendet sich an Friedrich »Ich mache in Gold. Als schweizerischer Banker – und wir Schweizer haben uns schon immer auf globale Politik verstanden, deshalb machen wir uns auch auf dem Markt so gut –, kenne ich natürlich das wahrscheinlichste Zukunftsszenario. Aber das ist ein weites Feld ... In einem Punkt hat sie allerdings recht«, und er deutet auf Ariadne, »als *moralische Idee* hatte der Kommunismus tatsächlich die Chance, die Welt zu erobern. Aber nachdem er, glücklicherweise, möchte ich hinzufügen, gescheitert ist, sind der Konsumismus und der wirtschaftliche Geist der Vereinigten Staaten zwangsläufig zu Symbolen für das, was die Menschen wirklich wollen, avanciert. Idealismus hat sie in die Armut getrieben. Die haben die Schnauze voll von Idealismus. Und amüsant war der auch nicht gerade.«

Das Wort »Schnauze« nahm Jupiter zum Anlaß, sich kurz zu verabschieden. Er und Fala mußten die letzten Vorbereitungen für ihre große Überraschung treffen.

Der Mann mit dem Zukunftsszenario spricht weiter, während er sich insgeheim an der sympathischen kleinen Familie erfreut – ein junges Paar und sein Hund, wie hübsch. »Also, wie schon gesagt, die weltweiten Tendenzen sind tatsächlich von großer Bedeutung. Als ich mich 1989 verzogen habe – pardon! – hatte der Kapitalismus gerade die Schlacht des Jahrhunderts gegen den Kommunismus gewonnen ...«

Friedrich unterbrach ihn: »Und was, wenn Ariadne in mehr als einer Hinsicht recht hätte? Wenn West- oder auch Osteuropa eine ganz neue Philosophie hervorbringen würden? Keine materialistische oder kommunistische, sondern ein System, in dem sich Gewinn auf geistige und spirituelle Fortschritte beziehen würde?«

»Das sind alles eitle Illusionen, junger Freund«, sagt der mit dem Gold. »Die Zukunft jedoch wird eminent *praktisch* orientiert sein. Zwei Jahrhunderte Utopismus liegen *hinter* uns. Das Experiment ist gescheitert, damit müssen Sie sich abfinden. Die armen Nationen haben ...«

Mit gewichtigen Schritten kommt von weitem Elisabeth I. von England angerauscht. Sie hat verblüffende Ähnlichkeit mit Bette Davis. »Warum kann eigentlich von 1993 an nicht die Europäische Gemeinschaft die Rolle der vorherrschenden Macht in der Welt spielen? Wie sagte doch Madame Thatcher so richtig: Die EG wird über 350 Millionen Einwohner haben. Stellen Sie sich das nur mal vor: 350 Millionen! Und da sollten wir es nicht mit den USA und anderen Staaten aufnehmen können?«

»Mit allem Respekt, Majestät«, sagt Friedrich und verbeugt sich formvollendet vor Elisabeth, »früher waren Großbritannien, Frankreich, die Vereinigten Staaten und Japan die großen Nationen der Welt. Heute sind es aber in Wirklichkeit IBM, Sony, Mercedes Benz, Bertelsmann und die anderen internationalen Konzerne.«

In der Hosentasche eines dunkelblauen Geschäftsanzuges klingelt es. Funktelefon von der Erde. Neue Megageschäfte kündigen sich an.

Bald sind sie alle so happy, daß sie auf die Bühne springen und ein Liedchen anstimmen.

Sie singen schunkelnd:

»Wir jubeln laut, wir jubeln hell,
Profite hoch, Reklame grell.
Das Geld ist heiß, die Welt ist rund,
Die Welt ist herrlich kunterbunt.

Kommt nur zu uns, wir werden's richten,
Fragt nicht viel nach, tut eure Pflichten.
Ihr seid beglückt, ihr kauft die Ware,
Was woll'n wir mehr, das ist das Wahre.

Legt euer Los in unsre Hände,
Wir melden uns am Monatsende.
Wir kaufen ein für wenig Geld,
Versprechen Glanz und große Welt.«

Und jetzt alle:

»Wir sind die lieben Multis,
Zu euch ganz wie die Muttis,
Und wenn ihr das nicht glauben wollt,
Dann seid ihr schließlich selber schuld.«

Konfettiregen. Das Publikum applaudiert wie im Delirium. Die Geschäftsleute verschwinden in einer Wolke dicken Zigarrenrauchs.

Berühmte Damen diskutieren, was die Frauen schon alles erreicht haben

Nach so viel geballter Männlichkeit fühlt sich Ariadne zu einem Kreis berühmter Frauen hingezogen, der nahe bei den Damentoiletten eine hitzige Debatte führt. Gerade spricht die Geliebte Adolf Hitlers, Eva Braun: »Wenn sich die Frauen unterdrücken lassen, sind sie selbst schuld ...«

» ... wie wohl auch die Juden selbst daran schuld waren, daß sie in die Gaskammern kamen«, fährt ihr Simone de Beauvoir über den Mund. »Wie absurd!«

Mit äußerster Verachtung ergänzte Hannah Arendt: »Genau, wie auch einige Juden nervös wurden, wenn andere von ihnen den Mund aufgemacht haben. Dann hieß es: ›Seid lieber ruhig, es geht uns doch noch ganz gut. Bloß keine Unruhe stiften. Und nur kein Wort gegen die Ghettos.‹ Manche Frauen machen es genauso. Angst ist es, was die Frauen ruhig hält. Und nicht, daß sie ihre Situation nicht begreifen würden.«

Gertrude Stein: »Eva, du bist, genau wie alle anderen Frauen, die sich mit Männern einlassen, eine Apologetin des Systems.« »Und wie ist das mit mir?« fragt Margaret Mead konsterniert. »Schließlich hatte ich jede Menge Liebhaber und Ehemänner.«

Die Stein stichelt weiter. »Du hättest ruhig auf die Universität gehen können«, zischelt sie Eva Braun an. »Dein Adolf wäre bestimmt dafür aufgekommen.«

Dorothy Parker steht am Rande und macht sich Notizen für einen Artikel. Im Grunde findet sie die ganze Debatte zum Brüllen komisch.

»Jetzt geht euch mal nicht gegenseitig an die Gurgel. Sehen wir lieber zu, wie wir den Frauen auf der Erde helfen können.« Eleanor Roosevelt war schon immer eine intelligente Person. »Fällt euch denn nicht auf, daß die ›Familie‹ in den Staaten gegenwärtig als Mittel der Politik eingesetzt wird? Frauen stehen mehr denn je unter Druck. In diesem neuen Klima muß man entweder für oder gegen die Familie sein – und wehe, man ist dagegen. Diese Frage ist neuerdings wieder irgendwie zum Prüfstein geworden. Wie in den Fünfzigern die Frage: ›Sind Sie oder waren Sie jemals Mitglied der Kommunistischen Partei‹?«

»Genau.« Ariadne lächelt grüßend in die Runde. »Die Frauen stellen zunehmend ihre Loyalität gegenüber der patriarchalischen Familie in Frage. Das ist eine neue Entwicklung, eine große Kulturrevolution, die von der Politik völlig übersehen wird. Die Frauen auf der Erde haben mir in den vielen Gesprächen, die ich mit ihnen geführt habe, immer wieder versichert, daß sie trotz allem lieben und geliebt werden wollen. Aber sie widersetzen sich einer Liebe, die sie zur Unterordnung zwingt. Gleichheit und Souveränität wollen sie, aber keine ›Liebe‹, die sie innerlich auslaugt, und auch keine Liebe, die sich über kurz oder lang als schmerzhaft und gewalttätig herausstellt.

Statistisch gesehen verbringen Frauen die Hälfte ihres Lebens allein. Die Zeit vor der Hochzeit, die nach der Scheidung und das Alter. Und trotzdem stehen sie immer noch unter dem Diktat einer vorgeblichen Normalität: ›Eine normale Frau *ist* verheiratet‹, ›Wie kommt es, daß so ein hübsches

Mädchen noch allein ist?‹ Und da frage ich mich doch, weshalb alles ›unnormal‹ sein sollte, was keine ›gute Ehe‹ ist. Ich sag' das nicht gerne, aber ich glaube, daß die Familie als Instrument der sozialen Kontrolle benutzt wird, um den Frauen einzutrichtern, daß sie sich anpassen müssen oder daß sie andernfalls ausgegrenzt werden.«

»Hitler propagierte auch, daß die primäre Funktion der Frauen darin bestünde, ihren Männern dienstbar zu sein und Kinder zu bekommen«, bestätigt Hannah Arendt. »Die Familie stützen! Es kommt doch immer wieder auf dasselbe heraus: Ein totalitäres Denken treibt die Frauen immer wieder in den Haushalt zurück – oder versucht es jedenfalls.«

»In der Kultur ist es auch nicht viel anders. Ich sage nur: Filmindustrie«, deutet Carole Lombard an. »Habt ihr Fatal Attraction gesehen? Reinstes Mittelalter. Die Hauptfigur kam mir wie eine mittelalterliche Hexe vor, die auf den Scheiterhaufen muß, weil sie angeblich versucht hat, in eine Familie einzubrechen. Wenn das nicht Propaganda ist! Zu meiner Zeit gab es so was nicht im Kino ... Da hätten wir gar nicht mitgespielt.« »Genau!« meint Simone de Beauvoir. »Bei der gegenwärtigen Glorifizierung der traditionellen Kleinfamilie handelt es sich um eine Art Gegenreformation, die sich gegen alles richtet, wofür die sechziger und siebziger Jahre standen: das Recht des Menschen, sein Leben selbst zu bestimmen, sich für oder gegen eine bestimmte Lebensform zu entscheiden, gegen jegliche Experimente ...«

»Heute werden die Siebziger ja gern als das Jahrzehnt des Egoismus hingestellt«, sagt Ariadne, »aber genau betrachtet, stimmt das natürlich gar nicht: Es war das Jahrzehnt der Frauen. Deren Errungenschaften versucht man heute wieder rückgängig zu machen. Die Bezeichnung ›Gegenreformation‹ – beschreibt das recht gut.«

»In den Sechzigern und Siebzigern konnte man die Familie und auch die geschlechtsspezifische Arbeitsteilung ohne weiteres kritisieren.« Rhythmisch klopft Margaret Mead mit ihrem Stock auf den Boden, um ihren Worten Nachdruck zu verleihen, »aber jetzt scheint man in einer solchen Kritik gleich einen Generalangriff auf die Grundfesten der Nation zu sehen. Frauen, die sich heutzutage weigern, sich für ihre Familie aufzuopfern, gelten plötzlich wieder als egoistisch. Dabei sind die meisten von ihnen ohnehin berufstätig, das heißt, sie haben im Grunde zwei Arbeitsplätze.«

»Ich war ja wohl als letzte von euch unten und verfüge demzufolge über die aktuellsten Informationen«, sagte Ariadne. »Das, was die Frauen gegenwärtig fordern, ist nicht mehr und nicht weniger als die Demokratisierung der Familie. Sie wollen Gleichberechtigung und emotionale Beziehungen zu ihren Männern, die auf Gleichheit beruhen. Sie stecken außerordentlich viel Kraft in ihre Paarbeziehung, sind aber nicht mehr bereit zu akzeptieren, daß sie als Menschen zweiter Klasse behandelt werden.«

Beschwingten Schrittes kam jetzt Amelia Earhart hinzu, besonders chic mit ihrer rassigen Fliegerausrüstung. »Also, Mädels, so wie ich das sehe, verfügen die Frauen heute über ganz schöne Power – nur Macht haben sie keine.« »Bist du deshalb auf Nimmerwiedersehen verschwunden?« fragte Ariadne. Doch ein Tanzpaar wirbelt durch die Frauengruppe, und sie löst sich auf, ohne daß Ariadne die Antwort erfährt. Von weitem entdeckt sie Friedrich, an eine Säule gelehnt. Immer wieder könnte ich mich in ihn verlieben, denkt sie, wie sie ihn so stehen sieht. Sie geht auf ihn zu. »Stell dir vor, wen ich alles getroffen habe . . .«

Sie blicken sich in die Augen. Wie auf Verabredung nehmen sie sich bei den Händen und suchen ein ungestörtes Eckchen. Sie treten auf einen Balkon heraus, nehmen sich in den Arm. Sofort spürt Ariadne seine Erregung. Sie drückt sich an ihn. »Halt mich, ganz fest.« Sie spürt, wie sich ihr ganzer Körper öffnet, wie ihre Anspannung nachläßt und sie nur noch

Verlangen atmet. Sie knöpft ihm die Hose auf, berührt ihn. Sie spürt seine kräftigen Hüften. Die beiden versinken in Lust.

Jupiters »phantastischer Zirkus«

Als sie in den Ballsaal treten, ist er fast leer. Die meisten Festgäste haben sich bereits wieder in den Theatersaal begeben und warten voller Ungeduld auf den Beginn der Vorstellung von Jupiters phantastischem Zirkus. »Das war also seine große Überraschung«, sagt Ariadne, als sie sich setzen und im Programmheft nachsehen. Glücklicherweise hatte Kleopatra ihnen gute Plätze in der zweiten Reihe freigehalten.

Die Lichter gehen aus. Der ganze Bühnenraum wird von einer lachsrosa phosphorisierenden Muschel eingenommen, in derem Inneren sich ein türkisfarbener Samtvorhang befindet. Sowie erwartungsvolle Ruhe im Publikum einkehrt, öffnet sich der Vorhang und gibt den Blick auf eine geheimnisvoll mitternachtblaue Landschaft frei, illuminiert nur von funkelnden Sternen.

Unmittelbar vor Beginn der Vorstellung tritt ein großer weißer Perserkater in den Zuschauerraum. Er trägt die weinrote Uniform eines Hotelpagen, das Käppi keck auf dem Kopf, und in der einen Pfote eine Klingel, in der anderen ein zierlich gearbeitetes Messingschild, das er dem Publikum zuwendet. Auf der Tafel stehen die Worte: »Ariadne, zum Schwan bitte.« Ariadne beachtet ihn nicht.

Während die Musik von »Boutique Fantastique« anhebt, treten Menschen und Tiere auf die Bühne. Zuerst die Clowns. Sie tragen ein großes, in glänzendes rotes Stanniolpapier eingewickeltes Osterei auf die Bühne. Ihnen folgen einige Küken und kleine Entchen. Der Kükentanz beginnt. Vier kleine Hühnchen, fein säuberlich in einer Reihe, werfen die Beine. Die Lämpchen, die an ihren Köpfen und Fußgelenken befestigt sind, blinken im Rhythmus der Musik. Auf jeder Seite der Bühne steht ein altehrwürdiges Pferd. Beide halten ein dunkelblaues Banner mit der Aufschrift »Zirkus« in eleganten Lettern daraufgestickt.

Als nächstes sind die Braunbären dran. In allen Größen kommen sie zur Melodie von »Babes in Toyland« auf die Bühne gewalzt. In der Mitte der Bühne legen sie sich auf den Rücken und balancieren mächtige gelbe Eier auf den Pfoten. Derweil tragen andere einen großen Osterkorb ins Rampenlicht. Darin befindet sich wiederum ein Ei, scharlachrot schimmernd. Trommelwirbel. Das Ei platzt auf. Heraus kommen drei weiße Babypandas auf einem Kinderroller.

Die nächste Nummer. Die Bühne wird in tiefstes Blau getaucht. Während majestätische weiße Vögel herbeifliegen, stellen sich im Hintergrund mysteriöse Gestalten mit Tiermasken auf. Sie bilden einen Halbkreis. Ganz allmählich wird das Licht scharlachrot. Jetzt sieht die Bühne wie eine geheimnisvolle Grotte aus. Kleine Votivlichter flackern, während eine populäre italienische Version des Ave Maria ertönt. Das Publikum stimmt die Melodie an. Zum Finale trägt Rughetta einen lichterglänzenden Kandelaber in der Form eines Sterns auf die Bühne. Ein Tribut an alle Tiere des Universums. Der Vorhang fällt. Beifall.

Die Darsteller kommen noch einmal auf die Bühne. Eine letzte Nummer. Alle sind sie mit dabei. Jupiter und Rughetta, Fala und Rhea Silvia, alle Braunbären, die Hühnchen, Entchen und sogar die beiden altehrwürdigen Pferde mit ihrem »Zirkus«-Banner. Sie sind ein lebendes Bild: das symbolische Wappen der alten Zeiten, in denen Tier und Mensch noch gleichberechtigt und friedlich zusammenlebten wie Bruder und Schwester.

Kleopatra, die im Parkett neben Friedrich sitzt, kämpft mit Tränen der Rührung. Sie erklärt ihrem Sitznachbarn: »Auf meinem Thron habe ich mich auch immer mit Tieren umgeben. Das Vermächtnis aus prähistorischen Zeiten lautete, man möge sich von Tieren begleiten und beschützen lassen. Wir haben die Tiere ebenso verehrt wie sie uns. Deshalb sieht man auf königlichen Wappen den Herrscher oder die Herrscherin immer von zwei Tieren flankiert, auf jeder Seite des Throns eines. Das ist bis heute so.«

Die Zugabe wird von tosendem Applaus begleitet. Die Zuschauer wollen nicht akzeptieren, daß die Show schon zu Ende sein soll. Deshalb wiederholen sie die Szene wieder und wieder. Das Wappen wird immer größer. Dabei verändert sich das Licht. Von Magentarot über Gelb bis Violett ...

Hand in Hand gehen Ariadne und Friedrich in den Ballsaal zurück. Sie sind tief beeindruckt von der Vorstellung.

Während die Mitternachtssuppe gereicht wird und sich alle am Büfett anstellen, kommt der Perserkater in den Saal. Seine Miene drückt Ungeduld aus. Ärger gar. Seine Klingel ist nicht zu überhören. Auf dem Messingschild stehen die Worte: »Ms. Rite! Jetzt aber endlich zum Schwan!«

»Liebes«, sagt Ariadne zu Friedrich. »Sei nicht böse, aber ich glaube, ich muß mich mal darum kümmern. Bin bestimmt gleich wieder da.«

Mysteriöse Reise zum Äusseren Himmel

Ariadne verläßt das Haus. Vor dem Gebäude, in dem der Himmlische Cocktailball stattfindet, hört sie Flügelschlagen. Ein wunderschöner weißer Vogel kommt auf sie zu. Ein Schwan. Er landet unmittelbar vor Ariadnes Füßen und bietet sich an, sie zur Furt zu bringen. Als sie ihn fragend anblickt, erläutert er, um Mitternacht fände im Äußeren Himmel eine Zeremonie der Frauen zu Ehren der untergegangenen Matriarchate statt. Anschließend freie Aussprache über die Zukunft. Jeanne d'Arc würde dasein sowie die vergessenen prähistorischen Göttinnen. Spontan bedankt sich Ariadne für die Einladung.

Der Schwan führt sie durch geheime Gänge, in tiefen Nebel getaucht. Im Halbdunkel übermittelt er ihr eine weitere Botschaft: »Es gibt zwei parallele Welten. In ihnen ist alle Schönheit beheimatet. Du mußt sie nur sehen, damit sie Wirklichkeit werden. Zeit ist nur eine Illusion.« Als Ariadne ihn bitten will, dieses Rätsel zu entschlüsseln, verabschiedet sich der Schwan. Sie bleibt sich am Fernen Strand selbst überlassen.

Weltgeschichte vor dem Patriarchat

Doch sie wird bereits von der Göttin Athene erwartet, die sie bei der Hand nimmt und auf einen dichtbelaubten Pfad führt. Alsbald kommen sie zu einer im Unterholz verborgenen Tür. Auf ein Zeichen hin wird die Tür geöffnet, und die beiden treten in ein offenes Proszenium. Um eine kleine, kreisrunde Bühne sind zahlreiche Frauen versammelt.

Ariadne ist von der Haltung und Würde der Frauen beeindruckt, von ihrer Vornehmheit und der Klarheit ihres Blikkes, der von keinen Hemmungen getrübt wird. Diese Frauen haben keinen Zweifel an ihrer Daseinsberechtigung. Den Druck, amüsant oder dekorativ sein zu müssen, der die Gesichter so vieler Frauen im 20. Jahrhundert zeichnet, wie Ariadne beobachtet hat, kennen sie nicht. Diese Frauen müssen sich nicht beweisen, weder durch Mutterschaft noch durch Attraktivität. Sie sind schön, denkt Ariadne. Aber nicht »hübsch«, »niedlich« oder gar »süß«, wie sie es von der Erde her kennt. Sie bemerkt auch die Schönheit des Alters, der Erfahrung.

Die Kleidung der Frauen ist schlicht. Von uralter Machart. Die Embleme, die sie tragen, stellen Blumen, Wild, Hunde und Bären dar.

In der Mitte der Bühne steht die Himmelsgöttin Hathor. Sie spricht die Worte: »Viele der wunderbarsten Dinge der menschlichen Vergangenheit sind aus dem kollektiven Gedächtnis ausgelöscht. Um ihrer zu gedenken, treffen wir uns einmal im Jahr an dieser Stelle. Während Jahrtausenden gab es wahrhaft große Gesellschaften, die dem Vergessen anheimgefallen sind. Ihr einziger Fehler war, daß sie sich haben besiegen lassen. Die hierarchischen Gesellschaften, die an ihre Stelle traten, wären nicht unvermeidlich gewesen. Aber nachdem sie sich einmal etabliert hatten, wurde ihr Fortbestand durch Aggressivität gesichert. Diese Gesellschaften beherrschen die Erde bis zum heutigen Tag.«

Zwei Frauen in langen Röcken, von der Taille aufwärts unbekleidet und mit wunderbarem Schmuck, treten zu Hathor auf die Bühne. Es sind Diktynna und Kallisto. Zusammen stellen sie sich vor: »Wir waren Priesterinnen im alten Europa.«

»Ich bin Diktynna«, spricht eine von ihnen allein weiter. Ariadne bemerkt ihre schmale Taille. »Unsere Kultur ist alt, sehr alt. Sie geht weit hinter die alten Griechen zurück. Dreitausend Jahre lang hatte unsere Kultur Bestand, vom siebten bis vierten Jahrtausend vor der gegenwärtigen Zeitrechnung. Unsere Kultur war friedlich und harmonisch. Wir legten die Wurzeln der griechischen Zivilisation. Über sie gingen viele unserer Mythen in die Kultur der modernen westlichen Welt ein.«

Erklärend flüstert Athene Ariadne ins Ohr: »In der Gesellschaft des alten Europa wurden Göttinnen angebetet, die Schöpfung, die Gebärfähigkeit der Frauen. Diese Religion blickte auf eine zweitausend Jahre alte Tradition zurück und war von den russischen Steppen bis hin zu den griechischen Inseln verbreitet.«

Diktynna sprach weiter: »Zum Teil waren die Gesellschaften des alten Europa matrilinear. Sie brachten die Landwirtschaft hervor. Durch Kreuzung verschiedener Gräser kultivierten wir den Weizen. Dadurch wurden die ersten festen Ansiedelungen möglich, die ersten Städte.

Doch diese Blütezeit fand ein abruptes Ende, als unsere Kultur überrollt wurde. Wir waren friedlich. Unsere Städte hatten keine Verteidigungswälle. Anders die Gruppierungen, von denen wir besiegt wurden, die Indoeuropäer der östlichen Steppen. Deren Zivilisation war autoritär, hierarchisch organisiert, mobil und kriegsorientiert. Sie machten sich schließlich in ganz Europa und dem mittleren Osten breit. Wir konnten uns noch eine Weile im äußersten Süden und Westen Europas halten.

In drei Wellen kamen die indoeuropäischen Invasoren über uns.

Von 4500 bis 2500 vor Christus kamen sie von jenseits der russischen Steppen nach Westen. Während dieser Periode wurden die weiblichen Göttinnen – präziser ausgedrückt:

wurde die Schöpferin in ihren verschiedenen Facetten von anderen, überwiegend männlichen, Göttern verdrängt. Die mythische Bildwelt und religiösen Praktiken unserer Kultur hielten sich zuletzt nur noch auf einer Insel, auf Kreta. Die minoische Kultur Kretas spiegelt unser früheres Leben wider, kennt dieselbe Verehrung der jungfräulichen Schönheit des Lebens in allen Aspekten. Unsere Kultur hatte Klasse und Stil ... sie war tatkräftig, phantasievoll und hoch entwickelt.«

Eine Serenade erklang, gespielt von Instrumenten, die Ariadne nie zuvor vernommen hatte. Sie dachte, wie falsch doch die Vorstellungen der modernen westlichen Historiker von dieser untergegangenen Kultur waren. Sie schienen selbstverständlich davon auszugehen, daß die Menschen vor dem »Aufstieg des Abendlandes« nackt herumliefen, in Höhlen lebten und verzottelte Haare hatten. Die männlichen Höhlenmenschen hätten »ihre« Frauen demzufolge domestiziert. Für diese »Forscher« ist die Geschichte höchstens zwei- oder dreitausend Jahre alt, während diese Frauen von fünfundzwanzig- bis dreißigtausend Jahren sprechen. Die Tiere allerdings könnten noch von einer längeren Geschichte erzählen ...

Diktynna und Kallisto lassen eine berühmte Figur herumgehen, die Venus von Willendorf (wie sie später genannt wurde). Sie war nur wenige Zentimeter groß. »Unsere Religion schuf zahlreiche dieser Figürchen. Sie verkörpern die Geheimnisse des Lebenszyklus: das Wunder der Fruchtbarkeit, die Veränderungen des weiblichen Körpers während der Schwangerschaft. Später dann, während des sechsten Jahrtausends, in der Periode der frühen Landwirtschaft, in der wir gelebt haben, wurde das Bild der Göttin dynamischer und schlanker gestaltet.«

Kallisto zeigte einen Ring in die Runde und sagte: »Schaut euch dies an. Es ist ein prachtvoller Onyx aus Knossos, Kreta, mit einer Gravur, die die Göttin als Biene zeigt, flankiert von zwei geflügelten Hunden. Die Hunde scheinen sie sehr zu mögen. Ihr seht, der eine sieht so aus, als würde er sie freundlich anbellen.«

Laphria, eine junge Halbgöttin, erklärt: »Als höchste Schöpferin, die aus ihrer eigenen Substanz heraus schöpfte, war die Große Göttin die erste Göttin des alten europäischen Pantheon. Sie war *nicht* identisch mit der späteren indoeuropäischen Erdmutter, obwohl sie oft mit ihr verwechselt wird. Die Erdmutter war kein aus sich selbst heraus schöpferisches Prinzip wie der dominante männliche Himmelsgott. Die Große Göttin der früheren Kultur war unabhängig: Sie verkörperte die Natur mit all ihrer Schönheit und ihrer Wildheit, ihrer Reinheit und Fremdheit.«

Ariadne hatte seit Beginn der Zeremonie fasziniert gelauscht. Heißt das etwa, fragte sie sich, daß die Jungfrau nicht etwa ein Symbol dafür ist, daß sie keinen »unreinen« Sex hatte, sondern daß sie die Fähigkeit verkörpert, Leben zu schöpfen? Daß sie also magisch ist? Geht der Marien-Symbolismus mithin auf die Zeit der frühen Großen Göttin zurück?

Sie erinnert sich, daß Kleo ihr einmal von den Pyramiden erzählt hatte, von ihrer Bauweise mit den geheimen Gängen, durch die die Toten zurückkehren konnten und wiedergeboren wurden. »Um eine Pyramide betreten zu können«, hatte Kleo ihr anvertraut, »mußt du zunächst durch eine kleine, schmale Öffnung, bis du in einen größeren Raum kommst. Wie bei einer Vagina, bis zur Gebärmutter. Dann kommt man in den verborgenen Raum im Inneren der Pyramide. Die das Leben schaffende Kammer im Inneren eines Frauenkörpers.« Das hieße also, daß auch die Bauweise der Pyramiden auf die Anbetung der Schöpfung hinwies.

»Was für eine Tragödie«, sagte sie zu Athene, »daß diese Welt vergessen ist. Können wir nicht etwas dagegen tun?

Wir auf der Erde wüßten so gern, ob es jemals eine Zeit gab, in der die Frauen zu den Waffen griffen und sich gegen die Vorherrrschaft der ›Kampf-Ideologie‹ zur Wehr setzten. Es heißt, der Fries des Pergamon-Altares von 160 vor unserer Zeitrechnung verkörpere die Geschehnisse einer früheren, ›mythischen‹ Ära. Man sieht dort Frauen gegen Männer kämpfen. Ist das nur eine Allegorie, oder war es ein wirklicher Kampf? Und warum wird eigentlich die Sphinx immer weiblich dargestellt?«

Der offizielle Teil der Zeremonie ist beendet. Nun beginnt die freie Aussprache über die Zukunft der Erde.

Jeanne d'Arc spricht mit den Göttinnen über die postmoderne Revolution

Isis, Kleopatras Lieblingsgöttin, ergreift das Wort: »Das Thema der heutigen Debatte muß lauten: Warum werden die Verhältnisse auf der Erde immer schlimmer? Mehr und mehr Frauen leben in Armut. Den Tieren des Waldes droht ein gewaltsamer Tod ... Was wir uns also fragen müssen, ist: Wie könnte eine Revolution unter den gegebenen Umständen aussehen. Können Frauen das patriarchalische Denken noch rechtzeitig überwinden, um die Natur zu retten ... und das emotionale Umfeld zu retten?« Jeanne d'Arc, in vollem Kampf-Outfit, eröffnet mit einem Paukenschlag die Debatte. »Was die sogenannte Frauenbewegung tut, ist nichts anderes als das, was Marx und die anderen Kerle auch gemacht haben: zeigen, was schiefläuft. Immer und immer wieder. Bis aufs I-Tüpfelchen fein säuberlich dokumentiert, das will ich gern zugeben. Und nun? Was tun die Frauen? Die eine wartet auf die andere, daß die etwas tut. Soll das immer so weitergehen?«

Helena Rubinstein gibt zu bedenken: »Ich glaube nicht, daß wir tiefgehende soziale Reformen brauchen. Ich glaube, positive Veränderungen kommen ganz allmählich, irgendwie von selbst: Der eine oder andere Mann kriegt mit, worum's geht, ein kleiner Junge wird etwas anders erzogen, oder ein Unternehmen verändert seine Corporate identity. Fortschritt in kleinen Schritten mag euch vielleicht frustrierend vorkommen, aber letzten Endes ist das das einzige, was Bestand hat.«

»Ach, und der Fortschritt ist wohl kaum aufzuhalten?« fragt Jeanne d'Arc sarkastisch. »Warum habt ihr bloß immer so eine Lammsgeduld?«

Eine anonyme Kämpferin der siebziger Jahre, zu erkennen noch an ihren lila Latzhosen, antwortet schüchtern: »Ja, stimmt. Wir *waren* naiv. Wir dachten am Anfang, daß es reichen würde, unsere Forderungen aufzustellen, die ja nichts anderes als moralisch gerecht waren, und dann würde schon alles in Ordnung gehen. Dabei hätten wir doch wissen müssen, daß in der ganzen Geschichte nie jemand freiwillig die Macht abgegeben hat. In gewisser Weise haben wir uns wie vierjährige Mädchen aufgeführt, die mit dem Füßchen aufstampften und trotzig brüllten: ›Das ist aber nicht gerecht!‹ Es hat ziemlich was gedauert, bis wir mitbekommen haben, daß wir einen Schritt weitergehen und ein bißchen Dampf machen mußten ...«

»Vielleicht bringt der allmähliche ideologische Wandel etwas, vielleicht aber auch nicht«, meint Hypatia, die große griechische Mathematikerin und Philosophin, die immer noch ein Pflaster am Kopf trug. »Sie ist von den Christen erschlagen worden«, flüsterte Athene Ariadne zu, während die Griechin bereits weitersprach. »Ich habe mich schon oft gefragt, was dran ist an diesem berühmten Spruch des zwanzigsten Jahrhunderts, daß es ›unsere Kinder einmal besser haben sollen‹. Ob das nicht nur ein Vorwand ist für bequemes Nichtstun. Wir Frauen, von meiner Generation über dich, Christine de Pisan, bis hin zu Simone de Beauvoir, haben unser Leben auf Überzeugungsversuche und Diskussionen verwandt. Vielleicht können die Frauen heutzutage wirklich auf Veränderungen zurückblicken. Vielleicht sind diese Fortschritte aber auch immer noch zu klein, um überhaupt wahrgenommen zu werden. Oder machen wir uns etwas vor? Die Statistiken jedenfalls zeigen, daß die Löhne und Gehälter, die Frauen auf der Erde erhalten, immer noch nicht steigen. Es gab immer wieder Wellen von Frauenbewegungen, denken wir nur an die Beginen in Holland. Aber haben diese Perioden der verstärkten Diskussion über unsere Belange die Situation der Frauen wirklich substantiell verändert?«

»Aber«, warf Christine de Pisan ein, »wenn die Diskussionen nichts gefruchtet haben, stellt sich doch die Frage, wie wir das System verändern können, *ohne* aggressiv und kriegerisch zu werden, ohne daß wir uns also genau die Werte zu eigen machen, die uns so gegen den Strich gehen? Ist eine Veränderung ohne Aggression überhaupt möglich?«

»Verführerisch ist es schon«, meinte Ariadne zu Athene, »in diesen altmodischen Begriffen wie ›Revolution‹ oder ›Aufstand‹ zu denken.«

»Stimmt«, bestätigte Hypatia. »Von keiner anderen unterdrückten Gesellschaftsgruppe hat man je erwartet, daß sie ihre Unterdrücker auch noch erzieht.«

»Unterwerfen, da hilft nichts.« Jeanne d'Arc war unerschütterlich in ihrer kämpferischen Haltung. »Wenn wir sie einmal unterworfen haben, wird es ein Leichtes sein, ihr Denken zu verändern. Sonst ist alles Gerede vergebens.«

»Wir Spanier«, gab jetzt die Königin Isabella von Kastilien auch zu, »und dasselbe gilt für die Briten, gaben ja nicht aus einem puren Akt der Menschenliebe unsere Kolonien auf. Wir taten es erst, als die dort angefangen haben, unsere Leute umzubringen. Mit anderen Worten, als uns die Kolonien den Krieg erklärten. Und mit dem Frauenwahlrecht war es auch nicht viel anders, da müßt ihr nur Emily Pankhurst und ihre Mitstreiterinnen fragen.«

»Und ich glaube immer noch nicht, daß Frauen wirklich eine Revolution wollen.« So Indira Gandhi. »Das scheint mir eher den Männern zu liegen. Frauen ziehen es vor, den anderen zu überzeugen. Lenin zum Beispiel hatte das ewige Warten satt, und so entschloß er sich, mit nur einer kleinen Gruppe von Gleichgesinnten eine Revolution anzuzetteln. Aber es war eine Revolution mit einem kleinen ›r‹.«

Ariadne: »Das ist doch genau die Frage: Glaubt ihr, daß die Frauen die Struktur des Systems verändern wollen, oder möchten sie nur integriert werden, ihren Status also innerhalb des Systems verbessern?«

Virginia Woolf blickt Ariadne, diese im ersten Moment schüchtern wirkende, aber doch so offenherzige Person, an, bevor sie antwortet. »Ich glaube, was die Frauen heute auf der Erde möchten, ist mehr als die Veränderung ihres Status. Es heißt zwar, sie seien jetzt frei, aber sie haben doch tief im Inneren das Gefühl, daß etwas fehlt – daß sie nicht ernst genommen werden. Frauen haben eine andere Kultur. Sie entfremden sich der männlichen Zivilisation immer mehr. Sie radikalisieren sich allmählich, wenn man so will.«

»Aber«, fragte die hochgewachsene Diktynna, »wie könnten die Frauen die Macht zurückgewinnen? Ob die Mehrheit der Frauen überhaupt kämpfen will? Ich bin auch der Meinung, daß sie einen wichtigen Beitrag für die Zukunft leisten könnten – eine andere Lebensphilosophie, veränderte zwischenmenschliche Beziehungen. Aber ob sie auch bereit sind, etwas dafür zu tun?«

Sappho läßt ihre hohe, musikalische Stimme ertönen. »Idealistin zu sein kann ziemlich frustrierend sein. Es nervt, allein mit der Überzeugung leben zu müssen, daß Verbesserungen möglich sind. Im Laufe der Jahrhunderte konnte ich viele Menschen beobachten, die für ihre höheren Ideale einstanden und versuchten ihre Mitmenschen aufzuklären oder wachzurütteln. Aber ihrem Engagement war selten Erfolg beschieden. Allerdings ging es auch nicht immer in die richtige Richtung. Und wie oft ist es vorgekommen, wenn die Frauen Veränderungen anstrebten, daß die stärkere herrschende Gesellschaft einfach die Anregungen aufnahm und sie für sich nutzbar machte. Das nahm den Frauen den Mut.«

In diesem Moment stand mit einer energischen Geste die Herrscherin Theodora von Byzanz auf und schmetterte: »Und genau aus diesem Grund sollte jetzt etwas anderes passieren.«

Von ihrem Schwung mitgerissen, hörte sich Ariadne plötzlich ausrufen: »Sollten wir vielleicht eine eigene ideologische Revolutionsbrigade gründen?«

»Genau! Wir formulieren unsere Forderungen und stehen für sie ein«, ruft spontan eine ganze Gruppe von Frauen auf und blickt sich hilfesuchend nach Jeanne d'Arc um.

Andere wiegelten eher ab, betonten die friedvolle Natur des weiblichen Geschlechts. Die Mittel der Tyrannei, so argumentierten sie, rechtfertigten nie das Ziel. Doch Jeanne d'Arc: »Der Zweck heiligt die Mittel.«

Alle redeten gleichzeitig. Kann es überhaupt eine Revolution geben? Und wenn ja, gegen wen oder was sollte sie gerichtet sein? Und wäre sie überhaupt wünschenswert? Und legitim, daß sich die Frauen ihre Rechte mit Gewalt nehmen?

»Vielleicht kann man auch von einem Menschenleben nicht erwarten, die Probleme sowohl zu benennen als auch zu lösen«, wirft Ariadne, um Ausgleich bemüht, ein.

Doch das wollte Sappho so nicht stehenlassen. »Wir erwarten ja nicht unbedingt, daß wir das Problem lösen. Aber versuchen könnten wir's doch immerhin einmal.« Sie blickte sich in der Runde um. »Aber wie bloß?«

Gertrude Stein, die bislang für ihre Verhältnisse ziemlich ruhig auf einer Bank in der linken Ecke gesessen hatte, steckt sich nun eine Zigarette an und sagt: »Etwas scheint ihr wohl alle zu übersehen: Ihr behauptet, man könne die Welt durch eine Revolution des Denkens verändern. Dabei vergeßt ihr aber, daß das Denken heutzutage von den Medien kontrolliert wird. Und die sind Veränderungen des Denkens gegenüber nicht gerade aufgeschlossen.« Schweigen. Sie hatte ja recht.

»Wenn also die Medien die öffentliche Meinung kontrollieren«, nahm schließlich die anonyme Kämpferin den Faden wieder auf, »heißt das doch nichts anderes, als daß die Massen nie im Leben die Gelegenheit erhalten, eine Entscheidung zu treffen, die auf den Fakten beruht. Somit kann es also auch keine wirklichen Revolutionen mehr geben. Deshalb müßte also theoretisch die einzige Möglichkeit, Einfluß auf die Mentalität der Menschen zu nehmen, in einer gewaltsamen Revolution bestehen, einem Coup d'état, durchgeführt von einer kleinen Gruppe. Theoretisch müßte das doch stimmen, oder? Und damit wären wir wieder an Lenins Ausgangspunkt angelangt. ›Wenn das Volk es nicht tut, tun *wir* es eben im Namen des Volkes.‹ Das wiederum führt unweigerlich in die Diktatur. Und das Volk? Ist dem Volk damit vielleicht gedient? Oder verletzt man es damit nicht mindestens ebensoviel?«

Jeanne d'Arc wird ganz rot vor Erregung. »Was für unnütze Fragen. Laßt uns lieber im Ernst überlegen, wie wir eine Armee auf die Beine stellen und die Radio- und Fernsehstationen übernehmen. Ihr werdet ja vielleicht auch bemerkt haben, daß der Umsturz in Rumänien 1989 im Fernsehen begonnen hat. Die Verhältnisse dulden keinen Aufschub mehr. Kämpfen wir, solange wir noch kämpfen können. Es mag eine Zeit kommen, in der wir bedauern werden, zu lange gewartet zu haben.«

»Eine Revolution des Denkens fänd' ich ja super«, bemerkt jemand, »aber Blutbäder sind mir absolut zuwider. Fällt euch denn nicht noch was anderes ein?«

»Apropos Ideologie«, sagt Athene, »ich werde nie vergessen, wie sich die Griechen meiner Person bedient haben, im Zuge ihres ideologischen Abgehens von unserer vorgeschichtlichen Religion, in der die Frauen den Männern ebenbürtig, wenn nicht sogar überlegen waren, hin zu ihrem patriarchalischen System. Jahrhunderte haben sie gebraucht, bis sie mich da eingemeindet hatten. Ursprünglich wurde ich im frühen griechischen Pantheon als unabhängige Göttin geführt, und stellt euch vor: Später wurde dann behauptet, ich sei aus Zeus' Haupt entsprungen. Klar, mit dem Gebären haben die Männer so ihre Schwierigkeiten.

Später erfuhr ich dann, daß man im Zeitalter der Aufklärung glaubte, es würde genügen, das Volk zu erziehen, um eine Neue Gesellschaft aufzubauen. Aber vielleicht funktioniert es doch nicht so – vielleicht sind das alles nur Geschichten, wie sie jede Kultur hervorbringt. Die Wertekanons, die immer und immer wiederholt werden und die kulturelle Identität schaffen. Die Frage, ob ›neue‹ Geschichten anerkannt werden, wird täglich in den Medien ausgefochten, von den Kritikern, Autoren und Verlegern. Und die Medien selbst sind dabei die stärkste Kraft. Gegenwärtig sind sie offenbar entschlossen, daß keine weiteren weiblichen Gedanken in den Kanon aufgenommen werden. Die Medien lassen dies einfach nicht zu. Und sie sind es, die heute das Geschichtenerzählen übernommen haben – sie stricken die Mythologie weiter.«

»Mit dieser Einschätzung bin ich völlig einverstanden«, stimmte Isis zu. »Um Menschen zu überzeugen, bedarf es des rituellen Erzählens und der ständigen Wiederholung von Geschichten. Das muß beinahe religiös sein. Um zu wirken, muß die Propaganda Eigenschaften der Indoktrination annehmen. Das Christentum hat das getan, mit den schriftlich überlieferten Geschichten in der Bibel in Kombination mit geheimnisumwobenen Ritualen, genau wie wir auch. Doch selbst das Christentum mußte den Mutterkult integrieren, der Teil unseres ›heidnischen‹ Pantheons war, bevor es akzeptiert wurde und überleben konnte. Unsere Geschichte war zu mächtig dafür. Und ist es vielleicht bis heute. Aber wenn es nur die Geschichte einer Mutterfigur ist, können wir nicht siegen.«

Wieder sprechen alle auf einmal. Es bilden sich kleine Diskussionsgrüppchen. Die einen reden von Lysistrata und darüber, wie sie und andere Frauen sich ihren Männern solange verweigerten, bis diese den Krieg beendet hatten. Und wie gut diese Strategie funktioniert hatte! Andere wissen zu berichten, daß die Isländerinnen in einen ähnlichen Gebärstreik getreten seien, um den Frauen Zugang zu Regierungsämtern zu verschaffen, und tatsächlich die Hälfte der Regierung stellten. Wieder andere jedoch zeigten sich besorgt, eine solche revolutionäre Taktik könne als »destruktiv« oder »gegen die Männer gerichtet« ausgelegt werden. »Dann heißt es nur wieder, wir seien ›Männerhasserinnen‹.«

»Na und?« fragt Jeanne A'Arc. »Wäre das denn tatsächlich wider alle Vernunft? Sklaven, die sich nicht wehren, werden ausgelacht. Man hält sie für total bescheuert... Warum sollten wir also nicht gegen unsere Unterdrücker kämpfen? Und die Männer nicht hassen?«

Eine Unbekannte verstand sie wohl nicht ganz richtig, denn sie antwortete: »Es ist absolut nichts dagegen einzuwenden, einen Mann zu lieben. Man kann durchaus lieben und trotzdem zurückschlagen, wenn man angegriffen wird. Aber wir Frauen sind neutralisiert worden, man hat uns immer und immer wieder erklärt, wir könnten uns nicht wehren, und uns wurde Angst eingejagt, als ›Männerhasserinnen‹ dazustehen.«

»Ob es wohl auch schon als ›männerfeindlich‹ angesehen würde zu behaupten, daß neunundneunzig Prozent aller Gewaltstraftaten von Männern begangen werden?« fragte eine andere. »Wenn es umgekehrt wäre, würden die Zeitungen bestimmt voll davon sein. Heißt das, daß uns der weibliche Hormonhaushalt, in dem es weniger Testosteron gibt, weniger aggressiv macht? Und würde das nicht zur logischen Folge haben, daß man die Männer unter Tranquilizer setzen müßte? Oder liegt alles nur an der sexistischen Ideologie, die uns Frauen als ›passiv‹ und die Männer als ›hyperaggressiv‹ erklärt? Mit absoluter Sicherheit kann das keiner sagen, aber es wäre gewiß ein guter erster Schritt, wenn die Gesellschaft insgesamt etwas weniger aggressiv würde, wenn weniger Gewalt im Fernsehen gezeigt würde und man sich mehr auf die zwischenmenschlichen Beziehungen konzentrieren würde, seien sie nun amüsant, bewegend, tragisch oder tiefschürfend.«

»Man könnte es ja auch einmal von einem anderen Blickwinkel aus betrachten«, fügte Diktynna hinzu. »Schließlich beruhen neunundneunzig Prozent unseres normalen Alltagslebens auf Höflichkeit und Freundlichkeit und einer ziemlich erheblichen Portion gutem Benehmen. Das Schlimme ist nur: Wenn ein einziger Kerl ausflippt, kommt er sofort in die Schlagzeilen. Und beeinflußt die eher Friedfertigen.«

»Beziehst du dich darauf«, fragte Karen Horney rhetorisch, »daß dies die weniger aggressiven dazu bringt zu behaupten, wir würden die Machos vorziehen? Aber das stimmt doch nicht. Wir Frauen mögen doch gar keine Machos. Aber sie bieten sich eben beharrlicher an, verkaufen sich besser, versuchen's immer wieder, auf Teufel komm raus.«

»Ob die Macht tatsächlich korrumpiert? Ob Frauen sich diesem Effekt besser entziehen könnten?« fragt eine.

Während die Nacht fortschreitet, wird die Debatte immer hitziger. Einige Frauen sprechen sich für die »Revolution« aus, andere für »Liebe« und »Verständnis«. Und dann gibt es da noch die Abtrünnigen, die im Hintergrund bleiben und flüstern: »Was für eine Revolution soll das denn werden? Ich meine, muß ich meinen Fernseher abschaffen? Die Stereoanlage und die Zentralheizung?«

»Und Schminke?«

»Ja, vielleicht«, antwortete Rachel Carlson. »Aber was wäre daran eigentlich so tragisch? Ohne Fernsehen und Radio, und meinetwegen auch ohne Chemie im Gesicht, dafür aber im Frieden mit der Natur, den Bäumen und dem Himmel und unserer ganzen Umwelt, würde unsere ganze Existenz anders aussehen. In Gesellschaften, die weniger auf Konsum ausgerichtet sind, wird viel mehr diskutiert und kommuniziert.«

»Also mir persönlich würde es nichts ausmachen, abends bei Kerzenlicht ins Bett zu gehen. Wirklich nicht, denn wenn die Dinge alle etwas einfacher wären, könnte man sich viel besser aufs Wesentliche konzentrieren. Dann kommt man wenigstens richtig zum Denken.«

»Na, ich möchte doch hoffen, daß es in der spirituellen Gesellschaft, die wir anstreben, nicht ganz so puristisch zugehen wird.«

»Mach dir mal keine Sorgen. *Ihr* werdet schon nicht in Lehmhütten wohnen müssen«, beteuerte Hypatia.

Währenddessen werden von einigen Frauen Flugblätter verteilt. Sie tragen die Überschrift »Die Frauen – Wegbereiterinnen des revolutionären Wandels«. Die Forderungen, die darin gestellt werden, lauten:

1. Erneuerung der Umwelt, sowohl spirituell als auch durch konkrete, praktische Schutzmaßnahmen.
2. Öffentliche Debatte im großen Stil über den Wandel herrschender aggressiver Moral auf der Erde.
3. Wiedereinsetzung der Tiere in die Macht, die sie ehedem eingenommen haben.
4. Neubewertung der emotionalen Dynamik der Liebe.
5. Neustrukturierung des Wirtschaftsrahmens und der Lebensqualität für Reiche und Arme.
6. Gleicher Zugang zu Bildungseinrichtungen und Gesundheitswesen für alle, ob begütert oder mittellos.

7. Reform des Kultusministeriums beziehungsweise der audiovisuellen Medien; Gründung eines internationalen Fernsehsenders für die Frau.
8. Verbot von gefährlichen Schadstoffemissionen und anderen Industrieabfällen, die verantwortlich sind für Luftverschmutzung, Waldsterben und Zunehmen des sauren Regens und die Gesundheit von Mensch und Tier beeinträchtigen.
9. Weltweite, im Fernsehen übertragene demokratische Debatte über die Macht multinationaler Konzerne und ihre Auswirkungen auf Selbstbestimmung, Menschenrechte und demokratische Prozesse.
10. Schaffung einer neuen spirituellen Kultur.

Als die Versammlung dabei ist sich aufzulösen, flüstert George Sand den Umstehenden zu: »Und was machen wir nach der Revolution, wenn wir eine perfekte Welt aufgebaut haben? Ich sage euch, das wird ganz schön langweilig!«

»Keine Sorge«, beschwichtigt sie Katharina die Große zynisch. »Dann wirst du die Revolutionäre bekämpfen müssen! Eine CIA, ein FBI und einen KGB aufbauen ... Einen ganzen piekfeinen Desinformationsring. Du wirst schon genug zu tun haben. Das wird auch nicht anders als bei den höfischen Intrigen.«

Doch Jeanne d'Arc widerspricht. »Kommt gar nicht in Frage. Wir dürfen uns auf so etwas nicht einlassen. Keinerlei interne Rivalitäten gestatten. Wir haben eine Vision für die Zukunft und müssen alles daransetzen, sie zu verwirklichen.«

»Genau«, bestätigt eine Stimme über Ariadnes Schulter. »Unsere Zukunftsvision kann eine menschliche und freudvolle Welt schaffen – eine friedfertige Welt.« Es ist ihr aus dem Herzen gesprochen.

Als Ariadne sich auf den Weg machen will, schenkte ihr Laphria zum Zeichen der Freundschaft einen wunderschönen blaßgelben Rock und die Ohrringe, die sie selbst in dieser Nacht getragen hatte. Ariadne erinnert sich an Kleos Toast »Frauen – Freundinnen für immer«. Mit diesen Worten verabschiedet sie sich.

Wieder auf dem Ball

Vor dem Rückweg zum Ball hatte sich Ariadne den gelben Rock angezogen, den Laphria ihr geschenkt hatte. Fast dämmerte der Morgen bereits, und die paar Übriggebliebenen lümmeln sich in den bequemen Samtsofas. Ein kleines Caféhausorchester spielt beliebte Melodien von Fritz Kreisler und Robert Stolz, gelegentlich unterbrochen von der einen oder anderen Csárdásmelodie. Jupiter, der am Eingang auf Ariadne gewartet hatte, führt sie in ein kleines Nebenzimmer, in dem Fala, Kleopatra und George sitzen und Scharaden spielen.

»Und wo ist Friedrich?« fragt Ariadne, die Hand auf Jupiters Kopf gelegt.

Kleo deutet in ein Eckchen des Saales, in dem Friedrich am Klavier sitzt und in ein angeregtes Gespräch mit vier Herren vertieft ist. Als sie näherkam, erkannte Ariadne wenigstens einen von ihnen: Serge Prokofieff, der die heiße Frage erörtert, ob sich die russische Musik tatsächlich aus der deutschen des neunzehnten Jahrhunderts entwickelt hätte. »Mein lieber Freund, als ob Schostakowitsch jemals etwas mit Brahms oder Wagner zu tun gehabt hätte ... Das meinen Sie doch wohl nicht im Ernst!«

In diesem Moment blickt Friedrich auf und sieht Ariadne. »Ja, wo warst du denn? Ich habe mir solche Sorgen gemacht.«

Ariadne läuft auf ihn zu und umarmt ihn. »Ich habe dich vermißt.« Als er sie sanft liebkost, berichtet ihm Ariadne: »Ich war bei einer Zeremonie im Matrilinearen Königreich des Siegelrings gewesen.«

»Dem *was*?« Der Himmel konnte ja ganz schön exotisch

sein, dachte Friedrich bei sich, aber ein Königreich des Siegelrings! Wie viele himmlische Galaxien es wohl noch geben mochte?

»Alle Achtung!« rief Kleo aus. »*Da* warst du also! Wie hast du bloß ohne mich hingefunden? Wahrscheinlich haben sie dir von der glorreichen Geschichte vor meiner Zeit erzählt! Vor Ägypten, stell dir nur vor. Wir haben in der Schule darüber gelernt, aus den Schriftrollen in der Bibliothek von Alexandria, bevor sie diesem verfluchten Feuer zum Opfer fiel.

Fand eine feierliche Zeremonie statt? Und wie war's? War Jeanne d'Arc auch da? Und ist sie gefragt worden, warum sie immer so militant war – und warum sie ihre Kraft ausgerechnet für diese Sache verschwendet hat? Um den König und sein hierarchisches Machtsystem zu retten? Ich hab Jeanne ja gesagt, sie solle nicht hingehen, daß sie angefeindet werden würde, weil sie sich nicht für gewaltlosen Widerstand starkmacht. Aber vielleicht war es doch richtig, daß sie da war. Vielleicht kann da wirklich etwas Produktives bei rauskommen. Vielleicht ist es tatsächlich das beste, wenn beide Fraktionen ihre jeweiligen Stärken miteinander verbinden.

Apropos, Ariadne, was ich dir ja schon immer mal erzählen wollte, wir sind dann immer vom Thema abgekommen: In der Bibliothek von Alexandria gab es Schriftrollen, die über die alten Kulturen berichteten, die von Frauen regiert wurden. Darin wurden die Grundzüge ihrer Religionen erklärt und auch die Bedeutung dieser ›Venusstatuen‹ – und zwar der richtigen, nicht der die späteren der Griechen und Römer ...«

Ariadne lächelte nur. »Ja, es war sehr bewegend. Und ich mußte die ganze Zeit an dich denken.«

Letzte Worte einer wirbelnden Debatte unter Leuten, die vielleicht schon ein bisschen zuviel getrunken haben

Ariadnes Blick fällt auf Simone de Beauvoir und Jean-Paul Sartre, die eng aneinandergeschmiegt in einem stillen Eckchen langsamen Walzer tanzen. Obwohl es ihr im Herzen leidtut, die beiden zu stören, kann sich Ariadne eine letzte Frage nicht verkneifen. – Allerdings werden es dann doch mehr als eine. Sie tippt beiden gleichzeitig auf die Schulter und will von ihnen wissen: »Hat sich das andere Geschlecht verändert? Hatte ich recht? Ihr beide müßtet es doch eigentlich wissen. Ihr, die ihr immer hier lebt. Ich kann es jedenfalls nicht. Also sagt, hatte ich recht? Werden die Frauen sich und die Gesellschaft in einer großen Kulturrevolution verändern? Wird die Welt in der Lage sein, ihre Probleme zu lösen? Werden die Tiere gerettet?«

Diese harmlosen Fragen bewirken, daß alle noch anwesenden Ballbesucher aus ihren Ecken hervorkommen und einen Halbkreis um die drei bilden. Die Beauvoir und Sartre fangen natürlich gleich wieder an, sich zu streiten. Engels wispert Rosa Luxemburg etwas ins Ohr, die sich daraufhin zu ihm umdreht und laut sagt: »*Du* bist lieber still. Uns Frauen hast du nie verstanden. Deshalb hat unsere Revolution auch nicht siegen können.«

»Ihr müßt auch die Gegenwart historisch betrachten«, grummelt Marx rätselhaft. Dann wendet er sich an die Beauvoir: »*Dir* will ich nur eines sagen: Es geht um das andere Geschlecht, wie du die Frauen zu nennen beliebst. Die Ironie an dem Ganzen liegt darin, daß das andere Geschlecht tatsächlich dabei ist, sich zu verändern. Aber in was? Ich will es dir sagen: in profitorientierte Karriere-Yuppies. Mannweiber. Ein Haufen von Konformistinnen in Männerklamotten. Ist das vielleicht die Art und Weise, in der das andere Geschlecht zur Seherin wird?« Fragend schaut er Ariadne an. Doch bevor er weitersprechen kann, wird er von de Tocqueville unterbrochen, der sich keinen Deut um die anderen schert, sondern schnurstracks auf Ariadne zugestürmt kommt und ausruft: »Jetzt *weiß* ich! Du hast Liebe und Sex auf der Erde ja gar nicht studiert, weil du besessen bist von Liebe und Sex, sondern weil das ungelöste Themen sind, die Massen von Frauen beschäftigen. Und du hattest vermutlich gedacht, du könntest damit den Frauen helfen, sich zu organisieren und zu politisieren und die Gesellschaft zu verändern. Was für ein Vorhaben!«

Ariadne antwortet: »Ja, ich wollte die Welt verändern. Was allerdings noch nicht geklappt hat, ist, die negative Besetzung der ›weiblichen Psyche‹ zu revidieren, und auch mit der Veränderung der Ideologie und ihrer Sicht der Frauen-, Männer- und Tierrolle ist es noch nicht weit her. Dabei ist doch die emotionale Gewalt, die diese Ideologie tagtäglich den Menschen antut, ebenso schlimm wie die Gewalt gegen die Natur. All dieser Gewalt unterliegt eine aggressive Ideologie – eine harsche, gewalttätige Mentalität, die alles niedermacht, was ärmer, schwächer oder älter ist. Und das darf einfach nicht so weitergehen. Dabei weiß ich gar nicht, welche Macht es eigentlich ist, die diese ideologischen Systeme am Leben erhält.«

Nun schaltet sich einer der Geschäftsleute ein, die auch wieder aus irgendeiner Ecke hervorgekrochen sind. »Ariadne, Sie leiden einfach an den Mysterien des Lebens. Wir alle fragen uns bisweilen, *wo* die Macht ist. Sie ist ein irgendwie flüchtiges Phänomen. Als ich noch aktiv im Geschäft war, dachte ich immer, die Macht läge auf dem Feld der Politik. Ich habe in der Zeit wiederholt ausgesprochen scharfzüngige Briefe an den Präsidenten und sein Kabinett geschrieben. Dann habe ich einem Freund in Washington ein Signal gegeben und wurde schließlich erst Sekretär im Wirtschaftsministerium, und später sogar Botschafter. Aber auch da war die Macht nicht. Ich weiß bis heute nicht, wo sie wohnt. Jedenfalls war sie nie da, wo ich mich befand.«

»Das kann ich nur bestätigen«, pflichtet ihm sein Kollege in Braun bei. »Ich habe immer gedacht, wenn ich nur einmal bei einer Sitzung im Weißen Haus oder im Finanzministerium Mäuschen spielen könnte, bekäme ich schon mit, was gespielt wurde. Aber als ich dann wirklich der Regierung angehörte, war die Macht immer noch nicht zu greifen. Also … vielleicht ist das alles eine Illusion. Je mächtiger man wird, desto weniger Macht scheinst du zu haben. Auch Frauen haben Macht. Sie glauben es nur nicht. Na, mir soll's recht sein.«

Ariadne wollte ihm gerade widersprechen, als sie von weitem Voltaire auf sich zukommen sah. Nein, dachte sie, nicht der schon wieder! Er war zu allem Überfluß auch noch in Begleitung eines Mannes mit einer imposanten Aktentasche. Ein Anwalt? Spezialist für Urheberrecht? Ariadne dreht sich auf dem Absatz um und wäre um ein Haar mit Andy Warhol zusammengestoßen. Den hatte sie hier ja überhaupt noch nicht gesehen. Ob er immer so spät kam? Er trat ganz nah heran und betrachtete Ariadne kritisch. Ob ich Pickel habe, fragte sich Ariadne.

Doch es ging Andy offenbar um etwas anderes, und er ließ auch nicht lange Zweifel daran, was ihm auf dem Herzen lag. »Nun, Ariadne, worin liegt denn nun der Sinn des Lebens? Ich persönlich glaube ja nicht, daß es überhaupt einen gibt, aber du …«

Ariadne wollte sich eigentlich auf kein Gespräch mit ihm einlassen und wandte sich ab, aber er bestand auf einer Antwort:

»Und nun, was hast du jetzt vor?«

»Genau das frage ich mich auch«, antwortete Ariadne widerstrebend. »Im Grunde gibt es nur zwei Möglichkeiten. Entweder ich schwöre ab und behaupte das Gegenteil: Die Frauen sind an ihren Problemen selber schuld, die Männer haben nie etwas getan und werden nie etwas tun, um sie zu unterdrücken, sie sind tatsächlich überlegen, und das alles ist ganz natürlich so.«

»Dann solltest du dich schleunigst um ein politisches Amt bewerben«, gab Andy zynisch zurück. »Die werden dir die Füße küssen. Auf so eine haben sie schon lang gewartet. Reuige Sünderinnen finden die einfach zauberhaft.«

»Ja ja. Bleibt zweitens: ...«

Doch er ließ sie nicht aussprechen. »Du könntest die Erde verlassen«, schlug er vor. »Sterben, wie sie es so taktlos nennen. Nach deinem Tod wirst du jedenfalls keine Bedrohung mehr darstellen. Eine andere Möglichkeit wäre natürlich, daß du dich eingemeinden läßt, richtig populär wirst. Dann können sie einfach vergessen, was du sagst ...«

»So geht das nicht. Sie würden es wohl erinnern und integrieren, es einfach jemand anderem zuschreiben, damit sie ihren Frieden mit mir machen können. Das kennen wir doch schon: Sie haben doch zum Beispiel auch behauptet, der Gedanke, Sexualität sei nichts rein biologisch Vorgegebenes, stamme von Foucault. Wo ich das doch viel früher geschrieben habe als er. Und andere Frauen auch. Nein, die eigentliche zweite Möglichkeit bestünde darin, daß ich eine politische Partei gründe, mit Jupiter als Vorsitzendem, und mich noch weiter radikalisiere.«

Ariadne, die Friedrich die ganze Zeit über nicht aus den Augen gelassen hatte, bemerkte, daß er sich langweilte. Sie ließ Andy Warhol einfach stehen und ging zu ihrem Mann. »Wie fühlst du dich, Liebster?«

»Ich dachte gerade, wie gern ich jetzt mit dir in einer Schäferkate wäre, fern ab von jeder Zivilisation. Wir würden den ganzen Tag und die ganze Nacht damit verbringen, miteinander zu spielen und uns zu lieben.«

»Ich liebe dich auch, mein Leben.«

Plötzlich kommt Jupiter angerannt, mit der Morgenausgaben der Himmelsgazette zwischen den Vorderzähnen. Auf der Titelseite befindet sich eine Geschichte über Ariadne und ihre ständigen Fragen. Die Überschrift lautet: »Warum? Warum? Warum? Mehr will sie gar nicht wissen.« Es hieß darin, daß Groucho Marx beabsichtige, eine Broadway-Revue über dieses Thema zu schreiben. Ariadne war mittlerweile so müde, daß sie sich nicht sicher war, ob sie nicht halluzinierte. Ihr ging eine Szene im Kopf herum, in der ein Priester im Beichtstuhl immer wieder in sie drang: »Was ist denn los? Kennen Sie denn Ihre Rolle nicht? Sie müssen jetzt beichten.« Dann tritt Ronald Reagan auf und sagt dasselbe. Die Spannung steigt. Wird sie gestehen? Sie rennt aus dem Studio und gerät in eine Verfolgungsjagd, bei der sie aus der Luft von einem Flugzeug gejagt wird.

Jupiter ist auch bei ihr, in einem Körbchen, das sie wie Rotkäppchen über dem Arm trägt. Irgend jemand nennt sie Dorothy. Als ihr Blick auf ihre Schuhe fällt, ist sie gerade lange genug klar, um einen Schrei auszustoßen. »Jupiter, du warst immer mein Ratgeber. Hilf mir jetzt auch. Zeig mir den Weg. Ich bin verloren. Ich sehe nichts mehr! Hilf mir, Friedrich.« Sie hört Friedrichs Stimme wie aus weiter Ferne. »Ich glaube, Erfolg im Leben hat man, wenn man jemanden gefunden hat, den man lieben kann. Das ist das Allerwichtigste . . .«

Hinter einem dichten Schleier sieht Ariadne alle auf sie zukommen: de Tocqueville, Marx, Gertrude Stein, Clausewitz, die Pompadour . . . Jeder von ihnen hat einen persönlichen Tip. Alle widersprechen sich. Irgend jemand nennt sie wieder einmal eine törichte Idealistin. Sie wehrt sich, nennt ihn zynisch, kurzsichtig, egoistisch und denkfaul.

Und so werden sie alle immer wütender, bis sie schließlich zu dem Ergebnis kommen: »Das hatten wir doch alles schon einmal. Diese Diskussion kennen wir nur zu gut.«

»Ja, aber wir haben sie nicht abgeschlossen. Überhaupt nichts haben wir gelöst.«

»Du bist nichts als eine versponnene arme Törin. Du kannst das Universum nicht reparieren.«

»Und warum nicht?«

»Weil du es eben nicht kannst. Und im übrigen: Wen kümmert's eigentlich? Warum können wir nicht einfach in Ruhe unsere Cocktails trinken und uns nett amüsieren?«

»Genau, laßt uns das alles einfach vergessen und Spaß haben.«

Ariadne und Jupiter fühlen sich an ihren ersten Fernsehauftritt zurückerinnert, an jenem unendlich weit zurückliegenden Tag, als sie im Zuschauerraum saßen und intonierten: »Mehr Spaß! Mehr Spaß!«

Deshalb stimmen sie in den Chor ein, und bald sangen alle »Wir wollen mehr Spaß! Wir wollen mehr Spaß« und klappern im Takt dazu mit den Silberbestecken.

Der Krach wird immer lauter, immer übermütiger, ein Crescendo von unglaublichen Ausmaßen, bis der ganze Saal vor Ariadnes Augen herumwirbelt und Purzelbäume schlägt. Solange, bis . . .

Alfred Hitchcock schreibt das Drehbuch um

Plötzlich brüllt jemand: »Schnitt!« Es ist Hitchcock. »Nein, nein, und nochmals nein!« ruft er mit durchdringender Stimme. »Schnitt, verdammt! Das geht so nicht. Das ist doch kein Ende.« Er hält es nicht mehr aus, weiß er doch, daß er etwas viel Besseres zu bieten hätte. »Es gibt nur eine Möglichkeit, wie das zu einem vernünftigen Schluß kommen kann.«

Ariadne ist ganz gespannt, was dem großen Regisseur (und Andy Warhol, seinem ersten Assistenten) wohl eingefallen sein mag. »Aber zuerst«, kündigt der Meister der Hochspannung an, »eine Nachricht von unserem Sponsor. Werbung.« Während des Reklamespots werden in Windeseile die Vorbereitungen für die nächste Szene getroffen, und plötzlich findet sich Ariadne neben Friedrich wieder, am Mount Rushmore. Sie baumeln über dem Abgrund, halten sich nur mit den Fingerspitzen, Hunderte Meter vom Abgrund unter ihnen. Ben Badd führt einen Tanz auf ihren Handknöcheln auf, ein schadenfrohes Grinsen umspielt seine Lippen.

Friedrich dreht den Kopf und sieht Ariadne an. Seine Miene drückt Verzweiflung aus, aber er sagt in einem höchst zivilisierten Ton, beiläufig und charmant: »Ist das aus einem seiner Filme? Kenn' ich gar nicht. Sag nur, wie geht er aus?«

»Also«, keuchte Ariadne, »deine Rolle wird von Cary Grant gespielt, und ich bin Eva Marie Saint. Am Ende ...«

Doch als sie zum Himmel blicken, sehen sie Kleopatras strahlend weißes Raumschiff über sich. Kleopatra steht in der geöffneten Tür. Aus dem Inneren des Raumschiffs dringen die Klänge der »Schönen blauen Donau«. Zwischen ihren Beinen blickt Jupiter sorgenvoll hervor. »Nun beeilt euch mal ein bißchen, ihr beide!« ruft ihnen Kleopatra, über den Rand gebeugt, zu.

Kleopatra ist, wie üblich, dem Anlaß entsprechend gekleidet. In ihrem Fliegeranzug aus limettengrüner Seide sieht sie aus wie Superwoman. Während das Raumschiff wartet, blinken alle Lichter – es ist auf »Parken« gestellt. »Übrigens ist dies nicht – ich wiederhole: *nicht* Hitchcocks Idee. Ich kann das allemal besser als dieser Typ. Aber kommt ihr jetzt endlich, oder nicht?«

»Wie denn bloß«, fragen Ariadne und Friedrich wie aus einem Mund. Doch dann: »Jennifer!« Die Natter windete sich in die Tiefe hinab, um sie zu retten.

Ben Badd weicht vor der Natter zurück. Er ist von den sich überstürzenden Ereignissen völlig überfordert. Konsterniert und am Rande des Wahnsinns preßt er die Hände gegen die Stirn und brüllt wie am Spieß.

Die Natter baumelt über ihren Köpfen, bereit, sich gleich um ihre Taillen zu schließen und sie hochzuziehen. »Wußtet ihr eigentlich«, flüsterte sie ihnen zu, »daß wir Schlangen alte Symbole für Wissen und Weisheit sind?« Während sie beide in der Mitte umfaßt, empfiehlt sie ihnen: »Ihr solltet mal das Buch von Elaine Pagel lesen. Darin erzählt sie unsere *wahre* Geschichte.« Ariadne verspricht, sich das Buch gleich zu besorgen, wenn sie wieder zu Hause ist. Sie will gerade in ihrer Handtasche nach einem Notizbuch und einem Schreiber suchen, als Friedrich sie bittet, doch wenigstens so lange zu warten, bis sie im Raumschiff sind. Wenigstens dieses eine Mal. Die beiden lächeln sich zu, und die Schlange zieht sie mit sich in die Lüfte empor, zurück ins Paradies!

Sie klettern an Bord. Jupiter schlägt Purzelbäume in der Luft und jubiliert: »Hipp, hipp, hurra! Wir sind wieder zusammen! Wir haben es geschafft!« Die Tür schließt sich hinter ihnen.

Abreise in Kleopatras Raumschiff

Als Kleopatras weißes Raumschiff mit dem Plastikputz startet, schreibt es in fuchsienrotem Lippenstift in den rosagoldenen Himmel:

CIAO!!!
LOVE TO EVERYBODY!

THE END

Dann wird es immer kleiner, verschwindet in der Tiefe des Raums, bis es nur noch ein winzigkleines Pünktchen ist.

An Bord fragt Jupiter Ariadne: »Wird es zwischen uns auch immer so bleiben, wie es ist?«

»Aber Jupiter, sicher doch. Mit uns wird es immer so weitergehen. Wer weiß, welche Abenteuer wir noch vor uns haben.«

Sie wendet sich zu Friedrich um und streckt ihm die Arme entgegen. Während sie in den Orbit abtauchen, küssen sich Ariadne und Friedrich.

Und die Erde ist bewegt.

Bitte beachten Sie auch die folgende Seite

Geneviève Dormann

ZAUBERVOGEL

Roman

432 Seiten, gebunden

Eine paradiesische Insel im Indischen Ozean, eine betörende Welt voller Exotik, Sinnlichkeit und Magie, in der es nach Mandelblüten, Zimt und Koriander duftet. Wo ein lauer Wind über blaue Lagunen weht, wo Leidenschaften aufeinanderprallen ...

»Zaubervogel«, der Roman einer französischen Familie auf Mauritius, wurde mit dem »Grand Prix de l'Académie Française« ausgezeichnet.

»Diese Landschaft am Meer ... kraftvoll und unvergeßlich läßt die Autorin sie vor unseren Augen entstehen.«

Michel Tournier, DIE WELT

Ullstein